都市と連帯

——文学的ニューヨークの探究

Metropolis and Solidarity: Literary Views on New York, 1920s to 2010s

藤野功一　編著

開文社出版

都市と連帯——文学的ニューヨークの探究・目次

序――他者の歴史化に向けて……藤野 功一……1

『グレート・ギャツビー』に見る連帯
――ニューヨークの都市空間と人々……高橋 美知子……23

ハーレム・ルネサンス・シスターフッド……松下 紗耶……59
――ジェシー・レドモン・フォーセット
『プラムバン』における女性の連帯

都市の渇き、あるいはラルフ・エリスンの
『見えない人間』における不定形な働きについて……藤野 功一……93

「時間の外にある都市」……永尾 悟……131
――『山にのぼりて告げよ』におけるハーレムと教会

彼らは何を待ち続けていたのか……江頭 理江……159
――『アシスタント』における連帯の意味を問う
分断の時代における連帯という逆説……岡本 太助……199
――エイズ禍とアメリカ演劇
連帯の諸相……肥川 絹代……235
――ドン・デリーロの『マオII』におけるモノフォニーとポリフォニー
「都市生活は街路生活」……銅堂 恵美子……273
――『ジャズ』における「シティ」と街路《ストリート》
『リザベーション・ブルース』における文化収奪……大島 由起子……303

巨大都市NY、幻想の連帯
――アヤド・アクタールの『ディスグレイスト』における他者化する自己との遭遇 …… 貴志 雅之 …… 339
あとがき …… 383
執筆者一覧 …… 387
索引 …… 397

序

――他者の歴史化に向けて

藤野功一

二〇二〇年初頭以来、二〇二三年のいまに至るまで続く新型コロナウイルス感染症の流行によって、ニューヨークをめぐる状況は大きく変化し、多くの人々が社会の分断をあらためて実感した。その過程を概略すると、二〇二〇年一月二三日に武漢がロックダウンされたのち、北京、パリ、ロンドン、東京といった、大都市における人々の移動が制限されてゆくなか、大都市の代表であったニューヨークも人々の触れ合う機能を失い、それまで活気に満ちていたタイムズ・スクエアも、突如としてずっと静かな、あるいは、さびれた場所となった。三月のニューヨーク・タイムズは世界中の都市で出現した、人々の行き来の絶えた空間を「大いなる空虚（"The Great Empty"）」と名付け、世界貿易センタービル跡地にできた、いつもは混雑する鉄道のりかえ駅「オキュラス」にすっかり人通りが絶えた様子など、世界各地の大都市に出現した人気《ひとけ》のない空間を印象的な写真で示した特集を組んだ。(1)

ウイルスの蔓延とともに、通常であれば社会的連帯を示すのに巧みなニューヨーク住民の交流も奪われ、ソーシャル・ディスタンスを余儀なくされた人々は、まるで自分たちが罠にかかったようだと感じている、との記事がオンライン誌『ゴッサム・ガゼット』に掲載された。(2) ニューヨークは「ゴースト・タウン」(3) のようだと描写され、この状況下でアメリカ国民は社会的連帯を実現して、パンデミックという最悪の事態を避けることができるだろうか、(4) という深刻な問いかけが、五月のニューヨーク・タイムズに掲載される。しかし、この問いかけを嘲笑うかのようにウイルスの流行は続き、人々の気持ちをすさませていった。

ニューヨークにおける社会的連帯の喪失は、人種問題と経済格差の問題をより際立たせることになった。ことに、ジョージ・フロイドが、二〇二〇年五月二五日にミネアポリス近郊で警察官に殺害される(5)と、この事実がツイッターによって広く拡散され、(6) それ以前から続いていたブラック・ライヴズ・マター運動が改めて大きな盛り上がりを見せはじめ、(7) ニューヨークでも多様な人々が参加する大規模なデモが行われた。ブラック・ライヴズ・マター運動が、黒人ばかりではなく様々な人種と社会階層を含む運動に広がった背景には、感染症流行のために失業し、不自由な暮らしを余儀なくされた住民の不満があっただろう。[8] ニューヨークほどはっきりと、社会的不平等、貧困、人種差別が新型ウイルスの蔓延と深い結びつきを示している都市は他にない、という記事が示すように、[9] 感染症の流行は人種及び経済に起因する問題をより深刻にあぶり出し、ニューヨークの都市部に住む人々がもともと抱えていた問題をより鮮明に意識させる。

その後も続くウイルス蔓延の中、医療福祉の問題を含めて、どのように社会的連帯を取り戻すかがニューヨークばかりでなく、アメリカ全体の課題となってゆく。二〇二〇年七月には「愛と連帯」の題名で、ニューヨークの都市において再び「連帯」しようとする市井の人々の努力を取材したオンライン記事が掲載された。[10] 九月にはニューヨークのエンパイア・ステート・ビルディングが赤く照らされ、ニューヨークの人々へ連帯の呼びかけが行われる。[11] 年末の大統領選挙においてドナルド・トランプが敗れると、二〇二一年初頭の大統領就任演説で、ジョー・バイデンは人々の「分断」が深刻な「現実」であることを認めながらも、「馬鹿げた幻想だと思う人もいるかもしれないが」と言いつつ、人々に「団結（unity）」を呼びかけ、アメリカが再び一体となることを強調した。[12] だが、バイデン自身の言葉が皮肉にもあらわにしているように、その演説を聞いた多くのアメリカ人にとっては国家の分断こそが現実であって、国家全体の団結は幻想でしかなかっただろう。ドイツの国際テレビ局がニューヨークの貧富の差と不平等を取材したドキュメンタリー動画「ニューヨークの富める人々と貧しき人々——不平等社会の危機」は、二〇二一年一月から一年ほどの間にユーチューブで三二五万回以上視聴され[13]、多くの視聴者にニューヨークという都市における新たな社会的分断を印象付けた。そして新型ウイルス蔓延のはじまりからほぼ三年目、二〇二二年半ばから二〇二三年初頭にかけてのニューヨークを含むアメリカのほとんどの地域は、ウイルス流行をものともせずに経済的活況を取り戻したものの、今度は四〇年ぶりの高水準となったインフレに襲われ、貧富の差はより鮮明になり、ある記事はそれを「インフレによる分断——富める者はこれ見よがしに消費し、貧しい者は出費を控える」という題名で報道した[14]。これから先しばらくのあいだ、ニューヨークの社会的格差は深刻な問題としてつづくだろう。

こうした近年のニューヨークの人々の分断の現状と、連帯の必要性の高まりを前提としながら、この論集は、一九二〇年代から二〇一〇年代までのニューヨークを舞台にした小説および演劇において、都市におけるマイノリティーの孤独の現実と連帯の可能性がどのように描かれているかを探究する目的をもって編まれた。取り上げる作品は、F・スコット・フィッツジェラルド『グレート・ギャツビー』(一九二五年)、ジェシー・レドモン・フォーセット『プラムバン』（一九二八年）、ラルフ・エリスン『見えない人間』（一九五二年）、ジェイムズ・ボールドウィン『山にのぼりて告げよ』（一九五三年）、バーナード・マラマッド『アシスタント』（一九五七年）、トニー・クシュナー『エンジェルズ・イン・アメリカ』（一九九一―九二年）、ドン・デリーロ『マオⅡ』（一九九一年）、トニ・モリスン『ジャズ』（一九九二年）、シャーマン・アレクシー『リザベーション・ブルース』（一九九五年）、アヤド・アクタール『ディスグレイスト』（二〇一二年）である。この論集において扱われる小説あるいは演劇に共通するのは、分断された状況の中、いわゆるマイノリティーに属する人々の連帯への希望が彼らの行動を推進させているという点である。おそらくニューヨークを舞台とした小説や演劇において、都市におけるマイノリティーの分断と、そして連帯の可能性はこれからも重要な課題であり続けるだろう。

しかし、改めて理論的に考えてみると、ニューヨークのように雑多な人々の集まる大都市において、連帯は可能なのだろうか。たとえばアントニオ・ネグリとマイケル・ハートは二〇〇九年の『コモンウェルス』における都市論の最後を締めくくるにあたって、「世界の大都市化は、必ずしも階層と搾取の構造の全般化だけを意味するのではない。それはまた反逆の全般化を意味し、ひいては協働とコミュニケーションのネットワークの伸長、共有《コモン》、そして特異性同士の出会いの増強をもたらす可能性がある」（二六〇）との希望を述べた。ネグリとハートは、あたかも二〇二〇年のブラック・ライヴズ・マター運動の大きな広がりを予言するかのように、都市における人々の「協働とコミュニケーションのネットワーク」は可能だと主張したが、ただ、あれだけの盛り上がりを見せたブラック・ライヴズ・マター運動であっても、ニューヨークの経済活動が回復するにつれてその影響力が弱まり「反逆の全般化」をいまだに果たしていない現状を目の当たりにすると、ネグリとハートの、理想的で、やや空想じみた革命論は、どうにも現実離れして響くのも事実だ。

確かにネグリとハートが論じるように、都市の群衆に連帯の機運を見出そうとする場合、どのような経路を辿るにせよ、分断され抑圧された都市の人々が、何らかの形で個人的な親密さを取り戻して、「グローバルな舞台で優位に立つ勢力」の「帝国」的な支配（『コモンウェルス』二〇三）に反逆することのできる、なにか別の力が生まれるのではないか、という希望を語らざるを得ない。ほぼ一世紀の間、都市における連帯への可能性を語る理論はそのような傾向を示してきた。約九〇年前の一九三五年にはヴァルター・ベンヤミンが、「複製技術の時代における芸術作品」において、ばらばらにほぐれた「プロレタリア大衆（the proletarian masses）」こそが連帯する、という理想を語り（五〇）、一九七一年には人文主義地理学者のアン・バッティマーが、よりヒューマニスティックに「征服（conquest）」に反発する人間のあらゆる社会的行動の根底にある「組織的連帯への希求（quest for organizational solidarity）」を論じ（一二八）、そして一九九六年にはホミ・バーバが、もう少し慎重な言い方で、『文化の場所』において、「モナド的（monadic）」に生きるひとびとや「移住者（migrant）」などの「よそよそしいばかりの（unhomely）」状況での「文化的混交（cultural hybridities）」のなかで、「人々を隔てる裂け目の中に親密さ（an interstitial intimacy）」が生まれ、「共有空間（a communal space）」のなかで「社会的連帯への深い欲望（a profound desire for social solidarity）」が生まれる希望を語った（六、八、一五、一九、二四、二七）。また、最近では、二〇一五年にキャロライン・レヴァインが『諸様式《フォームズ》』のなかで、「中央集権的な通信ネットワーク（a centralized network）」のなかにおいても、より個人的でマイナーなつながりを取り戻して「帝国的権力（imperial power）」へ抵抗しうる可能性を語り（一三二）、二〇二〇年には、イザベル・ウィルカーソンが、ベストセラー『階級《カースト》』のなかで、アメリカがすでに階級化された社会であることを指摘しながら、その分断に抵抗するために、他者への「共感（empathy）」の必要性を強調している（三八六）。

これらの議論に示された豊潤な語彙とその可能性を、私たちは引き継いでゆかなくてはならないけれども、しかし、現実を見てみれば、いまだに、ニューヨークは、つねに見ず知らずの他人同士が集まる孤独な場所であり、人々が劣悪な住環境の中に押し込められ、生き馬の目を抜くような激しい経済競争の中、貧富の差が開くばかりの場所でもある。実際のところ、ベンヤミン以来の都市論が、連帯への希望を語りつづけても、それらがニューヨークにおける人々の持続的な連帯に結実することはなかった。現在のニューヨークにおける社会的分断と人種差別は、新型ウイルスの蔓延とブラック・ライヴズ・マター運動の激化によっていっそうあらわになり、そしてまた、都市化が進むアメリカの問題が最も先鋭的にあらわれるニューヨークを舞台にした二〇世紀初頭から二一世紀初頭に至る小説や演劇にも、ただ単に理論的な言葉を掲げるだけでは解決できない、人々の連帯をはばむ根深い問題があることが示されている。

厄介なことに、私たちが今使っている連帯という言葉が指し示すものが、ことに一九九〇年代以降に変質してしまったという事情も、問題をより複雑にしてしまっているようだ。先ほど引用したバーバの言葉が典型的に示しているように、そもそもポストモダニズムとポストコロニアリズムの洗礼を受けた現在の私たちが考える連帯には、よそよそしく、そしてまた自分たちの理解のとうてい及ばないような他者を含めた社会的成員とも連帯するというような意味合いがついてまわる。ネグリとハートは『帝国』（二〇〇〇年）の中でバーバの仕事の革新的な意味を指摘しているが、そこで彼らが言っているように、バーバの措定した他者による共同体は、異質なものたちやディアスポラなどの異種の人々の集まりであり、とうていお互いに素朴な共感が約束されているような集団ではない。そんな集まりをオルタナティブな共同体と呼んで、「差異や異種混交性の肯定はそれ自体、バーバによれば共同体の肯定なのである」（『帝国』一四五）などと言われても、どうすればそんなふうに差があり、異種であり、たがいに引き裂かれた状況のなかで、他者との連帯を見出せるというのか。その論理の根底で文学的想像力あるいは芸術的創造力に絶大な信頼を抱いているバーバは、そういう連帯が「フィクションの住処」や「芸術作品」（一八）のなかに見出せるというのだけれども、考えてみればバーバはずいぶんと無茶な要求を、現代のひとびとの文学的あるいは芸術的感性に要求しているようにも思われる。

昔はもう少し話が単純だった、と言えるかもしれない。たとえばマルティン・ハイデガーは、かつて『存在と時間』（一九二七年）のなかで、他者との関係性は「気づかい」（一六二）によって成り立つと論じた。互いに気づかいあう間柄になってはじめて、「共感」が生まれる（一六二）と論じる彼の議論は、その言葉のごく表面的な部分だけをとらえてみれば、実に牧歌的な連帯の概念を論じていて、わかりやすい。さらにハイデガーはその居住論「建てる・住まう・考える」（一九五一年）においても、周囲の環境と調和して生きることこそが「住む」ということなのだ、と論じて、「南向きの山の斜面の、泉にほど近い牧草地に風を避けるようにして建てられた」（一五七）豊かな自然の森の中の農家という住居を理想として示した。そのイメージはティム・クレスウェルも言うように、「たいへんロマンチックでノスタルジックな」（一二二）ものだが、そのぶん、周囲の環境と調和しつつ生きる人間の生活の理想像として、受け入れやすいものだ。ハイデガーが描き出す家の中にある「皆が座るテーブル」や「子供用のベッド」（一五八）は、そこに住む人々の幾世代にもわたる連帯を容易に想像させる。

ただし、そのように素朴で受け入れやすい人間同士の関係性や居住のイメージを提示するハイデガーの思考は、同時に、その土地に調和せず、根を張ることもない存在がその世界観から排除される傾向を強く帯びていたことを忘れてはならないだろう。二〇世紀を代表する哲学者として、同時代の思想に大きな影響力を及ぼしたハイデガーは、一九三〇年代にはヒトラーの政党を公然と支持し、さらに一九三三年から一九三四年まで、ナチス支持者としてフライブルグ大学学長を務めた。その間に、ヒトラー率いる国家社会主義党に入党し、学長就任演説で、党とその指導者を高く評価したという経歴も持つ。ジェフ・コリンズも言うように、「あらゆる証拠を勘案すると、ハイデガーがナチと深く関わっていたこと」（三二一）は明らかだ。

ハイデガーは自分こそがドイツ哲学の正統なる中心であり、古代ギリシアから発展した結果としてのドイツ文化の精髄を自ら体現していると考えたがっていた。だが、そのように文化を何らかの歴史的正統性や中心から湧き出るもののように考えてしまうと、それは結局、ナチズムとの親和性を帯び、そしてさらにユダヤ人を公職から追放する運動の黙認にみられるような、中心的文化からの他者の排斥の論理へと近づいていってしまう。ネグリとハートは『コモンウェルス』のなかでハイデガーの思想にあるこの傾向を批判して、ハイデガーがナチス体制を支持したという事実は「取るに足らない逸話ではない」（五〇）し、彼が「反動主義者」（五〇）の一人であり、「ナチスドイツにおける権威主義的パーソナリティと反ユダヤ主義との結びつき」（四九）を示した人物の一人であることは忘れてはならないと論じた。

『文化の場所』を一九九四年に出版したとき、バーバはこの問題を十分に意識していたことだろう。しかし、その時にバーバが成し遂げようとしたのは、むしろハイデガーの思想を利用しながら、その要点をひとつひとつひっくり返してゆき、ハイデガーのいうような自国中心の文化とはまったく異なる「文化」の枠組みを示すことであった。

たとえば『文化の場所』の序文で、バーバは文化が中心からやってくるのではなくて、「周縁（periphery）」（三）からやってくる、と主張した。文化の生まれ出る場所を、同質性の高い社会や伝統の真ん中に求めてしまうと、それがどんなにひどい結末をもたらしてしまうかということは、ハイデガーの哲学とナチズムとの顛末がよく示している。その歴史的な帰結を前提としたら、もはや私たちは文化を何らかの同質性の高い社会の中心から湧き出るもののように考えることはできない。むしろ、文化の場所は、社会の「周縁」にある。一つの共同体がもう一つの共同体と触れ合い、軋轢を起こし、そして支配者と被支配者が互いに影響を与え合う場所。そここそが「文化の場所」なのだ、とバーバは主張する。

バーバはハイデガーの議論の要諦を反転させ、ハイデガーが根本的に、常に、有機的統一体である「世界内存在」に注目しよう（『存在と時間』二二五）としたところを、バーバは有機的統一体ではなく、文化的な差異を生み出す「媒介（in-between）」に注目しよう（『文化の場所』二）と主張し、ハイデガーが人間をグループ分けしてその存在を決定づけるのが文化である（『存在と時間』四三〇）としたところを、バーバは人間をグループ分けせず、境界線上の状況に起こる「文化的混交（hybridity）」を再解釈しよう（『文化の場所』九）とし、ハイデガーが罪の意識を感じさせたり、それに対して責任を感じさせるような存在が他者である（『存在と時間』三四四）としたのに対して、バーバは罪や重荷を感じさせるものとして他者を排除したりせず、むしろ自分たち自身の「他者性（otherness）」を通じて、自分達を理解しよう（『文化の場所』一七）とする。

こうして、バーバはハイデガーの論理をことごとく覆してゆく。ただ、そのときに注意すべきなのは、バーバはあたかもハイデガーの発想の基盤をすべてひっくり返してゆくようにしながら、同時に、自分の議論をハイデガーのテキストの可能性を引き継ぐものとして示している点だろう。ハイデガーの「建てる・住まう・考える」の一節にある「境界線はそこで何かが断絶する場所ではなく……そこから何かが生まれ出る場所である」という引用から『文化の場所』の序文を始めているバーバは、ハイデガーのテキストの豊かな可能性をみている。つまり、全体としてハイデガーの議論はナチスの思想にもつながる危険があるが、同時に、その細部において、境界線上における他者との邂逅と文化的混交の可能性を示していることにバーバは注目する。

バーバがこのようなハイデガーの読みによって行おうとしたのは、歴史の継続性と同居しうる世界の革新性という二重のあり方だろう。バーバは、いわばハイデガーのテキストの中にある細部に、ポストコロニアル理論の萌芽を見つける。一見するとギリシア古典の正統を引き継ぐ気高きドイツ文化という方向に突進せざるを得ないハイデガーのテキストそのものに示されたた、そうではないオルタナティブな方向へ思考を向かわせる可能性をバーバは見出し、その用語を継承しながら、全く別の論理を構築していこうとする。このようにして、副次的な手段としてしか認識されてこなかった媒介の働き、あるいは境界線上においてひっそりと行われてきた文化的混交、それまで正統性のある主体にとって重荷とされてきた他者がその文化的中心を担うテキストの細部に招き入れられ、歴史的な文脈のなかの可能性として見出される。

バーバにおいて、連帯は、他者の歴史化として示される。バーバにとっての連帯は、ハイデガーのテキストの中で示されるような、そこに自明にあるもの、人間同士の間にあたりまえに生まれる親愛の情ではない。むしろ時間軸に沿って意識的に社会変化を意図しつつテキストから読み取られるもの、そこにないからこそ欲望されるもの、失敗と幻滅の連続として示されるもの、あるいは亡霊のように人々に取り憑いて離れない執着としてあるもの、そしてまた文学や芸術作品の中に示されるものだ。

そしてこの論集のそれぞれの論考もまた、他者の歴史化、二重の存在の幻視の舞台としての文学的ニューヨークを探究し、その連帯を記述しようとしている。高橋論文は、『グレート・ギャツビー』に描かれる一九二〇年代ニューヨークを、郊外化が生んだ都市中心部と郊外の二項対立の空間として捉え、ニックが語ろうとする連帯と語らない連帯、そしてそれらが示す展望を検討する。松下論文は、『プラムバン』に描かれるパッシング女性の自立・自律とセクシュアリティという点に女性同士の連帯の可能性を見出しつつ、ハーレム・ルネサンスにおける黒人女性作家の不自由さを論じる。藤野論文は『見えない人間』で一つのアイデンティティから別のアイデンティティへと変化してゆく語り手のはっきりと分類できない存在の仕方を不定形な働きとして名指すことにより、語り手が示そうとした不可視性とそれが作り出す繋がりを考える。永尾論文は『山にのぼりて告げよ』において、黒人少年ジョン・グライムズが都市の時空間を遮断するハーレムの教会の親密さの中に拠り所を見出す物語を通して、ボールドウィンが「西洋の私生児」と表現するアメリカ黒人の歴史的排除の経験を映し出す点を論じる。江頭論文は『アシスタント』において、イタリア系移民のフランクが自らユダヤ人となる結末において、ユダヤ人、非ユダヤ人という枠を超えて、個人がニューヨークで生き抜く際の連帯の意味を問う。岡本論文は『エンジェルズ・イン・アメリカ』を再読し、一九八〇年代ニューヨークのコミュニティを襲ったエイズ禍とそれに対する演劇界の反応を、「分断の時代における連帯」という逆説によって読み解くことを試みる。肥川論文は『マオII』の個人の声を抑圧する権威者、それに抗う主人公の作家ビル、そして序章と終章で描かれている二つの結婚式を取り上げ、それぞれにおける連帯の諸相の考察を、民衆の声に焦点をあてて行う。銅堂論文は『ジャズ』におけるコミュニティや連帯を生む原動力を「シティ」と呼ばれるハーレムの街路《ストリート》に見出し、強制移動、座り込み、個人及び集団による即興的歩みといった街路の営みを精察することで、シティが再創造される可能性を論じる。大島論文は『リザベーション・ブルース』で世紀を超えての収奪と支配が端的にニューエイジという形で今もって続いている様子を、〈騎兵隊〉レコード会社があるニューヨークを舞台とする物語の転換点に読み取る。貴志論文は『ディスグレイスト』においてポスト九・一一のアメリカで広がるイスラモフォビアを背景に、パキスタン系アメリカ人弁護士のアイデンティティ危機をめぐって、他者の疫病化をテーマに「連帯の幻想性」を論じる。これらの議論の中に記述される連帯はかならずしも明るい希望を与えるものばかりではないが、それはすでに一九二〇年代以降のニューヨークがもたらす現実において、すでに人々が素朴な連帯を信じることができなくなったからでもあるだろう。たとえばマルカム・カウリーは、自伝的作品である『亡命者の帰還——一九二〇年代の文学的オデッセイ』(一九三四年)で、人々の連帯を分断し、孤独へと陥らせる都市の「システム」(二二七)がニューヨークに根付いたのが一九二〇年代であると述べた。それ以降、孤独の現実と連帯への希求は、ニューヨークを舞台とした文学の重要な主題のひとつとなっている。

ネグリとハートは、『帝国』のなかで、バーバに代表されるポストコロニアル理論は「歴史の読み直しのためにはきわめて生産的な道具」であるが、現代のグローバルな権力構造を分析するには不十分な理論であると批判した（一四六）。だが、現在の新型ウイルスの蔓延ののち、そしてまた、ブラック・ライヴズ・マター運動がグローバルな経験として共有されたのちの状況において、複眼的視点をもって世界を記述しようとするバーバの発想は依然として有効であると思われる。ウイルス感染症の厄災の中で、私たちは人通りの途絶えた空虚な大都市の空間の中にかつての賑わいを思い浮かべ、大統領は分断された国家のただなかでたとえばかばかしい幻想のように思えても団結を呼びかけ、都会人たちはブラック・ライヴズ・マター運動に参加して連帯しつつ自分たちこそは「他者」であることを示そうとした。この論集は、その「二重の振る舞い（double lives）」（バーバ　二六）が大都市を見つめる視線、大統領の就任演説、そしてまたマンハッタンの市井の人々の示威運動にまで見て取れた経験を前提としながら、ニューヨークを舞台にした二〇世紀初期から二一世紀初期までの小説と演劇を、他者の歴史化というパースペクティブの中で探究する試みとして位置付けることができるだろう。

＊本稿は、日本英文学会九州支部第七四回大会（二〇二一年十月一六日、オンライン）での口頭発表、および、『西南学院大学外国語学論集』第二巻二・三合併号、二〇二二年掲載の「連帯の幻想と孤独の現実――アンダーソンが予言し、カウリーが検証した一九二〇年代のニューヨーク」に大幅な加筆・修正を施したものである。

注

（1）Michael Kimmelman, "The Great Empty: Photographs by *The New York Times*; Introduction," 23 Mar. 2020, www.nytimes.com/interactive/2020/03/23/world/coronavirus-great-empty.html.

（2）Benjamin Heller, "New for New York City: What Solidarity Looks Like Amid Coronavirus Outbreak," *Gotham Gazette*, 20 Mar. 2020, www.gothamgazette.com/opinion/9228-new-for-new-york-city-what-solidarity-looks-like-amid-coronavirus-outbreak.

（3）Jessica Snouwaert, "13 Photos of New York City Looking Deserted as the city Tries to Limit the Spread of the Coronavirus," *Insider*, 1 Apr. 2020, www.businessinsider.com/coronavirus-pictures-of-new-york-city-empty-streets-2020-3.

（4）Eric Klinenberg, "We Need Social Solidarity, Not Just Social Distancing: To Combat the Coronavirus, Americans Need to Do More Than Secure Their Own Safety," *The New York Times*, 14 March 2020, www.nytimes.com/2020/03/14/opinion/coronavirus-social-distancing.html.

（5）Evan Hill, et. al. "How George Floyd Was Killed in Police Custody," *The New York Times*, 31 May 2020, www.

nytimes.com/2020/05/31/us/george-floyd-investigation.html.

(6) Mary Blankenship and Richard V. Reeves, “From the George Floyd Moment to a Black Lives Matter Movement, in Tweets,”10 July 2020, www.brookings.edu/blog/up-front/2020/07/10/from-the-george-floyd-moment-to-a-black-lives-matter-movement-in-tweets/.

(7) Eliott C. McLaughlin, “How George Floyd’s Death Ignited a Racial Reckoning That Shows No Signs of Slowing Down,” CNN, 9 Aug. 2020, edition.cnn.com/2020/08/09/us/george-floyd-protests-different-why/index.html.

(8) Spencer Kimball ed. “‘We’re Built up with Frustration’: Scenes and Sounds in NYC during 3 Days of Protest against Police Brutality,” CNBC, 6 Jun. 2021, www.cnbc.com/2020/06/06/new-york-george-floyd-protest-photos-video.html.

(9) Alexander Görlach “Opinion: New York —— A Stricken City of Contrasts,” DW, 10 Jun. 2020, www.dw.com/en/opinion-new-york-a-stricken-city-of-contrasts/a-53754751.

(10) Elizabeth Lawrence, “‘Love And Solidarity’: Amid Coronavirus, Mutual Aid Groups Resurge in New York City,” NPR, 26 Jul. 2020, www.npr.org/sections/health-shots/2020/07/26/895115149/love-and-solidarity-amid-coronavirus-mutual-aid-groups-resurge-in-new-york-city.

(11) Shaye Weaver, “NYC Landmarks Will Light up Red Tonight in a Show of Solidarity for the City: The Lighting Is Meant to Serve as an Inspirational Moment and Reminder of NYC’s Resiliency,” TimeOut, 17 Sep. 2020, www.timeout.com/newyork/news/nyc-landmarks-will-light-up-red-tonight-in-a-show-of-solidarity-for-the-city-091720.

(12) Joseph R. Biden, Jr., “Inaugural Address by President Joseph R. Biden, Jr.,”The White House, 20 Jan. 2021, www.

whitehouse.gov/briefing-room/speeches-remarks/2021/01/20/inaugural-address-by-president-joseph-r-biden-jr/.

(13) "New York City Rich and Poor —— The Inequality Crisis," DW Documentary, www.youtube.com/watch?v=TfXbzbJQHuw.

(14) Anne D'innocenzio and Christopher Rugaber "Inflation Divide: The Wealthy Splurge, the Poorest Pull Back,"AP, 5 June 2022, apnews.com/article/inflation-personal-taxes-67ce29f58a3668907db9027a677cc7af.

引用文献

Benjamin, Walter. "The Work of Art in the Age of Its Technological Reproducibility." Second Version. *The Work of Art in the Age of Its Technological Reproductibility, and Other Writings on Media*. Ed. Wichael W. Jennings, et al. Trans. Edmund Jephcott, et al. Belknap, 2008. 19-56.（ヴァルター・ベンヤミン「複製技術の時代における芸術作品」（第二稿）『ボードレール』野村修編訳　岩波文庫、二〇〇一年）

Bhabha, Homi K. *The Location of Culture*. Routledge, 2004.

Buttimer, Anne. *Society and Milieu in the French Geographic Tradition*, Rand McNally, 1971.

Collins, Jeff. *Postmodern Encounters Heidegger and the Nazis*. Icon Books, 2000.（ジェフ・コリンズ『ハイデガーとナチス』大田原眞澄訳　岩波書店、二〇〇四年）

Cowley, Malcolm. *Exile's Return: A Literary Odyssey of the 1920s*. 1934. Penguin Books, 1994.

Cresswell, Tim. *Place: A Short Introduction*. Blackwell Publishing, 2004.

Hardt, Michael, and Antonio Negri. *Commonwealth*. Belknap, 2009.（アントニオ・ネグリ／マイケル・ハート『コモン

ウェルス』上下　水嶋一憲監訳　幾島幸子、古賀祥子訳　ＮＨＫ出版、二〇一二年）

———. *Empire*. Harvard UP, 2000.（アントニオ・ネグリ／マイケル・ハート『帝国』水嶋一憲監訳　酒井隆史、浜邦彦、吉田俊美訳　以文社、二〇一〇年）

Heidegger, Martin. *Being and Time*. Translated by John Macquarrie and Edward Robinson, HarperPerennial / Modern Thought, 2008.

———. “Building Dwelling Thinking.” *Poetry, Language, Thought*. HarperPerennial / Modern Thought, 2013, pp. 143-59.

Levine, Caroline. *Forms: Whole, Rhythm, Hierarchy, Network*. Princeton UP, 2015.

Wilkerson, Isabel. *Caste*. Allen Lane, 2020.

『グレート・ギャツビー』に見る連帯
——ニューヨークの都市空間と人々

高橋美知子

はじめに——都市／郊外の空間構造(1)

アメリカの都市化は遅くとも一九世紀半ばから本格的に進行し始めた。都市は拡大の一途をたどったが、都市中心部の住環境は悪化していき、富裕層は都市を逃れて郊外に住宅地を形成するようになる。世紀転換期前後より始まった都市と郊外の間の移動手段となる自動車の普及や郊外電車網の敷設に後押しされて、郊外住宅地域の形成は加速した。ニューヨーク市、特にマンハッタンエリアの都市中心部化と周辺の郊外化は一九二〇年ごろに完了したとされる。(2)こうして中上流階級は、仕事と娯楽のための機能的な都市中心部と、快適で平穏な住環境が守られる郊外という、二項対立の空間構造を獲得したのである。F・スコット・フィッツジェラルドによる『グレート・ギャッビー』（一九二五年）の舞台は、まさにこうした空間構造を完成させたニューヨークであり、本作は、都市化と郊外化が同時に進む一九二〇年代ニューヨークのマンハッタンおよびその近郊の状況を見事に切り取った都市小説である。

都市化についてはその特徴のひとつとして、人間関係が希薄になり、連帯が阻害されることがしばしば指摘されてきた。赤枝尚樹「都市は人間関係をどのように変えるのか」（二〇一一年）によれば、都市社会学では古典的には都市が社会からコミュニティを失わせてしまったとしてきたが（「コミュニティ喪失論」）、二〇世紀半ば以降、親族や友人、職場の同僚の間で親密性や感情的なコミットメントが高い人間関係（「第一次的紐帯」）を巡って、実際には都市においてもそうした親密な人間関係は存続しているとする主張や（「コミュニティ存続論」）、都市化により親密な人間関係が崩壊するわけではなく、都市では、地域や職場など我々が属する空域から所与のものとして与えられるのではない自発的な関係が形成される、あるいは人間関係が崩壊はしないが比較的小さなコミュニティや人間関係に細分化される、というように人間関係の性質が変化するという主張（「コミュニティ変容論」）などが展開された。都市における連帯は単純に消えたとは言いがたい。

実際に一九世紀末以降のアメリカの都市化の状況を見ると、都市は大規模な移民流入の受け皿となり、各都市にはエスニック・コミュニティが複数形成され、各コミュニティが親密な人間関係によって自分たちの文化と安全を守ったことはよく知られている。[3] 各エスニック・ギャングもそれぞれのコミュニティの自警団から出発したものである。またこうした状況を都市中心部と郊外の二項対立に当てはめて考えると、都市化が進み、大量の移民が流入した劣悪な住環境から逃れて郊外に住宅地域を設けた中上流階級は、異質な他者を排除するという意味で、ある種の連帯を形成したと言えよう。

マルティン・ハイデガーは建築論「建てる・住まう・考える」において、「住まう」ことは「危害や脅威など、何ものかから身を守られ、保護されている」ことと定義している（一三）。また、アナ・マンザナスとヘスス・ベニートは、「通常の空間」に収まりきれない「不適合者」や「無法者」を、安定したスペースの狭間の空間へ追いやることがアメリカでは繰り返されてきたと論じ、そのプロセスを「場所の植民地化」と呼び、その後には「門を閉じ、自分たちを特例化する動き」（三一四）が続くと指摘した。郊外化は、富裕層にとっての「通常の空間」を都市中心部の外に拓き、門を閉じたということになる。外部の排除、外部に対する敵対は内側の連帯をもたらす。この時代の都市における連帯は、まず何よりも郊外化に現れた中上流階級の連帯である。

連帯という観点から『グレート・ギャッツビー』を見るとき、物語の主軸は中西部の「裕福で有名な」（六）家庭出身の語り手ニック・キャラウェイが、「不適合者」かつ「無法者」である主人公ジェイ・ギャッツビーに対して連帯を獲得することにあるように見える。ニックは彼が「心底軽蔑するあらゆるものを体現する」（五―六）ギャッツビーに対し[4]、物語終盤の第八章で「君はあいつら（高級郊外住宅地イースト・エッグの住人のような金持ちの人々）を一緒にしたよりずっと価値があるよ」（一二〇）、と声をかける。つまり、ニックにとってギャッツビーとは、単に軽蔑すべき存在から、この作品の題名が示唆するように、ある種の偉大さを感じられる存在へと変化しているのである。

このようなニックのギャッツビーに対する連帯は、都市や階級の枠組みを越えた普遍的な人間関係の在り方を描き出しているようにも読めるのだが、本当にそうだろうか。本稿では、この物語の舞台である一九二〇年代のニューヨークの都市空間とそこでの連帯が作中でどのように表象されているかを整理した上で、ニックのギャッツビーへの連帯感の実態を明らかにし、この物語に描かれる都市と連帯の在り方と、それが示す展望を検討したい。

1　『グレート・ギャツビー』に描かれるニューヨークエリアの空間構造(5)

『グレート・ギャツビー』が描く都市空間は、郊外化現象による都市空間の二項対立を当てはめると、次のようなものだ。語り手ニックは、一九二二年の春に証券会社で働くために故郷からニューヨークへとやってくる。職場はニューヨークの中でも都市中心部に当たるマンハッタンにある。一方、彼が小さな家を借りたのは、郊外を構成するロングアイランドの一角にある、ウェスト・エッグと呼ばれる卵のような形をした小さな半島の住宅地である。湾をはさんでさらに奥には、同じような形をしたイースト・エッグと呼ばれる地域があり、こちらには彼の親戚のデイジーがトム・ビュキャナンという男と結婚して住んでいる。そしてウェスト・エッグでニックの家の隣にそびえるのが、ギャツビーという謎めいた富豪の大豪邸である。人々が住むのはこの郊外地域で、マンハッタンと郊外の二項対立が物語の舞台となっている。

・都市中心部――マンハッタン

ニックにとってのマンハッタンは、第一に仕事をする場所である。ニックは自宅から通勤列車でウォール街へ向かい、長い時間をそこで過ごす。「ほとんどの時間、僕は働いた。朝日を受けた僕の影が西に延びるくらい早い時間に、ロウワー・ニューヨークの白い渓谷の中にある職場のプロビティ信託に急ぎ足で向かった」、と朝早くから働き、夜になれば「大体、イェール・クラブで夕食をとった。なぜかわからないが、それが一日で一番憂鬱なことだった。それから二階の図書室に行って、投資や証券の本をしばらく身を入れて読んだ」（四六）と、勉強にいそしむ。だが、世界金融の中枢マンハッタンも、この当時は会社や商店が営業していない日曜日には、人気がなく大都会の中心街とは思えない姿を見せている。日曜昼下がりの五番街の「ほとんど牧歌的な」様子に、ニックは「羊の群れが角を曲がって来ても驚かない」（二五）という印象さえ抱く。『グレート・ギャツビー』において、マンハッタンは機能的な場所として描かれている。職場では「経理部の女性と短い間関係を持つ」（四六）こともあったが、同僚や同業者と仕事のランチを共にする以外の付き合いはなく、仕事が終わって夕食をとりに行く同窓会館イェール・クラブでも、賑やかに談笑するグループを避けるように二階の図書館に逃げ込んでいる。ニックにとってマンハッタンは連帯の場所ではない。

郊外に住む人間にとってはマンハッタンこそ大都会「ニューヨーク」であり、そこは刺激のない郊外の日常生活から逃れて羽根を伸ばす場所でもある。イースト・エッグに豪邸を構えるビュキャナン夫妻を初めて訪ねた際にニックがまず目にしたものは、妻デイジーとその友ジョーダン・ベイカーが所在なげにソファに横たわる姿だ。二人の間で交わされる次の会話は、郊外生活の退屈から逃れるすべを、ニューヨークつまりはマンハッタンに行く以外思いつかないことをよく示している。

「私、体がカチコチになっちゃった」、と彼女［ジョーダン］は不満そうに言った。「もうずっとこのソファに寝っ転がっているんだもん。」

「私の方を見て言わないでよね」、とデイジーが言い返した。「昼からずっと、ニューヨークに行こうって誘ってたじゃない。」（一二）

夫のトムはと言えば、愛人のマートル・ウィルソンと過ごすためのアパートをニューヨークの一五八番街に借りている（二五）。彼は、マートルに自分と同じ列車でマンハッタンに向かうよう指示しながら、列車の中では、「乗り合わせているかもしれないイースト・エッグの住人の感性に配慮」（二一三）して別の車両に座らせるようにした上で、到着すると早くも「プラットフォームに降りる彼女に手を貸す」（二一三―二一四）。アパートに着くと「ウィルソン夫人がトムの膝の上に座りながら何人かに電話をかけた」（二一五）、と二人の関係がここでは公然のものとなっていることが窺われるなか、ほどなくしてアパートの住人やマートルの妹がやってきてホームパーティが開かれる。そもそも「彼を知る者は誰でも彼に愛人がいるのは間違いないと断言していて」、「人気のレストランに彼女を堂々と連れて行く」（二一一）など、トムはマンハッタンの中では人目を憚る様子を全く見せない。

一方、前述のようにマンハッタンが仕事と食事と勉強の場所になっているニックにとって、人間関係の希薄な都会の中心で楽しみはないのかというと、実は仕事も勉強も終えて駅に向かう道すがら、彼には密かな楽しみがある。

> 僕はニューヨークが好きになり始めていた。夜になってからの刺激的で冒険してみたくなるような雰囲気も、ひっきりなしに行き交う男女や色々な乗り物の様子を眺めて満足するのも気に入っていた。そして五番街を歩き、人ごみの中からロマンティックな雰囲気を持つ女性を見つけ出し、誰にも気づかれず、文句も言われずにその人生に入り込

む、という空想を楽しんだ。時には、あくまで空想上の話だが、目立たない街角にあるそんな女性たちのアパートまでついて行く。するとその人は、ドアの向こうの暖かな暗闇に姿を消す前に、こちらを振り返って微笑みかけてくれるのだ。（四六―四七）

都会が好きになり始めたと言って語りだすのが都会の希薄な人間関係ゆえの窃視の欲望という倒錯に、ニックは「時々、やりきれないほどの寂しさを感じた」（四七）と自嘲気味に告白する。彼にとってマンハッタンは、欲望と刺激に満ちた空間でもあるのだ。

マンハッタンはまた、多様性を特徴とする空間である。ギャツビーに誘われてマンハッタンに車で向かったニックがクィーンズボロー橋を渡ると、通り過ぎる車の窓から「悲しげな眼と短い鼻の下を持つ東南ヨーロッパ人」や「流行の衣服に身を包んだ黒人」と「白人運転手」（五五）の姿が見える。そして四二番街のレストランで、ニックはギャツビーから「小柄で平べったい鼻をしたユダヤ人」（五五）、マイヤー・ウルフシェイムを紹介される。マンハッタンの空間に登場する様々なエスニシティは、都市中心部の空間の開放性を印象付ける。

加えて、ウルフシェイムが大物ギャングであることも、この空間の多様性を物語っている。彼が問わず語りに語りだす、かつて向かいにあったホテル、「懐かしのメトロポール」の思い出は、「死んだり消えちまった奴らの顔、永遠にいなくなっちまった友の思い出に満ちて」いる。なかでも彼が「生きている限り決して忘れることができない」のは、「あそこでロージー・ローゼンタールが撃たれた夜のこと」（五六）、つまりはギャングの抗争にまつわる銃撃事件であり、そんな話を聞かされたニックが、ウルフシェイムとはいったい何者かと尋ねると、ギャツビーは「賭博師ですよ」と言った後に、「一九一九年にワールド・シリーズの八百長を仕組んだ男です」（五八）と付け加える。『グレート・ギャツビー』のマンハッタンは、郊外の世界には決して顔を出さないウルフシェイムのような裏稼業の大物が、大手を振って歩くことのできる空間でもある。混沌と危険は、都市中心部の重要な要素だ。

前述のように、エスニック・グループやギャングといえば、都市中心部にあって連帯の残る場と言えるが、ニックが語り手としてそれらの話題に踏み込むことはない。ニックが見かけた、東南ヨーロッパ出身とおぼしき人たちの、コミュニティの柱のひとつとも言うべき葬列の車列や、白人運転手の車に乗った三人のアフリカ系の人たちのことは断片的な記述にとどまり、ニックが彼らにそれ以上の注意を向けることはない。ギャングの大物ウルフシェイムには、ギャツビーについて「道端から拾い上げて、ゼロから彼を育て上げた」、「そんな感じで、あらゆる点で本当に近い関係だった……いつだって一緒だった」（一三三）、と親密な人間関係を語らせるが、彼が断固としてギャツビーの葬儀への出席を拒否することを、ニックは「彼なりの理由があって来ないのだとわかった」（一三四）として、このコミュニティの連帯のありように深く立ち入ることはない。ニックの語りから読み取れるのは、都市中心部に連帯が無いことではなく、彼が都市中心部にあるかもしれない連帯に目を向けようとしないことだ。

・郊外——イースト・エッグ、ウェスト・エッグ

郊外は、ニックの説明によるとマンハッタンに通勤可能な「ベッドタウン」であり、故郷の「広々とした芝生と心落ち着く木立が広がるカントリー」（六―七）を連想させる「カントリー」（七）となっている。作品の舞台となるこのロングアイランドの「カントリー」をニックは「北米でもっとも奇妙なコミュニティのひとつ」（七）と、ひとつの郊外空間としてとらえているのだが、実際はこの「カントリー」は大きく二つのエリアに分かれている。ニックとギャツビーが住むウェスト・エッグと、デイジーとトムのビュキャナン夫妻が住むイースト・エッグである。

ウェスト・エッグの方は、もともとあったウェスト・エッグ村という貧しい村のマンハッタン側から見た奥に住宅街が形成されていて、そこからさらに湾を渡ったところにある、「洗練された……白い宮殿のような邸宅が水辺に沿って煌めいている」イースト・エッグに比べる

と、「洗練されていない」（八）地域である。ニックはこのような比較は「この二つの地域の奇妙で少なからず不吉な対比を説明するには、もっとも表面的な表現」（八）としつつも、その真意を明示的に説明することはない。だが、二つの地域を比較すると、ニックが住む「ひと月八〇ドル」の小さな家が、「ひと夏借りるのに一万二千から一万五千ドルはかかりそうな、城のように巨大な二軒の家の間に押し込められて」いることからも（八）、貧しい村のすぐ隣に広がるウェスト・エッグの住宅街には住民の間に多様性があることが推測されるのに対し、イースト・エッグの方にはそのような描写は一切見られない。マンハッタンからより距離があり、湾を隔てたイースト・エッグは、先に述べたように、外部を排除し、「自分たちを特例化」する真の郊外なのである。

・　異質な空間――「灰の谷」とギャツビー邸

ここまで見てきたように、『グレート・ギャツビー』には、都市空間の中に郊外化現象がもたらした二項対立が描かれているが、物語の中にはこの枠にはまりきらない異質な空間も存在している。都市中心部と郊外の狭間にある地域、特に物語の中で「灰の谷」と呼ばれるエリアがそうだ。

「灰の谷」は、ウェスト・エッグ村とマンハッタンとの間の数百メートルにも及ぶ灰の堆積場の中に位置する。見渡す限り灰ばかりのこの地域を貫く道沿いにぽつんと三軒長屋の商業家屋があり、一軒は空き家、残る二軒のうちひとつは終夜営業の食堂、最後のひとつがトムの愛人マートルが夫のジョージとともに住んでいるガソリンスタンド兼自動車修理工場である(二二)。郊外の住人にとって、「灰の谷」は郊外と都市中心部の行き来に通過するだけの場所であり、都市対郊外の構図の中で顧みることのない存在だ。通勤時に必ず通過するこの空間は、ニックにとって「いつ来てもなんだか不安な気持ちになる」(九七)場所で、時折列車が来てゴミ捨て場である灰の山を相手に作業が始まる様子を目撃しても、「厚い灰の雲がそこらあたりを覆ってしまい、何をしているのか見えない」(二一)と、あまり関心を寄せない。「灰の谷」はニックの語りが前景化する都市中心部と郊外の狭間に潜む、異質な空間だと言える。

作中には、もうひとつの異質な空間がある。「灰の谷」と違って物理的には都市と郊外の二項対立の構図の中にありながら、それを攪乱して人々の違和感を掻き立てる場所、ニックの家の隣に建つ、主人公ジェイ・ギャツビーの邸宅である。

さきに言及した、マンハッタンに入って「悲しげな眼と短い鼻の下を持つ東南ヨーロッパ人」や「流行の衣服に身を包んだ黒人」を見かけた直後、ニックは「この橋を渡ったからには、何でも起こり得る」というコメントを付け加え、さらに次のように続ける。「ギャッツビーだって起こり得るし、それに不思議はない」（五五）。その表面的なトーンとは裏腹に、ニックのコメント中では、ギャッツビーという存在が、多様なエスニシティを内包する都市中心部と重なり、「何でも」という計り知れない、つまりは異質な存在として表現されている。

ギャッツビーは、その邸宅で週末ごとに大規模なパーティーを開催するが、客たちは「招待されるわけではなく、ただやってくる」のであり、酒を飲み、食事をし、好き勝手に大騒ぎした挙句、「ギャッツビーの顔を見ることさえせずに帰る」（三四）ことも珍しくない。このような、ある意味で外に開かれたパーティーは、郊外住宅地の閉鎖的で上品な文化の中には本来馴染まないものである。(6)

ギャッツビーのパーティーは「中身のないお喋りや笑い声、あてこすり」に満ち、人々は「紹介された相手の名前もすぐ忘れ、お互い名前を尋ねる気にさえならない女性同士が、熱心に話し込んで」おり、「到着した人を吸収して人の輪が広がったかと思えばほどけ、すぐまた別のグループが出来」（三四）、という具合に、安定した人間関係と無縁である。その様子はまるで、郊外の中に人間関係の希薄な都市中心部の空間が出現しているかのようで、デイジーの幼馴染ジョーダンは、ギャッツビーのパーティーを、「大きなパーティーっていいわね。くつろげるもの。小さなパーティーにはプライバシーがないわ」(四一)と評価している。つまり、閉鎖的な人間関係から逃避できるギャツビーの開くパーティーは、郊外居住者にとって都市中心部と同種の、非日常的な楽しみを味わえる場所となっている。

賑やかなパーティーの影で、ギャツビー邸には、都市中心部のそれを彷彿とさせる危険な匂いもつきまとう。ギャツビーには「人殺し」、「スパイ」(三六)、「密売業者」(四九)などの様々な黒い噂が絶えることなく、自宅にはしばしば怪しげな電話がかかって来る。作品の後半でデイジーが家に来るようになってパーティーが開催されなくなると、「見るからに悪党の」(八八)ウルフシェイムの手下たちが従業員として入り込んでくる。

こうしたギャツビーという存在と彼の邸宅、そしてそこで開かれるパーティーは、郊外住宅地という「守られ、保護されている」はずの空間に都市中心部的空間が侵入してきているという点で、極めて異質なのである。

郊外文化を作り上げ、そこで居心地の良い自分たちだけの連帯を作り出したイースト・エッグの住人たちは、ギャツビー邸とそこでのパーティーに異質なもの、郊外から排除したはずの都市中心部の文化を感じている。例えば、度々奔放な振舞いを見せ、都市中心部の文化に染まっているかのようなジョーダンだが、ギャッツビーのパーティーでは、おそらく彼女と同質と思われる客たちとひとつのテーブルを独占し、「郊外の落ち着いた高貴さを示す役割を果たしつつ、イースト・エッグ側の人間としてウェスト・エッグを見下して、その開放的なお祭り騒ぎにガードを固める」（三七）様子を見せている。それでも、しばらくすると「抜け出しましょ」とニックに声をかけ、「この人たちって、私にはお行儀が良すぎるのよ」（三七）と言いながら都市中心部的空間であるパーティーの賑わいの中へと足を向けるのは、あたかも郊外生活の退屈さを紛らわすためにニューヨークに向かう郊外居住者の行動とパラレルを描くようで、ジョーダンのイースト・エッグ的な側面をよく表している。

ジョーダン以上にイースト・エッグ的文化に染まっているデイジーは、そもそもギャッツビーのパーティーに進んで足を運ぶことはなく、ギャッツビーとの再会後にようやくパーティーを訪れても、それを「楽しむことができない」（八三）ばかりか、「議論の余地がないほど嫌悪感を覚え」る（八四）。彼女は、ギャッツビーを取り巻く喧騒や混沌を、自分が恒久的に身を置く場として受け入れることができない。だからこそ彼女は、マートルの轢殺事件のあと、ギャッツビーの登場により一度は破綻しかけたトムとの仲を修復することを選択する。事件後の深夜、二人が自宅のキッチンで互いの手を重ねつつ話し合う姿を目撃したニックは、そこに「何かを謀議する……親密さ」（一一三）を見て取った。自分の罪を被ったギャツビーと一切の連絡を絶って姿を消すデイジーの選択は、彼女がトムと同じ価値観を有する人物であることを示すともに、「通常の空間」から猥雑さや危険を排除するための、中上流階級の強固な連帯を浮き彫りにする。

語り手ニックは、トムやデイジーのような「桁外れに金持ち」（一九）な人々のことを「高級秘密組織」（一七）と呼び、彼らへの批判的な眼差しを隠そうとはしない。彼らとギャツビーの傍でひと夏を過ごしたニックは、郊外的なものと都市的なものの分断あるいは二項対立を乗り越え、愛を実現しようとしたギャツビーの物語をそこに見た。ギャツビーの死後故郷に戻ったニックは、二年の時を経て、ギャツビーの物語を自らの語りによってアメリカの夢の物語に昇華させるために、語り始めるのである。

2　ニックが語る連帯・語らない連帯

これまで見てきたように、『グレート・ギャツビー』の物語では、都市空間での出来事が登場人物の一人であるニックによって語られるが、その中でニックが知りえないはずの事実が入り、彼の語りが途絶える箇所がある。特に、マートルの轢殺からギャツビーの射殺までの経緯についていて語られている次の箇所は、ニックがどのようにして情報を知りえたのか明らかにされていない。第一にウィルソンのガレージの隣で食堂を営むミカエリスによる現場の目撃証言（第七章）、第二にミカエリスが事件の翌朝までジョージ・ウィルソンに寄り添った時の二人の様子（第八章）、第三にジョージがギャツビー邸に向かい、ギャツビーを殺して自殺する経緯（第八章）の三箇所である。

このうち最初と三番目、すなわちマートルの轢殺からギャツビーの射殺とジョージの自殺までの経緯の描写は事実関係が中心で、一連の出来事が終了した後にニックが何らかの情報源（例えば新聞記事や捜査関係者など）から情報を入手したと推測するのも十分可能であるが、二番目のミカエリスとジョージのエピソードはそれとは異なっている。この場面には、ミカエリスとジョージが二人きりで交わした会話の直接引用やミカエリスの心理描写など、その場にいなかったニックには知りえないことが多く含まれている。ジェームス・フェランは、この場面の詳細な分析を行ったうえで、ニックがミカエリスに聞き取りを行ったうえで、想像による補強を行ったという可能性を提示しているが（一〇八）、フェランも指摘するように、この場面に関してニックの情報源は明示されていない。ところがニックはこの場面以外では、自分が直接知りえないことを語るときには、それがどのように入手された情報なのかを明示しているのである。例えば、ギャッツビーの半生や彼とデイジーの出会いについては、ギャッツビー本人やデイジーと同郷のジョーダンからの伝聞であることを、語りの中で示しているのだ。にもかかわらず、ミカエリスとジョージの場面だけ情報源が示されていないのは極めて不自然だと言える。このことが示唆するのは、ミカエリスとジョージのエピソードを語っているのはニックではない、ということだ。そうだとすれば、ニックがこのエピソードを語らないのはなぜか。

ニックが語ろうとしているのは、都市中心部と郊外というニューヨークの二項対立的空間、つまり中上流階級が自らの平穏な住空間を守ろうと生み出した空間構造を背景に、ギャッツビーがその二項対立を破ってデイジーを手に入れようとする物語である。ニックはこの悲恋物語を、アメリカの夢と重ねることで普遍化しようとした。ゆえに物語の結末で、「ギャッツビーが、デイジーの家の波止場の先に灯る緑の光を初めて目にしたときの驚嘆」（一四一）、すなわちギャッツビーの恋の希求を、オランダ人の新大陸への夢――「オランダ人水夫の目前で花開いた古きこの島――新世界のみずみずしい緑の乳房」（一四〇）――に重ねるのである。

それにしてもニックはなぜ、「心底軽蔑するあらゆるものを体現する」とまで評したギャッツビーをここまで偉大な存在に仕立て上げようとするのか。それは、トムとデイジー、すなわち中上流階級の腐敗した、欺瞞的で利己的な連帯に反発し、彼らの犠牲となったギャッツビーにニック自身が連帯の手を差し伸べる物語を紡ごうとするためだ。ニックが最後にギャッツビーにかける言葉、「奴らは腐ってる……君はあいつらを一緒にしたよりずっと価値があるよ」（一二〇）という言葉は、その連帯表明である。

しかしながら、物語結末でギャッツビーの夢を理想化するために、オランダ人による新大陸征服というアメリカの夢を幻視するニックの姿は、「俺たちは北方人種だ」とした上で「支配する側の人種の俺たちが気をつけておかないと、他の人種が物事をコントロールする羽目になる」（一四）と息巻くトム・ビュキャナンのネイティヴィズム（移民排斥主義）に重なる。[7] ニックはトムに対し、「彼はどうやら文明の砦を一人で守っているつもりらしい」（一〇一）と冷笑的な視線を向けているが、故郷では「裕福で有名な」一家の出身であるニックの中には、拭うことのできない中上流階級的価値観がある。[8] 彼はギャッツビーの物語を通して、正義が機能し、誠実さが価値を持つ世界を求めているかのように見えるが、実はそれでさえ、彼が生きてきた中上流階級の世界の枠組みを出ていない。

ニックが紡ぐ物語は主観的であり、彼は「誇張したり、解釈したり」、「削除したりする」（タナー二〇、二六）語り手である。ミカエリスがジョージ・ウィルソンに見せた思いやりのエピソードがニックの語りから外れている事実は、彼が語ろうとするギャツビーとの連帯の物語の枠組みにとって、このエピソードが異質で不要な存在であることを鮮明にする。

それでは、マートルの轢殺の後、ジョージ・ウィルソンにつきっきりで寄り添うミカエリスとはどのような人物なのか。すでに述べたように、彼は灰の谷と呼ばれる地域でウィルソンのガレージの隣で食堂を営んでいる。とはいえ、ウィルソン夫妻に子どもがいるかどうかも知らず、ジョージが教会に通っているかどうかも知らないところから見ると、親しい友人とは言いがたい。にもかかわらず、妻を失い、正気も失いかけた隣人に、終夜営業の自分の店を後回しにしてまでミカエリスがひと晩中寄り添うのはなぜだろうか。

ミカエリスは事故を目撃した記憶やマートルの遺体が置かれていた場所に残るシミにおびえながらも、不器用な様子でジョージに話しかけて正気を保たせようとし、慰めとなる教会や友人はないかと情報を引き出そうとし、要領を得ないジョージの話に耳を傾け、古ぼけた巨大看板に描かれた目を「神」（一二四）だと言う狂気を見せるジョージのもとに踏みとどまる。そこにあるのは、隣人に対するケアの精神に他ならない。だが実は、ジョージを気にかけていたのは彼だけではない。事故後のジョージの家の様子を見てみよう。

ミカエリスと他の何人かが彼［ジョージ］と一緒にいた。最初は四、五人、しばらくしてからは二、三人。さらに夜も更けると、最後はミカエリスともう一人だけになり、ミカエリスは自分が店に戻ってポットにコーヒーを用意する間、あと一五分だけ残ってほしいとその人に頼まなければいけなかった。その後は、たったひとりで夜明けまでウィルソンに付き合った。（一一二）

ここでは、ミカエリス以外にもジョージに寄り添う人たちがいたことが語られているが、この人たちは誰なのか。あるいは、自動車や列車の通過点ではあっても人通りの多い場所とは思えない灰の谷で、「真夜中をとうに過ぎても工場の前に入れ代わり立ち代わり」やってくる人々（一一二）は誰なのだろうか。

マートルの事故死の後、ジョージのもとに人が集まってきて、少しずつ人数が減りながらも夜遅くまで付き添い、最後に隣人のミカエリスがその場に残るのは、ここに灰の谷を緩やかに内包するコミュニティが存在していることを示している。郊外住宅地に住む語り手ニックの視点の物語中では、この辺りにはまず灰の谷があり、その近くにあるウェスト・エッグ村のことがごく断片的に言及されているが、実際にその地域に住んでいる人々の認識は逆だと考えられる。つまり、物語の中では存在感のないウェスト・エッグ村だが（五一―五二）、コミュニティとしてはニックのフィンランド人家政婦のような裕福ではない人々が住み（六六）、商店などもあるらしいウェスト・エッグ村があり、その周縁的な場所にほとんど人の住まない灰の谷があると推測できる。ウェスト・エッグ村のコミュニティにミカエリスがどこまで関係しているかは定かではないし、ジョージは変わり者で人付き合いの悪い男だが、コミュニティ内の異分子に対しても、ことが起こった時には心配し、何か出来ることはないかと気にかけずにはいられない、地縁的なコミュニティに属する人々の存在がこの場面には認められる。

ジョージのもとに最後に残るのはミカエリスだが、「朝の六時になったころにはミカエリスは疲れ果てていて、店の外に止まる車の音を耳にして有難く思った。昨夜の付添人の一人が、戻ってくると約束してくれていたのだ。彼が来てくれたので、ミカエリスは三人分の朝食を用意して、その男と一緒に食べた」（一二五）、と彼を気にかけて交代に来てくれる人物がいて、ミカエリスはその行為に感謝して朝食を提供する。ニックの目を通せば、「一九〇〇年代に入ったばかりのころのままの様子で、薄暗いが客は入っている酒場が並ぶ砂利敷きのスラム街」（五四）と短く描写されるに過ぎない、彼が語る都市空間のどこにも属さず忘れられた、車窓の外の一瞬の風景となるこの地域には、互いに手を差し伸べ合うような人間関係があるコミュニティが存在することが想像できる。このコミュニティの持つ連帯の存在は、ニックのギャツビーへの連帯の欺瞞と鮮やかな対照を成す。

3　異質な空間における連帯

ウェスト・エッグ村周辺から灰の谷に緩やかに広がるコミュニティは、ニックの視点からは異質な存在であり、それゆえ彼の直接の語りからも除外されているのだが、都市構造の中ではどのような位置づけにあるのだろうか。

本来都市は、地域の物資や情報の交換の場として始まり、その発展と共に人々が移り住み、物資の生産現場も移転してきたり新たに建設されるというかたちで発展・拡大をしてきた。これと同時に周辺には様々な工場はもとより農地や漁村なども誕生し、大都市へと発展していく。ウェスト・エッグ村は「漁村」(八四)であることから、ニューヨークが大都市として発展していく過程で、一大消費地に水産物を提供する地域として形成されたものと推測される。それがニューヨークの発展と拡大と共に大都市の中に吸収された[9]。

都市中心部から富裕層が郊外へと脱出した後のマンハッタンにおいても、親密な人間関係により成り立つコミュニティは存在した。それはロウワー・イースト[と]呼ばれる地区の服飾製造業のコミュニティのような[10]、あるいはリトル・イタリーやチャイナタウンと呼ばれるエスニック・コミュニティのような、職業にまつわる、あるいは民族的なコミュニティである。物語のテクストでも、都市中心部の空間に入った途端に多様なエスニシティとのすれ違いが記述されていることは、すでに指摘した通りだ。

ウェスト・エッグ村のコミュニティは、そのような都市中心部に残ったコミュニティとよく似た性質を持つ。ニックの語りの中に立ち上がる都市の風景の中で、ウェスト・エッグ村は遠く背景に追いやられている。それは、ニックにとっての都市中心部が、自身の仕事や勉強、あるいは娯楽のための空間で、都市の下層部で生きる人々のコミュニティが彼の眼には映らないのと同様に、ウェスト・エッグ村のコミュニティが彼の関心の範疇にはないからだ。ニックが描く都市構造からウェスト・エッグ村が排除されるのには、このような事情がある。

このように本来は都市中心的な性質を帯びながら、ニックの語りの構造においては異質な空間として描かれるもうひとつの場所は、ギャツビー邸、特にそのパーティーであった。作品第三章の冒頭には、「週末には彼のロールスロイスが送迎バスになって、ニューヨークから人々を送り迎え」し、「金曜日には、ニューヨークの果物屋から大箱五つ分のオレンジとレモンが届く」、とニューヨークから人と物が続々と運び込まれることが記されている。続く、「最低でも二週に一度はやってくるパーティーの専門業者」や「オーケストラ」(三二)も、どこから来るのかは推して知るべしというところだろう。ギャツビーのパーティーはその質のみならず、実際にも都市中心部の人と物を郊外に持ち込むのだ。ニックが作成したリスト(四九―五一)によれば、ギャツビーのパーティーにはニューヨークからの客に加え、郊外からも多くの客が訪れている。退屈な郊外生活では味わえない気晴らしの種が詰まった都市中心部的空間がここに周到に再現されているのだが、加えてそこが仕事の空間にもなっていることが、ニックが始めてこのパーティーに足を踏み入れた時の様子として記されている。「すぐに、若いイギリス人が多くいることに驚いた。揃ってきちんとした身なりをして、少し飢えたような表情を浮かべ、真剣な低い声で裕福そうなアメリカ人に話しかけている。債券か保険か自動車か何かを売っているんだと確信した」(三五)。都市中心部で手に入るものがこぞって、居ながらにして郊外で享受できる——ギャツビーのパーティーが設えたのは、このような空間だ。

こうして考えると、ニックが異質とした二つの空間こそ、ある意味ではニックの経験したマンハッタンよりも、都市中心部としての様相をより濃密に示しているのではないだろうか。ウェスト・エッグ村とその周縁にある灰の谷は、都市中心部の最下層へと追いやられても、細々ながら親密に寄り添い合い生きていくコミュニティと重なり、ギャツビーのパーティーは、マンハッタンの社会から気晴らしとビジネスだけを抽出して作り出されたかのようだ。この物語における異質な空間には——異質な空間にこそ——都市中心部の要素が集約されていると言える。

では、郊外に中上流階級が去った後の都市空間に残った連帯は、(欺瞞に終わったものの)ニックがギャツビーとの間に求めていた、普遍的な連帯と言えるのだろうか。

斎藤幸平は『人新世の「資本論」』(二〇二〇年)で、カール・マルクスの思想を受け継ぎ読み直しながら、資本主義によって疲弊した社会を回復するには〈コモン〉を回復することを目指すべきだとしている。コモンとは本来、働く人々が共有していた入会地や水源などのことを指す。それを資本家が独占して人々の使用を排除し、資源の入手を困難にすることで希少価値を生み出したことが、資本主義の萌芽の一要素となった。このように、排除の論理がすべてのものを商品化、経済化していくことになるが、斉藤はこうしたコモンを公共サービスから始めて経済活動の様々な次元へと拡大してその回復を図ることで、資源が取引の対象から離れて人々の生活に直接届けられ経済性を失うことになる、とした。そしてそれが、収奪に苦しむ多くの人々の生活と環境を守ることにつながると斎藤は主張する。

資本主義が加速する一九二〇年代を生きる『グレート・ギャッツビー』の登場人物達は、ことごとく経済的合理性に縛られている。ギャッツビーは「聖杯」（一一七）すなわちデイジーを獲得するため手段を問わず蓄財に励み、ニックには協力の見返りとして怪しげなサイドビジネスの提供を申し出る（六五）。デイジーは浮気者で横柄な夫のトムに冷めており、富豪となって再び自分の前に姿を現したギャッツビーに心揺らぐが、彼の正体がギャングであることを知り、トムの経済力と社会的地位が提供する安定を選ぶ。マートル・ウィルソンにとっても、男性の価値は経済力と同義である。彼女は夫のジョージが結婚式で着たのが借り物の「誰かさんの一張羅のスーツ」（三〇）だったことを知って以来、自分の結婚は失敗だったと確信しており、列車に乗り合わせたトムの「ドレス・スーツやパテント・レザーの靴」（三一）に目を奪われ、愛人となってからは彼と一緒にマンハッタンに出て散財を楽しみ、自分に対するトムの粗雑な扱いは見て見ぬふりをしている。一方のトムはマートルにささやかな散財の経験を与える代わりに、都合の良い愛人として彼女を搾取し、暴力さえ振るう（三一）。そしてマートルの夫ジョージは、トムに自動車を売ってもらって西部移住の資金を作ることに執着している（九六）。トムとジョージのやり取りは、経済力の格差が力関係に直結していることを如実に表し（一二一、九六）、「活力がなく」（一二一）、「幽霊」（一二三）のように弱々しいジョージの姿は、資本主義社会の疲弊を体現する。

このように経済的合理性に支配された人々の中にあって、先ほど見たミカエリスとその背後にいるウェスト・エッグ村のコミュニティの人々の、ジョージに対するふるまいに経済的合理性はまったく認められない。ジョージの凶行を止めることができなかったという点で、彼らは非力だったかもしれないが、事故後のジョージの周囲には、経済性とも自己保身とも無縁の助け合いが確かにあった。ミカエリスのふるまいは、一見したところ個人的に倫理的な行為のようにも見える。だが、人々がことごとく経済的合理性に振り回されている中における彼の行動の特異性、そしてその背後に彼を支えてくれるウェスト・エッグ村のコミュニティを想定できることを勘案すると、ニックの語りからこぼれ落ちたミカエリスのエピソードは、経済倫理に支配されない、普遍的な連帯の在るべき姿を展望させてくれるのではないだろうか。

結論――都市に連帯はありうるのか

本稿では、『グレート・ギャッツビー』において一九二〇年代のアメリカの都市化と連帯がどのように描かれているかを見てきた。この時期、作品の舞台となったニューヨークでは郊外化が完成しており、都市空間は都市中心部と郊外に分かれていた。『グレート・ギャッツビー』は、主人公をはじめとする郊外に住む若者たちが、マンハッタンと郊外を行き来しながら展開する物語である。郊外化は、住環境の悪化から自らを守るために中上流階級が都市中心部を脱出したことによってもたらされたものであるため、郊外に形成された富裕層の社会は排外的な性質を帯びざるをえず、郊外に住む登場人物達もそうした価値観を共有している。よって、都市に連帯があるとすれば何よりも彼らが形成する排他的な連帯ということになる。語り手ニックは、こうした中上流階級の連帯を批判し、それに対抗すべく、ギャツビーの階級を越えた恋の追及を支持し、彼との連帯の物語を紡ごうとする。しかしクライマックスにおいて、富裕層の強固な階級的連帯に対して、ギャツビーへの自身の連帯を普遍化しようとするために彼が持ち出す価値観が、結局は中上流階級の保守的な歴史観であるネイティヴィズムであり、彼もまた、特権を享受してきた階層の一員として、その価値観にとらわれていることが露呈してしまう。

ニックの語りは、彼のような郊外住民がそこを訪れる際に見聞きした情報を通して、仕事と娯楽の場であると同時に、危険や欲望が潜む都市中心部の有り様を描き出す。対する郊外は、基本的には退屈で平穏な住宅地として描かれる。これに対して注目すべきは、ニックの語る都市空間の構造からは異質なギャツビー邸、そして郊外住宅地とマンハッタンとの間に位置する「灰の谷」と呼ばれる地域である。ギャツビー邸、特にそこで催されるパーティーは、郊外に住む富裕層のパーティーではありえない開放性をその特徴とし、主催するギャツビーは人も物もマンハッタンから運び込むことで、中上流階級が都市中心部に期待する要素を集約したような空間を郊外に出現させる。他方の「灰の谷」は、灰と化したゴミの集積場の谷間で、そこに取り残されたかのように食堂とガソリンスタンド兼自動車修理工場だけの長屋が立っている空間である。ただその隣には貧しい漁村のウェスト・エッグ村があり、このエリアには大都市中心部に取り残された下層の人々と同質の生活が息づいていることが作品から垣間見える。

ギャツビーのパーティーと「灰の谷」は、都市中心部の空間像を転写したかのような空間であるが、富裕層の郊外住民たちの期待に沿ってギャツビーが人工的に作り上げた部分、すなわち彼のパーティーを除くと、ニックが提示する二項対立の空間構造が語らない都市中心部像は、「灰の谷」にこそ見ることが出来るということになる。その場所でミカエリスが隣人のジョージ・ウィルソンに寄り添う場面ではニックの語りが途絶えており、この場面はニックの価値観から解放されていることが強調されている。都市中心部の空間像から中上流階級の期待部分を取り除き、さらにニックの視点と語りを取り除いたところに、都市中心部に残る連帯の片鱗が浮かび上がるのである。

都市には連帯がないと言われて久しい。『グレート・ギャツビー』でニックの語りが打ち出す彼とギャツビーの連帯は欺瞞的であり、せいぜい残るのは、排他的で利己的な富裕層の連帯にも見える。しかし、語り手ニックが富裕層のフィルターを通して物語っていること、さらには作中にそのフィルターを通さない箇所があることに留意して作品を読み直すとき、ニックが語る物語の背後に、都市の底辺に生きる人々の、利己や経済的合理性に支配されない連帯の姿、資本主義によって疲弊していく社会の回復につながりうる可能性を持つ連帯の姿を垣間見ることが出来るのである。

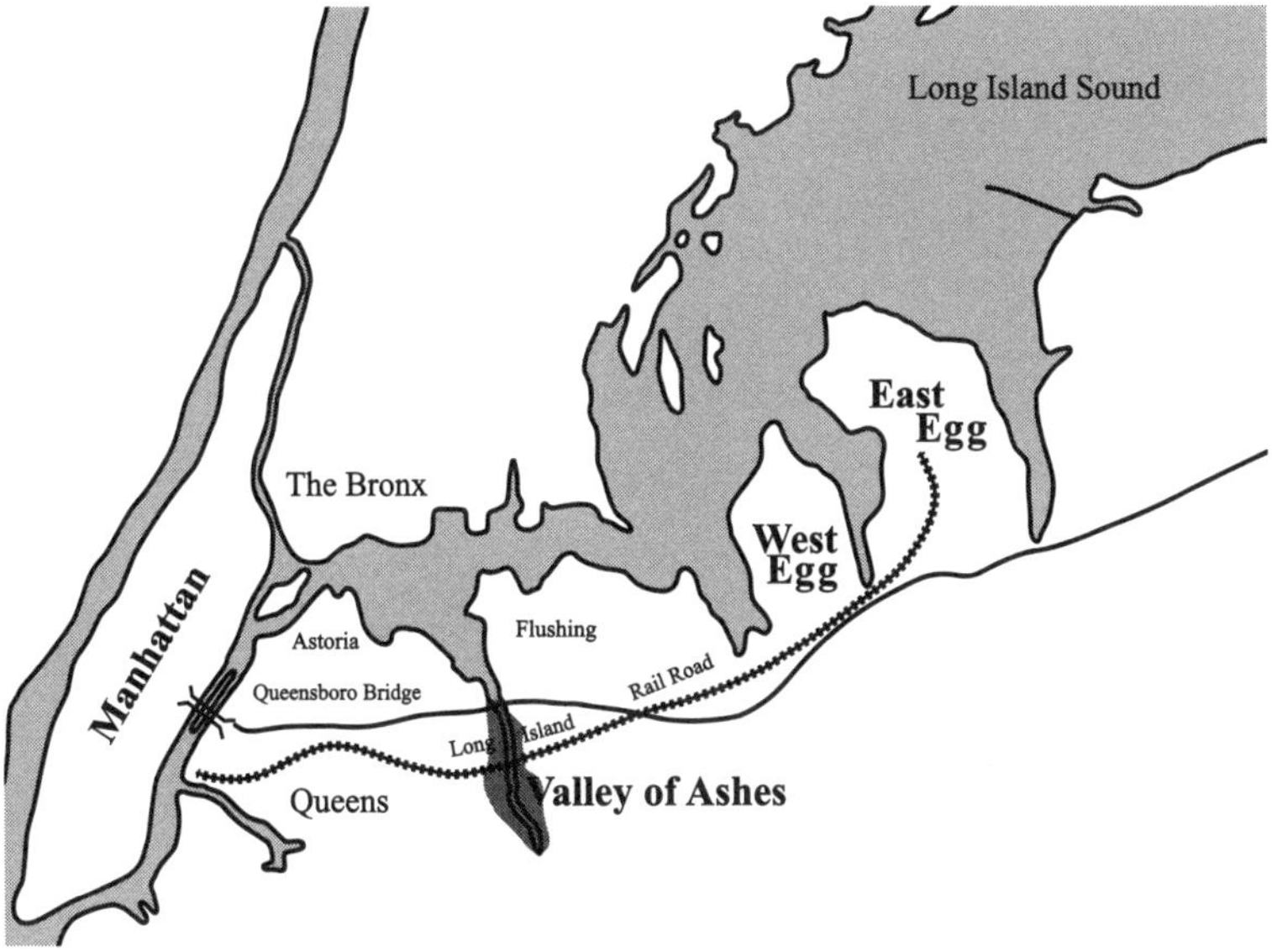

この地図は、ケンブリッジ大学出版局版 *The Great Gatsby*（1991）の "Appendix" に収録された図表を参考に、本文内容に沿ったオリジナルの地図として作成しています

注

（1）本稿の一部は、拙稿「都市と郊外の狭間で――*The Great Gatsby* における『灰の谷』の物語」（『福岡大学人文論叢』第五二巻三号）での議論を下敷きとしている。

（2）ニューヨーク市の都市化と郊外化現象については、大阪市立大学経済研究所 編『世界の大都市4 ニューヨーク』（東京大学出版会　一九八七年）を参照。

（3）エスニック・コミュニティの例として、Eric Homberger, *The Historical Atlas of New York City* (Henry Holt and Company, 2004) には、一九世紀末のニューヨークに形成されたドイツ系コミュニティ（九八―九九）や、ユダヤ系がロウワー・イーストサイドに築いたコミュニティ（一三二―三三）についての記載がある。

（4）本稿での『グレート・ギャツビー』からの引用はすべてケンブリッジ大学出版局版 *The Great Gatsby* により，頁数を括弧に入れて本文中に示す。

（5）『グレート・ギャツビー』に描かれるニューヨークエリアの地理は、必ずしも現実のそれと一致していない。本稿末尾に付された、作中の地理をもとにした地図を参照されたい。

（6）第六章には、トムと一緒にギャツビー邸に立ち寄った女性が、その晩開催する大規模なディナーパーティーにギャツビーを誘い、社交辞令を理解できなかったギャツビーが身支度をしているうちに、結局置いていかれるエピソードがある（七九―八一）。これはイースト・エッグのパーティーでは事前に招待客が決まっていること、突然の闖入者は許されないことを示しており、ギャツビーのパーティーとの対照は明らかである。

（7）一九世紀末から活発化した移民排斥運動において、「ＷＡＳＰの上流階級出身の知識人らは一八九四年に移民制限連盟（Immigration Restriction League）を設立」（下斗米　一三〇）していることからも、トムの思想は決して特異なものではなかったと考えられる。

（8）ニックの中に拭いきれない特権階級的意識があることは、作品冒頭部からも明らかであるし、トムとニックの類似は、作品の端々に認められる。例えば、初めてギャツビーのパーティーに参加したニックは彼の出自が怪しいことをすぐに察し、居合わせたジョーダンに「彼は何者なんだ」、「どこの出身で、仕事は何をしているんだ」（四〇）と尋ねるが、この発言は同じく初めてギャツビーのパーティーに参加した際にトムが発する、「このギャツビーっていう男はいったい何者なんだ」や「あいつが何者で何を仕事にしているのか知りたいんだ」（八四）、という台詞と酷似しており、ギャツビーが自分たちの世界に侵入してくることに対して彼らが共通して抱く強い違和感を示している。

（9）農業地域だったブロンクスやクイーンズがニューヨーク都市圏として発展していく経緯は、前出 Homberger 一二二―一二三頁参照。

（10）ニューヨークにおける服飾産業の歴史については、富澤修身「NYマンハッタンにおける衣服ファッション産業と小売業の一三〇年史」（『経営学研究』第六三号一巻　大阪市立大学経営学会　一一―四一頁）や Margaret Chin, *Sewing Women: Immigrants and the New York City Garment Industry*（Columbia UP, 2005）等を参照。

引用文献

Fitzgerald, F. Scott. *The Great Gatsby*. 1925. Matthew J. Bruccoli, editor. Cambridge UP, 1991.

Manzanas, Ana M^{a}, and Jesús Benito. *Occupying Space in American Literature and Culture*. Routledge, 2014.

Phelan, James. *Narrative as Rhetoric: Technique, Audiences, Ethics, Ideology*. Ohio State UP, 1996.
Tanner, Tony. "Introduction." *The Great Gatsby*. F. Scott Fitzgerald. 1925. Penguin Modern Classics, 1990, pp. vii–lvi.
赤枝尚樹「都市は人間関係をどのように変えるのか――コミュニティ喪失論・存続論・変容論の対比から」『社会学評論』六二巻二号（二〇一一年）：一八九―二〇六頁
斎藤幸平『人新世の「資本論」』集英社　二〇二〇年
下斗米秀之「アメリカ企業経営者の請願活動と一九二四年移民法の成立――連邦議会および労働省宛て請願書の分析を中心に」『国際武器移転史』第五号（二〇一八年）：一二七―一四七頁
ハイデガー、マルティン『ハイデッガーの建築論――建てる・住まう・考える』中村貴志　訳・編　中央公論美術出版　二〇〇八年

ハーレム・ルネサンス・シスターフッド
——ジェシー・レドモン・フォーセット『プラムバン』における女性の連帯

松下紗耶

フォーセットを読み直す

一九二〇年代、ニューヨークのハーレム地区を中心として、主にアフリカ系アメリカ人たちによる文化・芸術運動であるハーレム・ルネサンスが花開いた。この運動の時期や詳細な定義は現在まで批評家の意見が分かれるところではあるが、多くの優れた黒人芸術家を輩出したことは間違いない。その一助となったのが、W・E・B・デュボイスの補佐であったジェシー・

レドモン・フォーセットである。一九一九年から二六年まで全米黒人地位向上協会（NAACP）の機関誌『クライシス』の編集を務めた彼女は、才能ある芸術家を見出し、支援することによって、ハーレム・ルネサンスに大きく貢献することとなった。

一方、作家としてのフォーセットはハーレム・ルネサンス以降、長らく忘れ去られていた。フォーセットは詩や短編の他、『混乱あり（*There Is Confusion*）』（一九二四年）、『プラムバン（*Plum Bun*）』（一九二八年）、『センダンの樹（*The Chinaberry Tree*）』（一九三一年）、『アメリカ式喜劇（*Comedy American Style*）』（一九三三年）といった四つの長編作品を世に残している。編集者として評価される一方で、描かれる人物が黒人中産階級である点、混血の人物が多いという点、さらに肌の白い黒人が白人としてふるまおうとするパッシングと結婚を扱う点などにおいて、フォーセットの作品には「保守派」などといった批判が集まっており（風呂本四二五）、長い間文学批評の脚光を浴びることはなかった。

ところが、一九八〇年代に入るとフェミニスト批評家たちによる文学作品の読み直しが勢いを増し、フォーセットの作品も再評価の対象となった。その中でも特に評価が高いのが『プラムバン』である。パッシング女性であるアンジェラ・マリーは、黒人という軛から抜け出し自由を得るため、そして、芸術家として成長するためにニューヨークへ移住し、白人男性との結婚を夢想する。しかし、上流階級の男性との結婚を夢見るあまり、アンジェラはレイシストである白人の恋人ロジャーの目前で黒い肌を持つ妹のヴァージニアを拒否してしまう。その後、ロジャーとの結婚が叶わなかったアンジェラは人種の誇りを取り戻し、黒人女性としてのアイデンティティを確立していくという、教養小説的作品である。

『プラムバン』の再評価の先頭に立った批評家のひとりであるデボラ・マクダウェルは『プラムバン』における黒人中産階級で混血の人物のパッシングと結婚のテーマを、人種と性というアメリカ社会における不平等な力関係を描く芸術的選択（"Introduction" 一一）だと述べる。そして、フォーセットは愛と結婚を理想化し、伝統的なセックスージェンダーの配置を固定化するロマンスという構図を利用することで、それが女性の目標や可能性に限界を定めてしまっていることを批判しているのだとマクダウェルは評価する（"Introduction" 一〇）。また、風呂本惇子は、「一見騙されそうなタイトルと騙されて捨てられる哀れな女の、よくあるセンチメンタルなロマンスになりそうな構図を採りながら、作者は主人公がいわゆるシンデレラ・コンプレックスを克服し、自分の仕事に意欲を持ち始めるのみならず、偽りのアイデンティティを自ら脱ぎ捨てて黒人意識に回帰してゆく『成長物語』に仕立てている」（四三〇）と述べている。

『プラムバン』ではロマンス的な側面が強調されているからこそ、フェミニスト批評家たちによる再評価では、男性からの自立といった点がクローズアップされている。しかし、アンジェラの人生の岐路と彼女の成長における重要な場面にはいつも女性の存在があることを忘れてはならない。例えば、ロジャーとの交際を続けるべく、外見が白人に近い自分が本当は黒人であることが暴露されることを避けるために、外見からして黒人であることが明らかな妹のヴァージニアとの姉妹関係を否定した行為や、黒人女性であり美術学校の級友であるミス・パウエルを庇う際に行った自らの人種の告白は、本作で最も印象的な転換点だと言える。さらに、さまざまな人種・階級・性の在り方を包括するニューヨークにおいて出会った白人女性たちとの交流も、アンジェラの女性観、人種観を変容させるものとなる。しかしこれまで、主人公の女性同士の関係性に焦点を当てた批評はなされてこなかった。

アンジェラが選んだニューヨークという場所も重要な要素となる。ワーナー・ソラーズによると、人種のパッシングは特に大都市や大衆といった、個人に無名性を与え、自己表現において想像上のロールプレイングを許す環境において盛んだった（二四七—四八）ため、ニューヨークはパッシングに理想的な環境だった。本稿では、パッシング女性であるアンジェラにとってニューヨークが持つ意味を、人種的観点からだけでなくフェミニズム的観点からも明らかにする。そして、黒人・女性を抑圧するアメリカ社会における分断と、女性間の連帯の可能性を探り、アンジェラの成長や黒人女性としてのアイデンティティへの回帰はアメリカ的個人主義によるものではなく、むしろ女性間の連帯によって成し遂げられたものであることを提示したい。

1．人種と性のニューヨーク

メレディス・ゴールドスミスは、一九世紀後半において、家庭の保護が欠如している、明るい肌を持つ労働階級の黒人女性が性的欲望の対象になる際のトラウマがいかなるものかを指摘している（二六三―六四）。その一つの例として、白人女優の付き人をしていたアンジェラの母マティーが、「黒人女性は不道徳である」というステレオタイプを信じて疑わない女優から、政治家ブロキノーの性的な慰み者になるよう、暗に指示されたことが挙げられている。マティーのパッシングは、自分が白人女性としてふるまうことで、自分がみだりに性的な欲望の対象として見られることを防ぎ、さらには社会的にもより適切に扱われることで、このような過去のトラウマを清算する戦略でもあった。さらにマティーは女優のもとで身につけたパフォーマティブな「女性らしさ」により後の夫となる黒人男性ジュニアスを魅了し、彼との結婚によって黒人中産階級の暮らしを手に入れる。フォーセットは、マティーの女性らしい行動において彼女のパフォーマティブな性質を強調しているのであり、また、アンジェラに引き継がれる行動を通して、いかにジェンダーがパフォーマティブな装置として次世代に再生産されていくのかを示している（二六四）とゴールドスミスは言う。

娘のアンジェラもまた、生まれ育ったフィラデルフィアで黒人への不当な扱いを目の当たりにする。それと同時に自分たちを知る人のいない都会に出ては白い肌を持つ母親マティーとの一時的なパッシングを愉しみ、母親から人種におけるパフォーマティブな行動を学びとってきた。白人女性のほうが黒人女性よりも享受できる特権が多いことを知ったアンジェラは、それを確実に自分のものとすべく、両親の死後、ニューヨークへと向かう。アメリカ社会において白人女性らしくふるまうというアンジェラの戦略は見事に成功し、ニューヨークに来て得た自由の感覚とともに、彼女は次のように自分の未来を想像する。

「もしわたしが男だったら、大統領にでもなれるのに」と彼女は言ったが、「もし」という言葉自体が制限を意味するため笑ってしまった。……権力、偉大さ、権威などは、男性にとってこそ適切でふさわしいもので、女性には、もっと甘くて美しい才能と、別種の力がある。神秘と約束で満ち溢れているこの輝く新しい世界で、そのような力をアンジェラは発揮したかった。もし資金があれば、サロンを設けたいと思った。……それを達成するためにはお金と影響力が必要だった。それに彼女は若いので、保護も必要だろう。とすれば結婚したほうがいいのかも――白人男性と。……男性のほうが女性より、黒人男性のほうが黒人女性より、白人男性のほうが白人女性より、いい思いをしていることをアンジェラは知っていた。彼らをうらやましいと思うわけではなかった。ただ、長い間切望してきた自由と自立がいま彼女の手中にあるのに加えて、権力と保護も手に入れることができたら、なんて楽しいことだろう。(1)

マクダウェルはこの部分を、いかに「権力」が人種とジェンダーに関係するものであるかということを示すと指摘している（"Introduction" 一三）。男性的な上昇志向が入り混じってはいるものの、アンジェラは「権力、偉大さ、権威」は男性のものであるということを認識し、社会的向上という夢を白人男性との結婚によって達成したいという女性的戦略をあらわにする。

ニューヨークはパッシングにとって理想的な環境であったというだけではなく、キャサリン・ロッテンバーグが指摘するように、「ありそうになかった出会い」を容易にするが、都市への移動は当時の人種観や支配的規範から人々を自由にするわけではない（二七五）。そのため、アンジェラはニューヨークで上流階級の白人男性ロジャーと出会うと、彼との結婚を望むようになる。

白人としてふるまうアンジェラはハーレムではなく、アートの中心地でありボヘミアニズムに特徴づけられた地区であるグリニッジ・ヴィレッジに生活の基盤を構え、そこで、男性による束縛を嫌うポーレットやリベラル的ライフスタイルを実践するマーサという、いわゆるニュー・ウーマンの女性たちとの交流を持ち始める。それまでの伝統的女性観を払拭することを目標とするニュー・ウーマンの生き方が、アンジェラと白人の恋人ロジャーとの関係にも影響を与えている。その二人の関係性の変化は『プラムバン』という甘い果実のプラムを含むパンを意味するタイトルが象徴的に意味するように、性的な関係を基盤としていた。ブルースのイディオムにおいてもみられるように「プラムバン」とは、「特に魅力的な部分」を表し（デュシル　四三四）[2]、甘い食べ物はアンジェラの性的な魅力の比喩である。また、経済の中心地であるニューヨークに焦点を当てると、二章のタイトルである「市場」は大きな意味を持つこととなる。マクダウェルは、「市場」という言葉が商業的な意味を含有し、それと隣接することによって「プラムバン」に性的な意味が帯びることを指摘する（"Introduction" 一四）。

このような解釈を踏まえると、『プラムバン』の各章のタイトル（一章「家庭」、二章「市場」、三章「プラムバン」、四章「帰還」、五章「市場は終わり」）においても、アンジェラが自分の生まれ育った家庭から出て、人々の欲望のうずまく市場（ニューヨーク）へと出ていき、プラムバンのように甘い性的な関係をロジャーと味わう（アンジェラとロジャーによる市場へプラムバンを買いに行くという行為には、二人の性的関係が示唆される）[3]が、その関係は徐々に解消され、アンジェラは再び黒人女性としてのアイデンティティに帰還してゆき、市場のように欲望によって煽り立てられた人間関係にも区切りを迎えるという、性的関係を伴う男性とのロマンスと主人公の精神的成長の過程が象徴的に示されていることがわかる。

ところがその一方で、ハーレム・ルネサンス当時、多くの黒人エリートたちは、黒人の地位向上のために白人中産階級の生活様式や文化を真似ることによって黒人のステレオタイプからの脱却を目指し、白人に蔑まれないようにするための「リスペクタビリティ」が重要であると考えていた（有光　四〇―四一）[4]。とりわけ、黒人女性に関しては、「黒人は性的に放埒である」というステレオタイプからの脱却が掲げられ、性的な純潔さやモラルが一層重要視されていた時代である。アンジェラから少し遅れて、妹のヴァージニアも職と自立を求めてニューヨークへ移り住み、ニュー・ニグロを掲げるハーレムで生活する。ヴァージニアはその名前に特徴づけられているように性的な純粋さを保持し、ハーレム・ルネサンス期の道徳的な中産階級の黒人女性たちの典型例として、生活における安全をまず第一に求めている。

このように、しばしばニュー・ウーマンとニュー・ニグロの間には、女性のセクシュアリティという点において矛盾と排他性が強調される（トムリンソン　九〇）。しかし、『プラムバン』においては、アンジェラが、この矛盾する二つのイデオロギーの中に共通する表情を見つけていることは指摘しておくべきだろう。黒人の家政婦ヘティ・ダニエルズはフィラデルフィア時代のマリー家にいた「誰からも愛されない、むなしい」女性であり、ニュー・ニグロが推進するような性的潔癖さをもち、皮肉っぽく「性道徳に異常な関心があった」と語られる。若いころは、自分を囲んでいた多くの男性の話には耳を傾けず、「自分の高価な真珠を守り抜いた」し、そして今も「貞淑な女でいようと心がけている」とまるで武勇伝のようにヘティは語るが、アンジェラはその際、「満たされなかった願望が突如ミス・ダニエルズの瞳からきらりと光り、いつもはあまり表情のない顔を、野性的で貪欲なものに変容させた」（六五―六六）ことを見出す。そしてそれとともに、アンジェラは、ニュー・ウーマンの代表格ともいえる白人女性ポーレットの「美しいがぞっとするような欲望に満ちた」表情が黒人家政婦の「ヘティ・ダニエルズのようだ」(一二六―一二七)とも感じ取る。性的潔癖さを持つ黒人女性と性的に解放された白人女性、この相対する立場にいる二人において、アンジェラは抑圧/解放という相対的な情動が同じ表情のもとに表現されていることを発見する。アンジェラは、もともとは性道徳に厳しいニュー・ニグロ的価値観に従って性的な欲望を「ぞっとするような」ものだと考えていたのであるが、ロジャーとの交際を通して、性の解放を経験する。そして、性的な欲望を抑圧するにせよ、あるいはそれを解放するにせよ、どちらにしてもその情動のために恐ろしいほどの心理的葛藤を経なければならないことを知るようになる。

2. 人種の分断と連帯

アンジェラの欲望は、常に男性に向いているわけではない。高校時代の友人である白人女性メアリー・ヘイスティングスとの関係を、アンジェラは「たぐいまれなく甘美な(rarely sweet)」(三八)体験だったと語る。すでに指摘しているように、『プラムバン』というタイトルに代表される「甘さ」が性的なメタファーとして機能するのであれば、メアリーとの関係性にレズビアン的情動が含まれていた可能性も否定できない。その関係は、アンジェラが黒人だと露見することによって途絶えてしまうものの、アンジェラと白人女性の関係には、ことにグリニッジ・ヴィレッジで生活する際に見られるように、ニュー・ウーマン的価値観のもとでの女性同士の連帯の可能性を見ることができる。社会に蔓延する「強制的異性愛」を指摘したフェミニストであり、ウーマン・リブに大きな影響を与えた詩人、アドリエンヌ・リッチは、すべての女性はレズビアンにつながる存在であるという「レズビアン連続体」という概念を提唱する。リッチは、経済的、社会的な保護のために男性と結婚する「深いところでは女性への情動と情熱に住んでいる女たち」の、「男の利益と特権にもとづく制度へのこの見かけ上の黙従」である女性の「二重生活」を指摘する。また、レズビアンという関係性に留まらない「女同士のもっと多くのかたちの一時的な強い結びつきを包み込んで、ゆたかな内面生活の共有、男の専制に対抗する絆、実践的で政治的な支持の与えあいを包摂」(八七)する女性同士の連帯を主張している。[5]

「男の専制に対抗する」ニュー・ウーマンの代表的人物は、ニューヨークでの最初の友人、白人女性のポーレットであろう。彼女は「女らしさに自分が欲しいと思うものを邪魔させる女は馬鹿だ」と、数々の男性との情事を楽しみ、「なぜ若い自分を拘束する必要があるのか」（一〇五）と結婚に対して懐疑的な態度を表す。アンジェラはロジャーと性的関係にあるが、奔放にふるまうポーレットを全面的に支持できない。アンジェラはやはり最終的には「結婚」を望んでいたからである。白人男性の保護を必要とするためにロジャーとの結婚を望むアンジェラは、リッチの言うような、女性との深い関係を望みながら男性に黙従する「二重生活」の状態であった。しかし、ロジャーと破局を迎えると、アンジェラは「すべては男性のためだけにあった。ほんのわずかな特権でさえ、男性が与えることを選択しない限り、女性には否定される」（二二九）と男女間にある不平等を理解するようになる。ニュー・ウーマン的価値観の間で共有される、こうした性差による不平等への抵抗には、女同士の連帯の可能性を見ることができる。

それとともに、ベル・フックスが、中心で暮らす白人女性のリベラル派という特権的な女性には「周縁で暮らす女性や男性の人生に関する認識が含まれていることは全くない」（vi）と批判するように、ポーレットとアンジェラを分断するものは、人種間の不平等である。デュボイスをモデルとした黒人の社会活動家ヴァン・マイヤーの講演に参加した際、ポーレットはマイヤーの人間性を称賛しつつも、彼を「例外的黒人」（二二〇）だとみなすことによって、黒人種全体への理解の欠如を露呈させる。つまり、アンジェラとポーレットの連帯には、男性による性差別への反抗だけでは不十分なのであり、そこにアンジェラは女性同士の絆の分断を見る。

メアリーやポーレットとの関係に見られるように、アンジェラの女性との連帯への欲求の多くは、人種の壁によって阻まれている。それでは果たして、異人種間における女性の連帯は可能なのであろうか。ウーマン・リブ以降のブラック・フェミニズムにおいて重要な役割を果たしてきたフックスは、白人フェミニストが人種差別に向き合い、人種的抑圧に抵抗することの意義を主張し、それがなされて初めて「白人と非白人の女性の政治的結束の基盤を実現しうる」と述べる。そして異なる人種間の女性の連帯は、豊かな文化的背景と、それに対するお互いの尊重にこそ可能性が潜んでいることを指摘する（九九）。

この小説の登場人物の一人であるマーサ・バーデンは、アンジェラがグリニッジ・ヴィレッジで友情を育んだ白人女性であり、上流階級の出身でありながらもラディカルな信条を持った女性として描かれる。彼女の部屋に雑誌『クライシス』が置かれているという描写からも、フォーセットはマーサにニュー・ニグロ的価値観を付与していると言えるだろう。先ほどのポーレットの場合にも見られるように、デュボイスがモデルのヴァン・マイヤーの講演は、白人登場人物の人種観の試金石のようになっているが、レイシストであるロジャーは感銘を受けた様子を見せつつ、「彼のすばらしさは白人の血からきているにちがいない」、「彼はどれくらいの割合で白人の血が入っているのだろう」とアメリカ社会に蔓延する本質主義的で白人至上主義的な血の二分法を正当化する発言を憚ることはない。それに対し、マーサは白人の血の優等性を否定し、「現在の彼を作ったのは、混血であること、アメリカで黒人であることから彼が学んだ忍耐力、そして辛さのない人生を見ようという決意」（二二二）だと応酬する。マーサは人種による本質主義的な考えを否定し、マイヤーの素晴らしさは彼の人生における経験が作り上げたものであるという構築主義的な思想を明らかにする。マーサの言葉にアンジェラは「私の人生でこれ以上に関心を持ったことはなかった」（二二二）と言い、マーサに手を差し伸べて、心を込めて彼女の手を強く握りしめる。

もうひとつ、主人公と女性との連帯の例を挙げておこう。妹との関係を否定してまで関係維持を望んだ恋人の白人ロジャーとの別れを経験したアンジェラは、上流階級の女性であるデンヴァー夫人とお互いの孤独を埋めるような友情を結んでいた。この友情は伝統的女性観に基づいたものであったため、アンジェラが黒人であると告白したのち、デンヴァー夫人はアンジェラに「冷ややかな当惑」（三五六）を見せる。しかし、アンジェラが留学のためにパリへと向かう船に乗り込む前の港に、デンヴァー夫人は姿を現し、アンジェラを抱きしめながら、失った娘の姿をアンジェラに重ね、「生きていればあなたのようだっただろう」(三七一―七二)と呟く。この場面は、一見、過剰なほどにセンチメンタルだと言えるかもしれない。しかし「血」を重んじる時代において、血のつながりによらない、かつ差別的感情を乗り越えた、異なる人種を持つ女性間に疑似的な母娘関係が現れることは注目に値するだろう。

伝統的な社会規範の範疇を逸脱し、異人種間の女性同士が連帯を結ぶということに、多人種の共存と女性の自立・自律への萌芽が読み取れる。フックスは豊かな経験や文化や理念を分かち合っていくことで、共通した関心や信念で結束した「シスター」になれるし、多様性に関して正しく理解することで政治的統一体として結束することが可能であることを主張する(九九)。アンジェラのマーサとの握手、デンヴァー夫人との抱擁という身体的接触からはまさしく、社会による抑圧に抵抗するシスターフッドを読み取ることができる。

3. 共感《エンパシー》による連帯

白人として生きるニューヨークにおいて、アンジェラは他の黒人が被る多くの人種差別を目撃する。なかでも物語の終盤において、ミス・パウエルが黒人であるからという理由で不当に扱われていることを目の当たりにしたアンジェラは、自分の人種を告白することで黒人に回帰していくこととなる。アンジェラとミス・パウエルを結び付けているものは、ともに芸術的向上を志しているという点である。アンジェラに関して言えば、自分が得意とするのは「表情の裏を解釈して描く」ことだと自負しており、「とりわけ構成力で、ある種の同情（a certain sympathy）、理解力（comprehension）の幅を得てきていた。自分の中に眠っていると長らく感じてきた解釈能力の表れが同情と理解力に手を貸した」（二〇八）と感じており、この時点で、彼女の芸術は「同情」と「理解力」に特徴づけられている。

スーザン・トムリンソンが指摘するように、アンジェラの芸術的ヴィジョンが発展するにつれて、彼女は「見られる」客体から「見る」主体へと役割が変化していく（九三）。アンジェラは女性たちに漂う「孤独」の表情を読み取るようになり、ニューヨークに来た当初のころに一四番丁のユニオンスクエアで観察した人々のことを思い返す。彼らを落ちぶれたただの怠け者、役に立たない人だとみなしていたアンジェラであるが、「その人たちの一番の不幸は孤独であることに気づいていなかった」（二三九）と、社会的慣習からはみ出した人々への解釈の幅を広げていくのである。

キャサリン・ファイファーによると、第一次世界大戦後、特にニューヨークのような大都市では、人々の疎外感が高まっていたと言われている（八一）。さらにファイファーは、アンジェラは孤独を独立と取りちがえ、「自由」が目的への手段ではなく、自由こそが目的となってしまっているため、彼女の自由の経験が疎外、漂流、孤独によって特徴づけられていること指摘する（八七）。しかし、アンジェラの抱える孤独は、同情に基づいた女性同士の連帯の欲求へと彼女を突き動かすものであり、社会に自分の限界を定められてしまっている女性同士の「同情の絆（bond of sympathy）」（二七二）を結ぶことをアンジェラは望むのである。

さらにアンジェラは、美術学校の級友である黒人女性、ミス・パウエルとの間にも絆の芽生えを感じ始める。これまで特別な友情を築くことのなかった二人であるが、パリへの美術留学を目指し、奨学金の獲得のために競い合う中で、アンジェラは「この級友の置かれた困難な境遇に率直で同情に満ちた関心（sympathetic interest）と理解」（三三四）を示すようになる。二人はともにコンテストで入賞を果たし、奨学金を獲得するが、他の白人がフランスまでの船室を黒人と共有することはできないという理由で、ミス・パウエルが奨学金の返還を強いられていたことをアンジェラは知る。そのとき、ミス・パウエルとは結局「一皮むけば姉妹」以上の関係である（三四〇）とアンジェラは感じて、ハーレムにあるミス・パウエルの部屋を訪れ、そこにいた白人記者との問答の中で、アンジェラは自分自身も黒人であるということを告白する。

アンジェラの心を覆っていた冷たく堅い外皮のようなものが動き、揺れ、壊れて溶けた。突然、ミス・パウエルの状況の痛切さをやわらげることほど重要なことはこの世にはないように思えた。このためなら、どんな犠牲を払っても惜しくない、と彼女は衝動的に決意した。……

「ミス・パウエルが望まれていないのなら、わたしも望まれていないという意味です。彼女は黒人だから望まれていないのだとあなたがたはほのめかしておいでですね。なら、わたしも黒人なのです」（三四六―四七）

この場面におけるミス・パウエルとの連帯の感情は、これまでアンジェラが感じてきた同情（sympathy）とは些か異なるため、むしろこの場面でアンジェラが感じている感情を、現代の読者の視点からもう一歩踏み込んで共感（empathy）と呼んだほうが良いかもしれない。

現代の文脈における同情《シンパシー》と共感《エンパシー》の違いについて、哲学者のマイケル・スロートは次のように説明する。共感《エンパシー》においては、相手の苦悩を目の当たりにした時に、相手の感情が自分自身の中に呼び起こされ、相手の痛みが自分の中に侵入してくるように感じることであるが、同情《シンパシー》は、相手の痛みを自分自身の中に感じ取らなくても、相手を可哀そうだと感じることが可能なのである（一三）。フォーセットは共感《エンパシー》という言葉を実際に使用しているわけではない。しかし、ミス・パウエルの家を訪れたときに、ミス・パウエルの母親から陰鬱な様子で「安全な立場で、うちのかわいそうな娘に同情（sympathize）しに来てくださるなんて、あなたには楽なことでしょうね」（三四一）という言葉に皮肉をほのめかされているように感じ、相手の立場を慮るためには同情《シンパシー》では不十分であることを悟っている。さらに、ミス・パウエルの受ける不当な扱いに直面し、「アンジェラの心を覆っていた冷たく堅い外皮のようなものが動き、揺れ、壊れて溶けた」場面は、アンジェラがミス・パウエルの感じる痛みをともに引き受けていることを明らかにしている。

共感《エンパシー》をキーワードの一つとして男性と女性の発達心理の違いに注目し、いわゆる「ケアの倫理」の基礎を築いたのは、心理学者のキャロル・ギリガンである。ギリガンは、それまでの発達心理学が重視する、個人の権利や義務といったものは男性的発想のバイアスがかかっているものだとし、それは女性に特徴づけられる人間関係の重視や思いやり、配慮といったものを軽視していると批判した（五一二三）。しかしギリガンによるこの主張は、フェミニストたちによって、しばしば女性を他人へのケアという役割に押し込める因習的な規範に沿うものであり、フェミニズムの求める指針とは逆行するものであるという批判を受けてきた(6)。

しかしスロートは、家父長制社会によって女性たちの考えや願望の多くが否定され、それが女性たちの自己否定的・自己放棄的な状態をもたらしていると指摘したギリガンの功績を認め、女性たちのそのような状態の原因は、彼女たちを尊重することなく軽んじる状況にあるとする。そして、そういった状況には共感《エンパシー》の欠如が見出されると述べ、一見、女性の自立・自律と矛盾するように思えるケアの倫理は、「共感《エンパシー》という考えを中心に据えることで、多くの女性に自己否定的で自己消失的な状態を重んじ体現するように強いてきた家父長的な（またそれと同様の）態度と行動様式を、道徳的な観点から批判する手立てを私たちに与える」（六〇―六一）と、フェミニストによる批判に反論している。

本稿では、これらの道徳的、哲学的、社会学的主張を含む議論の善悪や正誤を精査することはできない。だが共感《エンパシー》が、奪われている女性の声を救い上げる可能性は評価すべきである。女性同士の関係性において、共感《エンパシー》を通してアンジェラは社会に自分の限界を定められている女性との絆を模索している。家父長制社会が女性を自己否定的な状態にする構図は、白人中心社会と黒人の構図にも当てはまるだろう。すでに引用しているように、ニューヨークへ来たばかりのアンジェラは、「男性のほうが女性より、黒人男性のほうが黒人女性より、白人男性のほうが白人女性より、いい思いをしている」と、黒人女性は二重の抑圧を受けていることに自覚的であったため、白人中心の家父長制社会に迎合するようにふるまっていた。しかし、ミス・パウエルの苦境に共感し、黒人女性間の連帯を結ぶことによって、彼女たちを抑圧する社会に対する批判の声をアンジェラが取り戻すさまを、フォーセットは描き出している。またそのような黒人女性同士の連帯は、ヴァージニアに対して「姉妹の絆に満たされた」（三五〇）とアンジェラが感じるように、一度は失われたヴァージニアとのシスターフッドの回復ももたらしている。

4．他者を理解する

そもそも、エンパシーという言葉は、美学においてロバート・フィッシャーらが提起したドイツ語の「感情移入（Einfühlung）」の英訳として、二〇世紀初頭に新たに使われるようになった。ドイツ近代美学では、テオドア・リップスらによってこの概念が体系化されていったが、今道友信はエンパシーの美学を次のように説明する。

対象の美的価値は自我が対象にのみ没入するときに、自我において呼びおこされた価値感情であるから、これが成立するためには対象的感情の主観化と、主観的感情の客観化という感情移入による主客合一が前提となる。感情移入とは、対象の要求に従って、これに命を与えることにほかならない。それゆえ、美とは物象を見るにあたって自己の生の肯定を感ずることであり、美とは積極的感情移入によって成立するところの客観化せられた自己価値感情にほかならない。（一七五）

対象の美を感じるということは、自分自身の中に目覚める美的感情を認めることである。かつては「ある種の醜い美しさ」（九四）を放っていると感じていたミス・パウエルに対して、アンジェラは自分の人種を告白する直前に、これまでにないほどの美しさを認めるのである。

アンジェラにとって、ミス・パウエルが魅力的でエキゾティックに思えたことはこれまでになかった。彼女は飾り気のない形ながら燃えるように赤い、薄手の絹の服を着ていた。角張ったいくぶん大きめの頭をのせた首がサテンのような光沢を見せてその服からまっすぐに伸びていた。薄くてちょっと平たい唇の暗褐色が、ぴかぴか光る完璧な白い歯とくっきりした対象を見せていた。高い頬骨はわずかに赤身を帯びていた。理想の美というものをすでに設定して厳密に限定していない人ならだれでも、ぞくっとするような魅惑を感じたに違いない、彼女がちょっとすねたように口数少なく静かにすわっているかぎり、休息するすばらしい人物像を成していた。彼女の黒い肌も髪も、三つの窓から流れ込む日の光を吸収して輝き、その小さな集団の注目を独り占めしていた。(三四二)

ミス・パウエルの美しさは、白人としてパッシングすることでアンジェラが否定していた黒人的特徴に由来しているものであり、アンジェラはミス・パウエルの放つエキゾティックな魅力に惹かれていることに注目すべきである。アンジェラはミス・パウエルを通して黒人の美しさと誇りを自分の中に認めたのだと言えるだろう。

一方で、アンジェラが黒人女性を「エキゾティック」だと捉える視線は、黒人女性に対して他者の視点から見ているということを浮き彫りにする。これまでもアンジェラはミス・パウエルに感じていたような黒人女性の色彩豊かな美しさを、他の黒人女性に対してもしばしば感じている。例えば、アンジェラはニューヨークに来てすぐにハーレムを訪れる。ここでアンジェラが見た「赤と茶色のドレスの美しい女性は、五番街で見たどの人にも負けぬ見事な服装をしていた」（九七）と描写されるし、マーサが主催した集会に参加していた「銅色と淡い赤色の肌」をした黒人女性を「彼女の光は他の人の光を奪うかのように明るく輝いている」（一一四―一一五）のだと感じる。さらに、ハーレムにある「ビロードのような濃褐色の肌」をもつ女性が経営する美容室に訪れた際、アンジェラは「今流行の黒人ショーの女優」の「濃い茶色の肌にエキゾティックな目をして」、「華やかな色合いの服をまとい、光り輝く極楽鳥がひらりひらり羽ばたくよう」（三二六―三二七）な様子を観察しているのである。

肌の白い黒人が白人としてふるまうというパッシングの持つ人種の両義性は、人間関係においてアンジェラを常に人種的他者とする。白人女性たちとの連帯においてアンジェラは自身が黒人だという意識を捨てることができない。その一方で、アンジェラが黒人女性を「エキゾティック」と捉える視線は、彼女たちを他者化する西洋的価値観をアンジェラが保持していることが指摘できよう。しかし、ミス・パウエルの美しさを認識した直後に彼女の受ける悲惨な人種差別を目の当たりにするアンジェラは、当時の支配的価値観を乗り越えた先にある、共感《エンパシー》を通じた他者理解へと至る(7)。

『プラムバン』において、フォーセットが描き出したかったことの一つが、この他者理解であったのではないだろうか。ロジャーやポーレットに代表されるような、白人の黒人に対する理解と尊重の欠如はすでに述べた通りであるが、一方で、黒人による他人種の排他性も指摘できよう。例えばロジャーの前で姉に拒絶された場面を回想するヴァージニアは、「奴隷制の時代には白人の男と女は、自身の骨肉であるムラートの親戚を虐待したり、深南部のより過酷な奴隷制のただ中へ売り飛ばしたり、死ぬまで、完全にでなくともそれに近い状態まで、むち打たれるのをそばに立って見ていたりしたのだ」と、奴隷制時代の黒人奴隷が受ける悲惨さに共感し、白人に対する怒りを募らせる。「おそらく白人と黒人の血の間には、結局根本的に違うなにかがあるのだろう」（二六七―六八）と、白人の「血」の凶暴性を信じるヴァージニアの思想は、血を二分化し白人が黒人に対して行う差別と同様の構造をとることには注意しておかなければならない。奴隷制という歴史と白人に対抗する精神を共有するハーレムという空間においては、異なる価値観を受け入れがたくなっているという一面が指摘できるだろう。異質なものを排することにより、白人と黒人の間の連帯が困難となるという黒人コミュニティに内在する問題点もフォーセットはあぶりだしている。

ハーレムの不自由さ

「エキゾティック」という表現は、男性からの視線を前提とした、黒人女性のセクシュアリティという問題も明らかにする。一九世紀後半における西洋文明の人種と性のイデオロギーにおいて、黒人女性はエロティックなアイコンであった（デュシル 四二七）ことを考慮に入れると、「エキゾティック」という表現は、プリミティブな黒人女性のセクシュアリティを表象していると言えるだろう。[8] フォーセットはハーレム・ルネサンス期の文学市場でもてはやされた「エキゾティシズム」「プリミティヴィズム」に対して批判的であった（風呂本 四二九）とされるが、アンジェラはハーレムを「このような生の営みには、まちがいなく非常に魅力的で恐ろしくさえ感じられるものがあった。ここでの生の営みは、アンジェラの新しい友人たちの安全で上品な生活より、濃厚で、ふくれあがっているようだった」（九七）と描写する。「魅力的で恐ろしい」とされる「生の営み」が「濃厚で、ふくれあがっている」という表現は黒人女性のセクシュアリティを想起させる。また、すでに指摘しているような、アンジェラが見つめる極彩色で表現される「エキゾティックな」女性たちの身体表象は、明らかにセクシャルなものであろう。

しかし、アンジェラが人種の告白をしたのち、それまでのような黒人女性の身体描写の豊かさはテキストから突然消え去る。アンジェラを支配していた黒人女性を「エキゾティック」と捉える西洋的まなざしこそ、ハーレム・ルネサンスを生きる黒人女性にとって脱却すべきものであり、黒人女性のセクシュアリティが彼女たち自身にとってタブーであったことはすでに述べた通りだが、黒人女性のセクシュアリティを危険視するまなざしは、同時に、彼女たちを見つめる男性の欲望や、それを抑圧する男性的規範の内在化でもある。白人として暮らし、ロジャーとの交際の過程でセクシュアリティの解放を経験するアンジェラは、皮肉にもその結末近くで黒人女性との連帯を回復すると同時に、黒人女性の身体表現の豊かさを語る言葉を失ってしまい、当時の黒人女性をめぐるセクシュアリティとその抑圧の問題を浮かび上がらせるのである。

『プラムバン』の結末では、パリにいるアンジェラのもとに、同じく人種をパスしていた黒人男性アンソニーが現れ、おそらく二人は結ばれるであろうことが示唆される。この規範的異性愛の範疇を出ない終わり方に関し、フェミニスト批評家たちは多くの解釈を試みているものの、この結婚が、アンジェラが獲得した女性の自立・自律性に対するアンチテーゼになりかねないことは明らかであろう。[9] 例えば、このロマンス的な終幕には、フォーセットの技術的欠如と、イデオロギーとロマンスという形式の関係を崩す難しさがあった（"*The Changing Same*" 七一）とマクダウェルは述べている。

ハーレム・ルネサンス当時の人種差別は、「男性の基本的権利」（政治的平等、経済、家庭を保護する手段）が攻撃の対象であったため、ニュー・ニグロ的価値観は黒人男性の男らしさの維持をその中心に据えていた。それゆえ、男性に従属することが女性たちにとって人種に従うことであったのであり、黒人女性の個人的野心やジェンダーの不平等に対する反発は、人種全体への不誠実だとみなされていたのである（ファーガソン　一二二）。そこにこそ、当時の女性作家の難しさがあったと言える。フォーセットの技術的欠如も否めないが、ハーレム・ルネサンスを牽引するという立場上、フォーセットにはニュー・ニグロ的価値観への不義理は許されなかったということは想像に難くないだろう。アンジェラが見出した「エキゾティックな」黒人女性の身体表現が、結末に向かうにつれて語られなくなるということは、西洋的視点からの脱却の可能性を示すと同時に、女性のセクシュアリティに対するすでに内在化された抑圧から黒人女性が逃れることができていないことを示す。アンジェラの成熟が、強制的異性愛のロマンスに収束していかざるをえなかったという点に、ハーレム・ルネサンス期における女性の抑圧の構造を見ることができるのではないだろうか。

しかし同時に、フォーセットはニューヨークに希望を残してもいる。ニューヨークに来た初めのころに見た移民の郷愁の表情は、アンジェラにとって「半分しか理解できない表情」(九〇)であった。しかし、パリに移ったアンジェラは「人生でこれほど寂しく感じたことはない」と思い、「冒険好きの彼女の人生で初めて、彼女は満ちてくる望郷の思いにとらわれて」(三七五)しまう。楽観的すぎると言わざるをえないとしても、フォーセットはニューヨークに黒人女性にとっての「ホーム」の可能性を見ている。人種と性が交錯するニューヨークにおける女性たちとの連帯は、未来へと向かうアンジェラを鼓舞するものであったことは明らかであり、そこにこそ、いまだ残る女性への抑圧に対する、来るべき政治的結束の可能性を読みこんでも良いのではないだろうか。

＊本稿は九州アメリカ文学会第六七回大会（二〇二二年五月一四日、オンライン開催）で行った研究発表に、加筆・修正を施したものである。

注

（1）Fauset, *Plum Bun*, 88. 以下、このテキストからの引用は括弧にページ数のみ記す。また、日本語訳は風呂本監訳のものを参照し、必要に応じて変更を施している。

（2）またデュシルは、権力と情熱、お金と欲望の関係を批判的に問題視する性的なメタファーとして作品全体を捉えることができると指摘する（四三四）。

（3）しかし、マクダウェルはこの二人が求めるプラムバンの意味の差異を指摘する。アンジェラが求めるのは白人男性との結婚を通して手に入れられる力である一方、ロジャーは消費することができるセックスである（xiv）。

（4）フォーセットも「アフロ・アメリカンは白人のアメリカ人の茶色版という神話を受け入れていた」と指摘されている（ペリー　四四）。

（5）「レズビアン連続体という用語には、女への自己同定の経験の大きな広がり――一人ひとりの女の生活をつうじ、歴史全体を貫くひろがりをふくみこむ意味がこめてあって、たんに女性がほかの女性との生殖器的性経験をもち、もしくは意識的にそういう欲望をいだくという事実だけをさしているのではない。それをひろげて、女同士のもっと多くのかたちの一時的な強い結びつきを包み込んで、ゆたかな内面生活の共有、男の専制に対抗する絆、実践的で政治的な支持の与えあいを包摂してみよう。」（リッチ　八七）

（6）例えば、上野千鶴子は次のように主張する。「性差の文化本質主義は、性差が文化の産物であることに同意する。そしてそのジェンダーの文化的な拘束力が容易に変更できないものであることを前提に、『女性文化』『女性性』の逆説的優位を説く。そこでは従来の性差観は保存されたまま、価値の逆転がはかられる。それまでのラディカル・フェミニズムからは後退した、保守的な思想であると言わなければならない」

（一四）。

（7）発達心理学的見地において、共感は自分自身についてのメタ認知的な意識を含んだものであるとマーティン・L・ホフマンは言う。自己と他者を区別できるようになるという発達的変化をたどった人間は、自己と他者は異なった生活史とアイデンティティを持ち、過去から未来へと繋がっていくものとして考えるようになるにつれて、その場の直接的な情報だけでなく、より大きなパターンの繋がりの中で感じることを次第に意識していくようになる。その結果、人間は「他人の長期にわたる悲惨さや不快な生活条件についても、共感的苦痛で反応することができる」（八〇）とホフマンは説明する。

（8）ジュディス・バトラーは、フォーセットと同時代の作家ネラ・ラーセンの『パッシング』をレズビアン的観点から論じている。黒人女性のセクシュアリティがエキゾティックなもの、プリミティヴィズムの象徴とされることによって、女性のセクシュアリティの表象における困難さを指摘し、ラーセンは「黒人のセクシュアリティを描くのを差し控え、それがエキゾティックなものになるという帰結を避けている」（二三七）ことを指摘している。

（9）フォーセットがロマンスの形式をとることは、出版社と読者を得るための戦略であったことも指摘されている（マクダウェル *"The Changing Same"* 七三—七七：ザッコドニク 一六五）。

引用文献

Ducille, Ann. "Blues Notes on Black Sexuality: Sex and the Texts of Jessie Fauset and Nella Larsen." *Journal of the History of Sexuality*, vol. 3, no. 3, 1993, pp. 418-44.

Fauset, Jessie Redmon. *Plum Ban: A Novel Without a Moral*. 1931. Pandora, 1985.（『プラムバン——道徳とは縁のない話』風呂本惇子監訳、新水社、二〇一三年。）

Ferguson, Jeffery B. *The Harlem Renaissance: A Brief History with Documents*. Bedford/St. Martins, 2008.

Gilligan, Carol. *In a Different Voice: Psychological Theory and Women's Development*. 1982. Harvard UP, 2003.

Goldsmith, Meredith. "Jessie Fauset's Not-So-New Negro Womanhood: The Harlem Renaissance, the Long Nineteenth Century, and Legacies of Feminine Representation." *Legacy*, vol. 32, no. 2, 2015, pp. 258-80.

Hoffman, Martin L. *Empathy and Moral Development: Implications for Caring and Justice*. 2000. Cambridge UP, 2007.（『共感と道徳性の発達心理学——思いやりと正義とのかかわりで』菊池章夫・二宮克美訳、川島書店、二〇〇一年。）

McDowell, Deborah E. "Introduction." Fauset ix-xiv.

———. *"The Changing Same": Black Woman's Literature, Criticism, and Theory*. Indiana UP, 1995.

Perry, Margaret. "The Santa Claus Myth: "The Crisis" Short Stories of Jessie Redmon Fauset." *The Langston Hughes Review*, vol. 6, no. 2, 1987, pp. 44-49.

Pfeiffer, Kathleen. "The Limits of Identity in Jessie Fauset's *Plum Bun*." *Legacy*, vol. 18, no. 1, 2001, pp. 79-93.

Rottenberg, Catherine. "Jessie Fauset's *Plum Bun* and the City's Transformative Potential." *Legacy*, vol. 30, no. 2, 2013, pp. 265-86.

Slote, Michael. *The Ethics of Care and Empathy*. Routledge, 2007.（『ケアの倫理と共感』早川正祐・松田一郎訳、勁草書房、二〇二一年。）

Sollaors, Werner. *Neither Black nor White Yet Both*. Harvard UP, 1997.

Tomlinson, Susan. "Vision to Visionary: The New Negro Woman as Cultural Worker in Jessie Redmon Fauset's *Plum Bun*." *Legacy*, vol. 19, no. 1, 2002, pp. 90-97.

Zackodnik, Teresa C. *The Mulatta and the Politics of Race*. U P of Mississippi, 2004.

有光道夫「夢と現実のルネサンス――『新しい黒人』による文化・芸術社会運動の再評価に向けて」『ハーレム・ルネサンス――〈ニュー・ニグロ〉の文化社会批評』松本昇監修、明石書店、二〇二一年、二九‐四八。

今道友信「現代の美学」『講座美学』第一巻、今道友信編、東京大学出版、一九八九年、一七三―二一〇。

上野千鶴子『差異の政治学』二〇〇二年、岩波書店、二〇〇五年。

バトラー、ジュディス『問題＝物質となる身体――「セックス」の言説的境界について』佐藤嘉幸監訳、以文社、二〇二一年。

フックス、ベル『ブラックフェミニストの主張――周縁から中心へ』清水久美訳、勁草書房、一九九七年。

風呂本惇子「訳者あとがき」『プラムバン――道徳とは縁のない話』ジェシー・レドモン・フォーセット、風呂本惇子監訳、新水社、二〇一三年、四二四―三〇。

リッチ、アドリエンヌ『血、パン、詩。』大島かおり訳、晶文社、一九八九年。

都市の渇き、あるいはラルフ・エリスンの『見えない人間』における不定形な働きについて

藤野功一

『見えない人間』における不可視性

二〇世紀前半のニューヨークを主な舞台とするラルフ・エリスンの長編小説『見えない人間』（一九五二年）では、主人公である無名の語り手が冒頭近くで「僕は見えない人間だ。人々が僕を見ることを拒否するんだ」（三）と訴えるため、しばしば、「理想主義的な若い黒人」（ポドレッツ　五〇）である主人公が、黒人ゆえに無視される状況の中、自己の自発性やアイ

デンティティを人々に認めてもらうことを目指す教養小説であると解釈されてきた[1]。しかし、テキストをよく読むと、主人公の自発的な才能の表れである即興演説はしばしば人々に賞賛され、また、その結果、その場の人々によって彼は明らかに才能ある人物として認められ、十分にアイデンティティのある存在として扱われている。むしろ、そうして得られた彼のありようが常に他者によってくっきりと決めつけられてしまう点が主人公の苦悩を招いているようだ。主人公は目の前にいる聴衆の反応にあわせてその場で最も適切な言葉を繰り出す才能に溢れており、だからこそかえって、その時々でなされる弁舌によって醸し出されるアイデンティティの背後でうごめいている彼の異質なもろもろを繋ぎあわせる働きが人々から見えなくなってしまう。

例を一つ挙げてみよう。この小説の中盤で、南部からニューヨークのハーレムへとやってきた主人公はふとしたきっかけから政治団体「ブラザーフッド」の一員となり、群衆を前に即興的な演説を行い、「嵐のような喝采」（三四六）を受ける。主人公はその時、演説時の言葉が「自分のみぞおち」（三四五）から出てくるように感じ、「自分がより人間らしくなった」（三四六）と語って、自分のアイデンティティを見出したように思う。ところが、その直後、「ブラザーフッド」の上司からそのような演説は「最悪」だとの評価を受ける（三四九）。彼の演説は科学的な手法とは正反対のものであり、人々を「暴徒」にしてしまうだけだ、と酷評される（三五〇）。そして、彼は党員からトレーニングを受けなければならなくなるが、それは「人々が聞きたいこと」を言って、聞いた人たちが「ブラザーフッド」の思惑通りに動くようにすることだと命ぜられる（三五九）。即興的な演説で主人公が自分の自発性を見出したと思った途端に、それは単なる聴衆の欲望の反映に過ぎないことを思い知らされ、彼はブラザーフッドの指導のもと、自分の見出したアイデンティティとは別のアイデンティティを演説で示さなければいけないことになる。そうなると、ジェイソン・プスカーが論じるように、この小説では、主人公の言葉の即興性というのは「まことに形式的なものに過ぎず、ただ他の人々の考えに左右されるだけのもの」であり（八六）、主人公の一見すると自発的な言葉は、ほんとうは聴衆の聞きたいことや、あるいはブラザーフッドの思惑といった、他者の考えにのみ依拠して成り立つことがあらわになってしまう。この場面で示される、主人公の自発性と彼のアイデンティティをめぐる皮肉な状況は、『見えない人間』の初めから終わりまで、一貫して様々な形であらわれ、『見えない人間』がどのような主題を追求しているかを示唆している。

『見えない人間』で、主人公が社会活動団体「ブラザーフッド」の一員となった後に行ういくつかの即興演説において示される主人公の自発性と強烈なアイデンティティは、その場その場においては明瞭で、周囲の人々に明らかなものとして扱われる。しかも、ブラザーフッドの団員たちは、あたかも機械を修理でもするかのように、主人公にトレーニングを施せば、その演説方法やアイデンティティは「ブラザーフッド」の思惑通りに矯正可能だと考える。すると、主人公の自発性やアイデンティティは、主人公にとっても、あるいは周りの人々にとっても、格別見えないものではないし、主人公がここで読者に理解して欲しいと思っている「僕の不可視性（my invisibility）」（三）とはちがう、ということになるだろう。むしろ、明確な自発性やアイデンティティに収斂されることのない、自分がもつ働きを主人公は見つめているように思える。そこで、ここでは、まず、自発的な即興やアイデンティティというものが、エリスンのテキストで具体的にどのように描写されているかを検討したうえで、自発的な即興でもなく、アイデンティティでもないものとしてエリスンが描こうとしている主題、すなわち、主人公の「不可視性」とは何かを改めて探ってみたい。

エリスンのテキストの具体的な細部に立ち入る前に、あらかじめ、ここで利用する理論と、予想される結論を述べておこう。この論では、アントニオ・ネグリとマイケル・ハートが『コモンウェルス』で示した流動的な社会における個人の働きについてのアイデアを参考にしながら考察を進めている。かつてエリスンも深い関心を寄せたマルクスの思想を継承発展させたネグリとハートは、『コモンウェルス』で、固有のアイデンティティや、私的所有を土台とした制度への愛着を捨てきれない私たちの状況を批判しながら、おそらくこれからの国境を超えたネットワークに基づく民主主義的発展においては、アイデンティティは「制度をとおしてつくられる」ものではないし、また、「アイデンティティ」が「人種やジェンダー、階級の属性に順応することがあたかも自然であり、必要不可欠である」という前提のもとに「規定」されるようなものではないと論じた（三五八）。ネグリとハートは、これからの制度は次々と変化するプロセスのなかでとらえられるべきもので、この制度のプロセスに参加する存在は、アイデンティティをもつ存在というより、時にお互いに抗争し、絶えず自己変容のプロセスにさらされている互いに異なった性質をもつ「特異点（singularity）」（ネグリ　一二五）によってなされる「働き（agency）」（ネグリ 三五八）であると考えている。

ネグリとハートは、社会学の観点から、うつりかわりゆく個々の働きによって社会が変革され、そのために制度が絶えず流動する状況を現在の世界像として提示している。しかし、このような世界観は、すでにエリスンの『見えない人間』の中に描かれていると言っても良いだろう。ネグリとハートのいう、社会に変革をもたらすようにうながす不定形な特異点は、エリスンの『見えない人間』の中では、たとえば「黒い不定形なもの（a black amorphous thing）」

（九五）として表現されている。主人公が常に「不定形な」ものとして描かれたために、この小説の「不可視性」は捉えにくいものとなっているようだ。さらに、形式と内容の不一致、すなわち、一見すると主人公がその即興的な演説の才能を開花させながら自己のアイデンティティを追求する教養小説的な印象を与えながら、実際には主人公がアイデンティティではなく、むしろ自己の「不定形な働き（amorphous agency）」[2]とその社会的な役割を自覚するところでおわるという構造を持っているため、この小説の「不可視性」という主題は、理解しにくくなっているのではないだろうか。

この論では、もともとはジャズの用語であり、しばしば自発的な才能の表れであるはずの即興《インプロビゼーション》という言葉がエリスンのテキストの中でどのように使われているかを検証して、エリスンの名指しているものが何かを明らかにした上で、『見えない人間』において即興的演説をおこなう主人公のアイデンティティの実態を述べる。次に、『見えない人間』において主人公はどのようなプロセスを通じて自分を社会の中の特異点、あるいは不定形な働きを行う存在として意識するようになったかを確認したうえで、そのような主人公の「不可視性」、あるいは不定形な働きとでも呼ぶべきものは、都市における人々との連帯をいかに渇望するかを論ずることとしたい。

1．即興《インプロビゼーション》、あるいは複製技術時代のコラージュ

まず、エリスンのテキストにおいて、人々の行う即興《インプロビゼーション》がどう表現されているかを見てみよう。プスカーも言うように、ジャズの専門家であったエリスンは、自分の文学に、ジャズでいうところの、あらかじめ決められた譜面などに頼らず演奏する即興《インプロビゼーション》の技法を導入しようとした（八六）。具体的には、エリスンの文学では、音楽的な用語であった即興《インプロビゼーション》の概念が応用されて、視覚的なイメージや、登場人物の口から次々と繰り出される言葉によって表現されている。

わかりやすい視覚的なイメージの例のひとつをここで取り上げてみよう。エリスンの死後に発表された長編『奴隷解放記念日《ジューンティーンス》』（一九九九年）の最後に近い部分に、エリスンが思い描く即興《インプロビゼーション》がどのようなものかを自動車の描写によって視覚的に描き出した部分、黒人が自分たちで手作りして乗り回している、どの車とも似ても似つかない車の描写がある。

それはキャデラックでも、リンカーンでも、オールズモビルでも、ピュイックでもなかった。あるいはそのほかのどんな車にも似ても似つかなかった。それは一台どころではな

い、いくつもの車のシャーシや車輪やエンジンやフードやクラクションやらを好き勝手につなぎ合わせたものだった！いわばそれはガラクタ置き場で組み立てられたマシーンだ。つまりは即興《インプロビゼーション》で、クロンボの出来損ないが作った胡散臭い創作物ってやつだ――それでも、そいつは並々ならぬ改造車だった。（二九七）

ここでは、ガラクタ置き場で組み立てられた黒人の車が、様々な車の部品の寄せ集めの「即興《インプロビゼーション》」であることが強調されていることが見て取れる。この部分を読む限り、エリスンにとって、即興《インプロビゼーション》は、それまでになかったものを一から作り出すような、新たな創出ではないようだ。むしろ、この車の場合の即興《インプロビゼーション》は、様々な既製の車の部品を寄せ集め、うまくつなぎ合わせることによって、走る機能をあたえようとする行為を指している。ここで、即興《インプロビゼーション》が、エリスンの想像力の中においても、一つ一つの部品が、すでに既製品のものであり、そのいくつもの車のシャーシや車輪やエンジンやフードやクラクションやらのつなぎ合わせで出来上がっていることに注目しておこう。

エリスンの描写する、いわば黒人がその場の勢いで作ったような改造車が、様々な複製技術による生産物の断片から成り立っていることは、エリスンの即興《インプロビゼーション》についての考えを理解するのに重要だろう。エリスンにとって、即興《インプロビゼーション》は独創的な芸術を一から作り上げることを意味しない。むしろ、その根底にあるのは、既製の複製生産物の断片をつなぎ合わせ、コラージュするという感覚である。(3) そしてこのようなコラージュと同じ感覚で行われる『見えない人間』の後半における即興演説は、主人公にとっては既製の要素を別の新しい既製の要素と組み合わされて作り出されるものとして意識される。たとえば、「ブラザーフッド」の演説者として聴衆の前に立ったとき、彼は自分の演説を、「以前からの古いやり方」で語り、同時にその演説の内容を、聴衆の反応を見ながら、聴衆からヒントとして与えられた言葉へと入れ替えて行うという即興的な演説のやり方をして、「聴衆が最初から自分と共にいる」と感じる(三五三)。つまり、彼は、手法としては自分が以前から確立している語り方を維持しながら、同時に、その内容としては、聞き手の反応が良い言葉をすぐさま取り入れて語るのだ。こうして、主人公は「彼らの聞きたいことを語り、彼らは僕の言葉を理解する。僕は彼らと一体になる」(三五三)という幸福な経験をすることになる。この時の主人公の演説は、独創的なものというよりは、むしろ常に何らかの制度のもとでの訓練と、自己の語る言葉に対する他人の反応の中で生まれたものと言えるだろう。(4) その演説は、自分よりは他人の基準と思考に合わせた言葉であるため、演説を終えた後、思い返してみても、主人公には、自分の行った演説が、自分のものではなく、「他人の表現」（三五三）であるかのように思えてくる。そして、主人公は、「もしも誰かが速記を記録してくれていたら、それを明日自分で見ることができるだろう」（三五三）と考える。すでに主人公は、即興的に語られた自分の語りが自分にも完全には制御できない他人との関係の中で作られた一時的なものであることを自覚し、その即興の効果を十分に確かめるためには、何らかの複製技術に基づいた、自分の言葉の完全な記録が必要だと感じている。こうして、その弁舌が一見するとつよく語り手の自由と自己主張を示唆しているにもかかわらず、実際に主人公の即興《インプロビゼーション》を支えているのは、すでに既製のものとして出来上がった演説の様式と観客の言葉と反応であり、その内容を完全に把握するために必要なのは、複製技術によって可能になった反復可能な記録だということが示される。

即興《インプロビゼーション》とその効果を確かめるために、複製技術による再現が前提とされているという状況は、この小説の中におけるジャズ音楽の扱いにも表れている。プスカーも指摘しているように、この小説にはしばしばジャズへの言及があるものの、それらはすべて、すでに複製され、大量生産された既製品として出回っている、レコードの曲である。

この小説はジャズ音楽に満ちてはいるものの、ジャズ演奏家の生演奏を描写する場面は一つもない。オルガン音楽の生演奏、ブルースの歌や、ブギウギで歌う教会の賛美歌などが出てはくるものの、主人公はジャズを自分が閉じこもる地下の部屋のラジオ蓄音機で聞いたり、ジュークボックスのいかした音で聞いたり、レコードショップの大音量のスピーカーで聞いたりしているだけだ。この小説には、ジャズの即興《インプロビゼーション》の自発性や自然さを示すような純粋で普通の人間の声というものは描かれない。なぜなら、純粋で自然な自己そのものが、そういうものを出現させるシステムがなければありえなかったものだからだ。プロローグに出てくるラジオ蓄音機でさえ、最初は自由を象徴する機械に見えたものが、小説の最後では、一種のアイデンティティ製造装置になってしまっている。蓄音機のジャズ音楽は実際には以前に行われた演奏の再生であって、同じように、何度もリハーサルを重ねた上で録音された演奏でしかない。(プスカー　八九)

プスカーもいうように、主人公の聞いているジャズの即興《インプロビゼーション》でさえ、すでにそのスタイルは固定化され、なんども練習され、反復可能なレコードで聴ける技法として確立してしまっている。このような状況の中では、もはやジャズのレコードの即興演奏が、不定形で、見えないものを象徴するとはとてもいえないだろう。また、そのジャズ・レコードで確かめられる演奏家のスタイルも、すでに技法として確立され、アイデンティティ製造装置によって全体が反復可能な状態で確認できるものだ。このように複製技術を前提とした美学にもとづいて、『見えない人間』では、主人公のアイデンティティとその即興《インプロビゼーション》は、記録され、はっきりと確認でき、見えるものとしてえがかれているということになる。それらは、主人公にとって、決して「見えないもの」（七）ではないのだ。それでは、エリスンは、あるいはこの小説の主人公は、この小説でどのようなものを「見えないもの」（七）と考えているのだろうか。

2. 不可視性、あるいは結び目

『見えない人間』の主人公が「ぼくの不可視性」（三）という言葉で表現しようとしているのは何なのか。この点を考察するための手がかりの一つは、作品冒頭における、ルイ・アームストロングについての言及だろう。『見えない人間』の冒頭で、主人公はアームストロングの音楽への愛着を次のように表現する。

ぼくは今ラジオ蓄音機を一台もっているけれど、五台は欲しいと計画しているところだ。ぼくの隠れ家は全くの防音状態なので、音楽を鳴らすときはその振動を、耳でばかりでなく体全体で感じる。僕はルイ・アームストロングによる「黒いがための憂鬱《ブラック・アンド・ブルー》（"What Did I Do to Be so Black and Blue"）」の演奏と歌のレコード5種類を聞きたいと思っているんだ……全部いっぺんにね。……多分、僕がルイ・アームストロングを好きなのは、彼が見えないものからその詩情を作り上げているからなんだろう。たぶん彼は自分が見えないなんてことは考えていないからそれができるんだと思う。僕のほうも、自分が見えないということを理解しているので、彼の音楽が理解できるんだ。あるとき、煙草をくれという、どこかのふざけた野郎がマリファナ入りの煙草をくれた。それに火をつけて家に帰って、蓄音機の音に耳を傾けたんだ。それは奇妙な夕暮れの経験だった。ちょっと説明させてもらうと、見えない存在でいると、少々人とは違った時間の感覚をもつことになる。リズムにノリきれないんだ。ときどき先ばしりしすぎるし、あるいは遅れをとる。すばやい、感知不能な時間の流れの代わりに、音の結び目や、音楽が少々立ち止まったり、つぎにどう飛躍しようかと一瞬思案する節目などを意識してしまう。そうして、時間の裂け目に滑り込んで、辺りを見回す羽目になるんだ。ルイの音楽をぼんやり聴くっていうのは、

そういうことなんだよ。（七―八）

ここで、主人公が注目しているのが、音楽の「すばやい、感知不能な時間の流れ」ではなく、むしろ「音の結び目（nodes）」や、「音楽が少々立ち止まったり、つぎにどう飛躍しようかと一瞬思案する節目（those points where time stands still or from which it leaps ahead）」であることに注目しよう。どうやら、結び目、節目という表現によって、この小説の中で主人公が感じ取っている見えないものが示されているようだ。音楽のある調子をどのように次の調子へと結びつけてゆくかを決める意識。すでに既存のもののなかから、あるものを選び、そこから、またべつのものにうつろってゆく動き。その結び目や節目での働きを、主人公はアームストロングの複製されたレコードのなかで見出そうとしている。

実際に演奏を聴いてみるとわかるのだが、一九二九年に収録されたアームストロングの「黒いがための憂鬱《ブラック・アンド・ブルー》」のレコードで歌われる歌詞は、大変暗い、絶望的な内容である。ここで、訳と原詞を示してみよう。

「黒いがための憂鬱《ブラック・アンド・ブルー》」

"What Did I Do to Be so Black and Blue"

冷たくて無人のベッド、鉛のように硬いスプリング
　Cold empty bed, springs hard as lead
ネッドの旦那は俺なんか死んじまえばいいと思ってるんだろう
　Feels like ol' Ned wished I was dead
俺にどうしろってんだ、この真っ黒でブルーな気持ちを
　What did I do to be so black and blue?

ネズミまで俺の家から逃げていく
　Even the mouse ran from my house
みんなが俺を笑って軽蔑する
　They laugh at you and scorn you too
俺にどうしろってんだ、この真っ黒でブルーな気持ちを
　What did I do to be so black and blue?

俺の心は汚れもない真っ白、だからって俺の問題は解決しない
I'm white inside but that don't help my case
だってこの顔の色は、隠しようがないからさ
'Cause I can't hide what is in my face

どうしたらこの苦しみは終わるんだろう、俺には友達もいないのに
How would it end, ain't got a friend
俺のただ一つの罪はこの皮膚の色さ
My only sin is in my skin
俺にどうしろってんだ、この真っ黒でブルーな気持ちを
What did I do to be so black and blue?

この暗い歌詞を歌うにあたって、卓越したエンターティナーであるアームストロングは、この音楽を誰もが楽しめるように、ややメランコリックな雰囲気から始まって明るく陽気な調子に転じてゆくイントロダクションで始め、それに引き続くみずからの歌声に深刻な歌の雰囲気を

垣間見せながらも、最後にすこしばかり悲喜劇的な調子を漂わせるトーンでトランペットを大きく鳴らして締めくくり、聴衆にこの歌詞の内容をうまく飲み込ませる。刻一刻と変化してゆく薄闇の中で景色の明度が移り変わってゆくように、その音楽は仄暗い気分から明るい気分へ、そしてまた深刻な歌詞の内容から幕切れのトランペットの音へと跳躍してゆくが、その移り変わるなかに表現される変幻自在なアームストロングの働きが、『見えない人間』の主人公における「不可視性」と重なり合う。

アームストロングの音楽にみられる、一つの調子から別の調子へと移り変わる不定形な働きは、『見えない人間』の主人公の人生における出来事の描写でもその最初から重要な要素として描かれている。この点を検証するために、まず、主人公の生涯に大きく影響を与えた祖父の言葉をここで取り上げて、主人公が、最初にどのような言葉で自己の不定形な働きを意識し始めたのかをみてみよう。主人公は十代のころ、祖父が、臨終のまくらもとに主人公の父親を呼んで、次のように遺言するのを聞く。

息子よ、白人との戦いを続けてくれ。今まで話したことはなかったが、我々黒人の人生は白人との戦いの連続だった、わしは生まれた時からその戦いの中での裏切りもので、南北戦争後の再建期の時に銃を持って戦うことを諦めてから、敵の白人の国でスパイのように生きてきた。お前も、ライオンの首の中に頭を突っ込んで生きるような道を歩むだろう。お前には、ハイハイと奴らの言うことを聞いておきながら、白人たちに打ち勝つ道を歩いて欲しい。にっこり笑って、奴らの土台を掘り崩すんだ。奴らの言うことを聞いて、奴らを死と破滅に追い込むんだ。奴らにお前を飲み込ませて、奴らが嘔吐したり、内側から破裂させたりするがいい。(一六)

周囲の人々はこの危険な祖父の言葉に戸惑い、主人公に「断固として」祖父の言葉を忘れるように忠告する(ドエイン 一六三)。しかし、主人公はこの言葉を聞いてからずっと祖父の言葉にこだわり続け、この小説の最後の場面でも、やはり祖父の言葉を思い出す。祖父の言葉は、主人公の生き方に大きな影響を与えているが、ここで主人公の祖父が、そもそも相手を完全に破壊する暴力の象徴である銃を捨てた後の戦い方について述べているのは示唆的だろう。祖父は自分の子孫に向けて、「ライオンの首の中に頭を突っ込んで生きるような道」を歩めと言っているが、それは、自分をかみ砕こうとする制度の中にいながら、その制度を打ち壊すことなく、生きる方法を伝えているかのようだ。つまり、主人公が他人からは見えない働きを保ちながら生きていくその方法は、暴力的な行為によって古いものを完全に破壊し尽くして、まったく新しいものを作り出すような働きではない。むしろそこにあるのは、スパイや裏切り者のように、一つの制度、言葉、技術の中に生きていながら、次の瞬間には、それとは全く別の制度、言葉、技術へと順応し、それを使い、その両方のどちらをも利用しながら、全体を機能させてゆく能力である。

主人公は、祖父の言葉に従い、白人との関係を良好に保ちながら優等生として学校生活を送ることに成功するのだが、自分の人生がうまくいくごとに、祖父のアドバイスを思い出して、まるで裏切り者であるかのような、「罪悪感と居心地の悪さ」にかられる（一六）。そして、彼は白人に気に入られる人格を形成しながら、同時にそのアイデンティティに収斂されない働きを自分が持っていることを意識する。黒人学校に通い、優秀な成績を修めたために、白人達の前で演説する機会を与えられた主人公が演説をする場面で、それははっきりとあらわれる。

『見えない人間』の冒頭近く、優等生として白人の有力者たちの前で演説を披露する機会を与えられた主人公は、自分の演説を披露する前に、わけもわからぬままに白人相手の黒人少年たちによる見世物の乱闘に参加させられる。そして彼は乱闘が終わったのちに、やっと自分が演説する機会を与えられる。そこで彼は最初、模範的な演説をやり遂げようと、あらゆるニュアンスを練習した通りに繰り返そうとするのだが、途中で詰まってしまう。乱闘で殴られてほおの内側を切られた血が、喉にからんでむせてしまうのだ。彼は模範的な作文を暗記したままに読み上げようとするにもかかわらず、むせた途端に、つい、「社会的責任（social responsibility）」を、「社会的平等（social equality）」と言い間違えてしまう（三一）。すると、主人公は白人の聴衆から厳しくその間違いを訂正される。

主人公は自分の言い間違いに対する聴衆の反応を感じ取り、言葉をすぐに訂正して、もとのように「社会的責任」と言い換える。ただし、ここで重要なのは、主人公が「社会的責任」を、「社会的平等」と言い間違えたからといって、それが彼の真の自発的な考えや、彼の隠し持っていたアイデンティティを示しているわけではない、という点だろう。むしろ主人公の「不可視性」は、もともとの暗記した原稿を読み上げようとしたのに、間違えて「社会的平等」と言い、そしてそれに対する聴衆の反応に応えて、また元のように「社会的責任」と言いなおす、この模範からの逸脱とその修正をおこなう、全体を機能させている働きを指すと考えたほうが良いだろう。白人の聴衆も、演説にそれほど関心を払ってはいないように見えながら、主人公が模範通りに演説をしているかどうかを常にチェックしている。その証拠に、主人公が言い間違えをすればそれを目ざとく見つける。つまり聴衆には、主人公の模範的な演説ぶりも、その言い間違えも、その後の修正も、すべて見えているのだ。しかし、白人の聴衆が見逃しているのは、そしてこの時の主人公自身も捉え損ねているのは、「社会的責任」を、「社会的平等」と言い間違え、そしてすぐさま「社会的責任」と言い直すというその往復運動全体をとおしてあらわれている主人公の不定形な働きだろう。

エリスンの『見えない人間』の主人公は、この演説を終えたのちも、彼自身の不定形な働きがどのようなものであるかを明確にできぬままに、様々な既製の制度に属しながら生きてゆく。南部の黒人学校で優秀な学業成績を収め、白人たちの前での演説を披露し終えた主人公は、「黒人にとって名誉ある人間」（二五五）となるべく、黒人大学に進むが、大学の理事であるノートン氏への不躾な振る舞いのために大学を出され、ニューヨークへ向かう。そこで一時的にペンキ工場で働くことになるが、そこでも再び上司の誤解から理不尽な扱いにあい、そこから逃れ、今度はその演説の才能を見込まれて、政治団体「ブラザーフッド」に所属し、演説に堪能な若手のリーダーとして雑誌にも紹介されるほどになる。しかし主人公はだんだんと、有名になって行く自分はただ他人から与えられた役割を演じているだけで、その行動において自分独自の考えや個性が発揮されているわけではないと感じる。自分は南部ではただの「黒人」のひとりであることを要求され、ニューヨークに来て政治団体に入っても、結局自分はその教えを忠実に実行することを求められているだけでしかない。ついに彼は、多様な社会的役割の背後にある自分の不定形な働きを誰からも見てもらえていない「見えない人間」であることを自覚する。主人公は、その不定形な働きのゆえに、常に自分が帰属している組織とその制度から裏切られ、あるいは自分から組織とその制度を裏切るが、その裏切りが行われる時であっても、彼は、組織とその制度を徹底的に壊す破壊者とはならない。むしろ、既存の組織とその制度を利用し、あるいは裏切ることによってしか働きえないものとして機能する。その彼が最後に行き着いたのがニューヨークのハーレムであり、そこで主人公は、あたかも必然であるかのように、自分がそれまでに行ってきた働きを自覚的に行う人物、ラインハートに出会うのである。

それでは、ニューヨークのハーレムにおいて、ラインハートと邂逅したのち、『見えない人間』の主人公は自分をどのような働きとして認識するのかを、次に見てみることにしよう。あらかじめ言ってしまうと、主人公は自分の不定形な生き方が、結局はラインハートのようにいくつもの顔を持つ詐欺師のようになってしまうことに気づいて絶望するのだが、この小説の最終段階に至って、果たしてその絶望を回避する可能性をこの主人公は示しているのかを考えてみたい。

3. 「ラインハートせざるをえない」、あるいは「不定形な働き」の自覚

この小説では、一つの制度から別の制度、あるいは、一つのアイデンティティから別のアイデンティティへと変化してゆく主人公が、「黒い不定形なもの」と呼ばれる場面がある。まだ主人公が黒人大学の学生であった頃に、主人公と白人の大学理事のノートン氏に向かって、退役軍人が会話をする場面が、それだ。この場面で、退役軍人は主人公と、主人公を自分の理想に合わせて教育しようとする大学理事のノートン氏との関係を、次のように表現する。

「ノートン氏と主人公に向かって」あんた達はどちらも、かわいそうなろくでなしどもだよ、お互いに相手のことが見えちゃいない。「ノートン氏に向かって」あんたにとって、この黒人はあんたの教育的達成の到達表、道具みたいなもので、人間でさえない。子供か、それとももっと程度の低い、黒い不定形なもの (a black amorphous thing) でしかないのさ。それでな、お前さんは、大変な力を持っていて、この黒人生徒にとってはもう人間でさえない、むしろ、神とか、力とか……。(九五)

どうやら気が狂っているらしいこの退役軍人は、しかし、この小説において「知恵に満ちた言葉を話す少数の人物の一人」（ヴァルキカリー　一八一）といっていいだろう。彼の言葉は主人公の働きのあり方を的確に捉えている。主人公は白人のノートン氏にとっては「黒い不定形なもの」であり、指導すべき存在なのだが、それと同時に、生徒の成長がかえって教師を導くように、黒人の主人公はノートン氏の人生を導く存在でもある。それを、退役軍人は「じつに適切なことだ」（九五）と言う。そしてこの退役軍人の言葉を再度確認するかのように、この小説の結末の幻想的な場面において、ノートン氏が再び登場するが、あたかも主人公の働きがノートン氏に人生の指針を与えることを示すかのように、主人公はノートン氏に「僕があなたの運命なのです」という（五七八）。主人公は不定形なものでありながら、人に対して未来の指針を示すことが、ここで示される。

あるいはこう言ってもいいだろう。不定形なものとは、どこに向かえば良いのかわからない不安の中で、しかもなお世界の変化する方向性を求める存在である。たとえば、『見えない人間』の主人公は、ブラザーフッドの党員、片目のジャックとの殺伐とした会話の途中で、ジャックの義眼が外れて飛び出るのを目撃する。ジャックは落ちた義眼をつかんでその汚れを落とそうとコップの水の中に落とし、そしてふたたび義眼をつまもうとコップの水の中をさぐるが、その義眼は「滑らかで球状めいた、半ば不定形のもの（half-amorphous form）となって彼の二本の指の間からすべりでて、まるで出口を求めているかのように、コップの中を勢いよくぐるぐる回る」（四七六）。この出口を求めてぐるぐる回る半ば不定形な義眼は、片目のジャックには、主人公の不定形な働きを見ることができておらず、現実の社会改革をどう進めればよいかも本当は見えていないことを象徴しているが、それと同時に、そのようなジャックでさえも、出口がわからないながら社会改革の方向性を求めていることを示している。ジャックが新しい社会を期待していることは、この場面におけるジャックの「もしも俺たちが自分たちの仕事をうまくやり遂げたら、新しい社会が俺に新しい生きた眼球を与えてくれるかもしれない」（四七七）という願望にも表現され、また、主人公の「いったいどんな社会が彼［ジャック］に僕を見せるようにするというのだろう」（四七七）という問いに表れているだろう。この小説の中では、不定形なものは、新たな社会を求める渇望と常に結びついており、その社会とは、それまでの既製の制度や価値観では捉えきれない働きを目に見えるようにしたり、あるいは制度の中で評価したりすることができる社会であることが示される。

つまり、主人公にとって不定形な働きとは、社会の新たな制度を探すための動機となるものだ。主人公は、そのような不定形な自分の働きを意識しながら、自分の働きが目に見えるような「新しい社会」（四七七）を求めるのだが、それを見つけ出すまでは、最終的には、やはり自分はラインハートのように生きざるをえない、原文通りにいうと、「ラインハートせざるをえない（I'd have to do a Rinehart.）」（五〇七）と考える。

ここで改めて、ラインハートとはどのような人物なのかを考えてみよう。この小説の後半、黒めがねをかけて、白い帽子をかぶった主人公は、そのいでたちや外見がそっくりの「ラインハート」と呼ばれる人物と間違われて、街角である女性からは数当て賭博の結果について尋ねられ、またあるときは街の顔役として白人警官からいつものように賄賂を支払うように要求され、またあるときは若く美しい娘から親しげに腕を組まれ、そしてまた黒人教会に行くと彼はその教会の牧師として老夫人達から尊敬のこもった言葉を投げかけられる。主人公は「ラインハート」がハーレムでいくつもの顔を持つ男であることを知り、時と場所に応じて様々な仮面をかぶり、それがどれひとつとして本当の自分でもないという人間を作り出す大都会の社会構造の恐ろしさをまざまざと感じる。そして主人公はついに次のように考える。

ラインハートを装うのは自分には荷が重すぎた。僕は黒めがねを外し、白い帽子を脱ぐと注意深く脇の下に挟んで歩き去った。こんな事があっていいんだろうか、と僕は思った、現実にこういう事があるなんて。でもこれが現実だっていうことは僕にもわかった。以前にもこういうことが現にあるって事は聞いていたけれど、こうも間近に経験したことは一度もなかったってだけだ。でも、こんな事、本当にあるんだろうか。ラインハートという一人の男が、ある時はいかがわしい集金屋で、ある時は賭博師で、ある時は警官に賄賂を送り、ある時はかわいらしい女の彼氏、そうしてある時は教会の司祭様だなんて事が？ラインハート自身、その外面と中身が一致することがあるんだろうか。まったく、何たる現実なんだろう。（四九八）

ラインハートは、複数のアイデンティティを持ち、一つのアイデンティティから別のそれへと移ろい、それによって全体の機能をうまく働かせている、詐欺師のような存在であることを、主人公は自覚する。そして、ひとつのコミュニティのなかで安定したアイデンティティを持つことにいまだに魅力を感じている主人公は、かえって南部社会において自分が持っていた固有のアイデンティティを懐かしみ、ニューヨークで複数の仮面を使い分ける個人の無名性に嫌悪を覚えさえする。

しかし、ラインハートに強い印象をうけた主人公は、そのような存在のあり方に恐怖を抱きながら、いつかはやはり自分もそのような異様な存在となってラインハートと同じような働きをせざるをえない、と考えるようになる。固定化したコミュニティの中で安定したアイデンティティを持つ状態に憧れる主人公にとって、様々な社会の位相の中を渡り歩くラインハートの存在は、社会の異端者であり、うさんくさくとらえどころのない「特異点」である。しかし、ラインハートに対して感じている嫌悪にもかかわらず、それでも主人公は、むしろ多様な位相のさなかで移ろう不定形な働きを、ニューヨークという都市が求めており、そしてまた、主人公もまた、そのような働きとして存在せざるをえないことに責任を持つことことが重要だと考えはじめる。

これまでの『見えない人間』の批評では、主人公が何らかの真の自己、あるいはアイデンティティを確立する過程として、この小説を読む批評が多く見られる。たとえばアーヴィング・ハウは、一九七〇年に、この小説は「現代のアメリカにおいて、黒人が成功と、人との交流と、そして最後には、自分自身を求める高邁で高貴な過程である」（一）と述べ、また、今世紀に入ってからも、たとえばゲルダ・マズラヴェッキエンヌは二〇一〇年の論文で『見えない人間』を論じる際に「結局、人間は、自分のアイデンティティとして個性的な人格を育てなければならず、そうでないと他人に認められないままなのだ」（四五）と論じた。しかし、これらの批評は、『見えない人間』を、アイデンティティを確立しようとする人物の苦闘を描いた教養小説として読んでしまって、実際には『見えない人間』の主人公の不可視性を捉えそこなっているように思える。むしろ、『見えない人間』の主人公がなしえている「不定形な働き」は、彼が高邁で高貴な「自分自身」や、「個性的な人格」を達成しえたと思った途端に見えなくなってしまうものだ。

むしろ、主人公がその「不可視性」として指し示そうとしているのは、既に確立したアイデンティティとアイデンティティの間、あるいは異なる社会の位相の間に存在して、それらを繋ぐものなのだろう。彼はハーレムでは、たとえば「ラインハート」という名のもとに、そういう働きがあることに気づく。その働きには完全な人格や、アイデンティティを見出すことはできない。しかし、社会変化のスピードが速く、社会の様々に矛盾した構造が隣り合わせに存在する都会では、おそらくこのような不可視の働きをつづけることによってしか、それぞれの繋がりを保つことができないことが暗示される。みずからの不定形な働きに自覚的になるということ、そしてその働きがどのような渇きを生み、どのような経緯をたどるかを語ることに、主人公は責任を見出すのである。

不定形な働きの社会的責任

ニューヨークの大都会で行き場を失い、だからといって故郷に戻ることもできない主人公は、ついには自らの存在の仕方にすっかり自信を失い、ニューヨークの賃貸ビルの、人々から忘れ去られた地下室に居場所を見つけ、文字通り人々からは見えない人間としてそこに隠れ、あたかも冬眠するように、長い年月を過ごす。けれども、この小説のエピローグで、主人公は、みずからの不可視性、あるいは不定形な働きを自覚し、「冬眠のように引きこもりすぎてしまっていること、それこそが僕の最大の社会的犯罪なのだろう。なぜなら見えない人間にだって、果たすべき社会的役割の責任（a socially responsible role to play）というものがあるだろうから」（五八一）と考える。たとえ「見えないもの」（七）としてしか機能できなくても、それに絶望して引きこもってばかりではなく、不定形な働きとして人々のあいだで生きていかなければならない、と主人公は考える。彼は、しばしば各個人のアイデンティティに注目しがちであった私たちが見過ごしてきた、アイデンティティとアイデンティティの間を繋ぐ働き、あるいは社会の多様な位相を行き来する働きに対して、自覚をもち、それがどうなってゆくのか、「実際に起こっていることを語り続ける」ことに責任を持とうとする（五八一）。それが、恐らくはアイデンティティを含めたあらゆることが様々な既製の断片から成り立ち、あらゆるものが複製再生産可能になりつつある時代の、主人公なりの自分の生への責任の取り方なのであり、歴史を前に動かすやり方なのだろう。アイデンティティの確立をその目標とするのでもなく、そしてまた、単純に黒人と白人との平等を訴えるわけでもないエリスンの小説[5]は、私たちがしばしば陥りがちなアイデンティティ・ポリティクスにもとづいた読み[6]を否定する可能性を示した作品であり、また、黒人作家の小説を読むときに読者が陥りがちな、単純なシヴィル・ライツ・ポリティクスにもとづいた読み[7]から逸脱しつづける小説である。

＊本稿は、九州アメリカ文学会第六四回大会（二〇一八年五月一二日、北九州大学）での口頭発表、および、『西南学院大学英語英文学論集』第五九巻一号、二〇一八年掲載の「ラルフ・エリスンの『見えない人間』における不定形の働き」に加筆・修正を施したものである。
＊＊本研究は JSPS 科研費 JP21K00357 の助成を受けたものである。

注

（1）『見えない人間』における主人公の自発性についての議論はハンロン　七七、八七、ホブソン　三六〇、主人公のアイデンティティについての議論はエーブリー　一、ボディー　三〇、バーク　六六、クルーティエ　二九六、ポドレッツ　五〇を参照。

（2）「不定形な働き」という用語は、ロバート・ギレットによる教育理論に関する論集『ヨーロッパにおけるクイア』に掲載されたデイヴィッド・ニクソンとニック・ギブンスの論文「英国におけるクイア」から借用した。ニクソンとギブンスの議論において、「不定形な働き」（四五）は、しばしば異性愛化された視点ばかりが強調される教育の現場においてLGBTなどの多様なセクシュアリティを教育においてどう扱うか、既存の教育制度をどう変革するかという問題を論じる文脈のなかで使われている。だが、このような文脈において、主体の性的な働きが既存の性差の概念になかなか分類されない状況に適用されている「不定形な働き」という用語は、より広く、社会において旧来の範疇のなかにははっきりとは分類できない様々な個人の働きを名指すのに有効な用語であり、また、アメリカ文学史におけるエリスン以降の文学史における黒人作家による幾つかの黒人作家の作品の関連をはっきりとさせるのに有効な用語として使うことが可能だろう。それというのも、現代においても通常の文学研究や文学教育においては、すでに最初から「異性愛化された（heterosexualized）」（ニクソン　四五）文脈のなかで文学を読んでしまっている場合が多く、いわゆる異性愛者である主人公を扱う小説と、ホモセクシュアルやレズビアンの主人公を扱う小説とを区別しがちであり、そのような視点に立ってみると、エリスンの『見えない人間』における主人公の悩みは、性的にノーマルな主人公の抱えるアイデンティティの問題としてのみ考えられてしまう。そのため、『見えない人間』の主人公の苦悩は、たとえば黒人のホモセクシュアルの問題を扱ったジェームズ・ボールドウィンの『もう一つの国（*Another Country*）』（一九六二年）や、その題名でエリスンの作品との強い関連性を示しながらも、黒人のバイセクシュアルの問題を主題として扱ったE・リン・ハリスの『見えない生活（*Invisible Life*）』

（一九九四年）に見られる主人公等の苦悩との関連があまり強調されてきておらず、また、もし関連づけようとしたとしても、これらの作品の共通項を支える理論的土台をどのように想定すべきかが曖昧なままであった。しかし、エリスンの『見えない人間』と、ボールドウィンの『もう一つの国』、あるいはハリスの『見えない生活』は、いずれも、主人公が自分の中にある「不定形な働き」をどう認識するかに悩むという点では、共通した主題が見出せる。このように「不定形な働き」という用語で、より広く、社会における旧来の範疇でははっきりと分類できなかった様々な個人の働きを名指すことによって、エリスンの作品を他の多様な黒人文学と関連付け、文学の歴史的発展の過程の中で捉えることが可能ではないかと思われる。

（3）エリスンの文学は、この時代の複製技術との深いつながりがあった。たとえば、ランパーサッドによれば、作家として、そして知識人としてのエリスンの人生に大きな影響を与えた著作の一つは、一九四一年に発表された、リチャード・ライトによる写真とドキュメンタリーを組み合わせた作品『千二百万人の黒人の声（*12 Million Black Voices*）』であった（一四四―四五）。実際、エリスンが作家としての成長を果たした一九二〇年代から四〇年代は、あらゆる複製生産物によって、アメリカが満たされた時代である。出版物においては、それは特に視覚的イメージである写真において顕著に示され、ブレアも述べるように、エリスンの時代は、「社会の様々な生活のありさまをうつしとる美学が、その当時の代表的な写真によって定められた時代」（一七）でもあった。

（4）エリスン自身、作家連邦プロジェクト（Federal Writer's Project ＝ ＦＷＰ）の一員となったさいに、ハーレムの人々の語りを自分の文章に正確に写し取る技術を発達させて、彼自身の作家としての素養を身につけた。バスコムも言うように「作家連邦プロジェクト時代におけるインタビューによって、エリスンは、のちに自分の小説である『見えない人間』でより洗練した形で用いることになる、黒人の語り言葉を書き文字によって捉える実験的方法を始めた」（三四）のであり、いわばエリスン自身も、他人の言葉を正確に、いわば再生可能なものとして記録する人間としての訓練をしながら、彼自身の小説を書く準備をした。このような経験の中でエリスンが見つめ続けていたのは、他者の発言を記録し続ける自分の働きの意味ではないかと思われる。それは都会において複製技術を持つ存在として機能しながら、情報を生産するという生産行為なのだが、おそらくエリスンは、ただ都会では、単に生産をすること、それがたとえ言葉であれ、音楽であれ、何らかの生産を行うことは、それ自体が、どうやら常に社会を改革することを含んでいることを感じただろう。黒人がアメリカへの不満を口にすることをそのまま忠実に写し取るだけで、それはアメリカという国家への痛烈な批判になることは容易に想像がつく。このような情報の複製と再生産という行為を通じて、エリスンは、それまでであれば公の記録には残ることのなかった人々の言葉を記録し、それまでであれば胡散臭いものでしかないものの働きを公式に認めようとする働きの中から、社会の改革が行われるということを感じ取っていたのではないだろうか。

(5) アイデンティティ問題、人種問題、あるいはジェンダー問題などの既存のジャンル分けによって、エリスンの文学をボールドウィンやハリスの作品と関連させて論じるのは難しい。たとえば、単純にジェンダー問題に依拠したジャンル分けによってエリスンの作品をボールドウィンの『もう一つの国』やハリスの『見えない生活』と関連づけて論じようとしたマイケル・ハーディンの論文（二〇〇四）をみると、ハーディンはこれらの作品にはどれも同性愛的な傾向があると強弁するあまり、エリスンの『見えない人間』の主人公にも同性愛的な傾向が見出せると論じてしまっている。これは同性愛というジャンルにこだわるあまり、作品の具体的な文学的解釈が少々無理のあるものとなっている例であろう。

(6) エリスンの作品をアイデンティティ・ポリティクスとの関連から論じたものとしては、ディナースタイン、バレット、パリッシュ、ハーディンの論文を参照。

（7）エリスンの作品をシヴィル・ライツ・ポリティクスとの関連から論じたものとしては、ブランドとミルズの論文を参照。

引用文献

Avery, Tamlyn E. “Alienated, Anxious, American: The Crisis of Coming of Age in Ralph Ellison’s *Invisible Man* and the Late Harlem Bildungsroman.” *Limina* 20.2（2014）: 1-17.

Baldwin, James. *Another Country*. New York: Vintage, 1990.

Barrett, Laura.: “‘Mark My Words’: Speech, Writing, and Identity in Three Harlem Renaissance Stories.” *Journal of Modern Literature* 37.1（2013）: 58-76.

Bascom, Lionel C., ed. *A Renaissance in Harlem: Lost Essays of the WPA, by Ralph Ellison, Dorothy West, and Other Voices of a Generation*. New York: Amistad, 2001.

Blair, Sara. “Ellison, photography, and the origins of invisibility.” *The Cambridge Companion to Ralph Ellison*. Ed. Ross Posnock. New York: Cambridge UP, 2005. 56-81.

Bland, Sterling Lecater, Jr. “Being Ralph Ellison: Remaking the Black Public Intellectual in the Age of Civil Rights.” *American Studies* 54.3（2015）: 51-62.

Boddy, Kasia. “‘Fighting words’: Ralph Ellison and Len Zinberg.” *American Studies* 54.3（2015）: 23-34.

Brooks, Harry, et al. “（What Did I Do to Be So）Black and Blue.” Same as “Ain’t Misbehavin.” Performance by Louis

Armstrong and His Orchestra. Okeh, 1929. https://secondhandsongs.com/performance/41924.

Burke, Kenneth. "Ralph Ellison's Trueblooded *Bildungsroman*." *Ralph Ellison's Invisible Man: A Casebook*. Ed. John F. Callahan. Oxford: Oxford UP, 2004. 65–80.

Cloutier, Jean-Christophe. "The Comic Book World of Ralph Ellison's Invisible Man." *Novel: A Forum on Fiction*. 43.2（2010）: 294-319.

Dinerstein, Joel. "'Uncle Tom Is Dead!': Wright, Himes, and Ellison Lay a Mask to Rest. *African American Review*. 43.1（2009）: 83-98.

Doane, Randal. "Ralph Ellison's Sociological Imagination." *Sociological Quarterly* 45.1（2004）: 161-84.

Ellison, Ralph. *Invisible Man*. 1952. New York: Vintage, 1995.

———. *Juneteenth*. 1999. Ed. John F. Callahan. New York: Penguin, 2016.

Hanlon, Christopher. "Eloquence and Invisible Man." *College Literature* 32.4（2005）: 74-98.

Hardin, Michael. "Ralph Ellison's *Invisible Man*: Invisibility, Race, and Homoeroticism from Frederick Douglass to E. Lynn Harris." *Southern Literary Journal* 37.1（2004）: 96-120.

Hardt, Michael and Antonio Negri. *Commonwealth*. Cambridge: Belknap, 2009.（アントニオ・ネグリ／マイケル・ハート『コモンウェルス』上下　水嶋一憲監訳　幾島幸子、古賀祥子訳　ＮＨＫ出版、二〇一二年）

Harris, E. Linn. *Invisible Life: A Novel*. New York: Anchor Books, 1994.

Hobson, Christopher Z. "Ralph Ellison, *Juneteenth*, and African American Prophecy." *Modern Fiction Studies* 51.3（2005）: 617-47.

Howe, Irving. *Decline of the New*. New York: Harcourt, 1970.

Mazlaveckienė, Gerda. "Postmodern Elements of Character Portrayal in Ralph Ellison's Novel *Invisible Man*." *Man & the Word / Zmogus ir zodis* 12. 3（2010）: 43-50. *Humanities International Complete*. Web. 10 January 2018.

Mills, Nathaniel. "Playing the Dozens and Consuming the Cadillac: Ralph Ellison and Civil Rights Politics." *Twentieth Century Literature* 61.2（2015）: 147-72.

Nixon, David, and Nick Givens. "Queer in England: The Comfort of Queer? Kittens, Teletubbies and Eurovision." *Queer in Europe: Contemporary Case Studies*. London: Routledge, 2011. 41-56.

Parrish, Timothy L. "Ralph Ellison: The Invisible Man in Philip Roth's *The Human Stain*." *Contemporary Literature*. 45.3（2004）: 421-59.

Podhoretz, Norman. "What Happened to Ralph Ellison." *Commentary* 108. 1（1999）: 46-58.

Puskar, Jason. "Risking Ralph Ellison." *Daedalus* 138.2（2009）: 83-93.

Rampersad, Arnold. *Ralph Ellison: A Biography*. New York: Vintage, 2008.

Taylor, Jack.: "Ralph Ellison as a Reader of Hegel: Ellison's *Invisible Man* as Literary Phenomenology." *Intertexts* 19:1/2（2015）: 135-54.

Valkeakari, Tuire. "Secular Riffs on the Sacred: Ralph Ellison's Mock–Messianic Discourse in Invisible Man." *Bloom's Modern Critical Views: Ralph Ellison*. New York: Bloom's Literary Criticism, 2010. 173-98.

Wright, Richard, and Edwin Rosskam. *12 Million Black Voices*. New York: Basic Books, 2008.

「時間の外にある都市」
――『山にのぼりて告げよ』におけるハーレムと教会

永尾　悟

都市とボールドウィンの文学的想像力

本稿は、ジェイムズ・ボールドウィンの第一作目の小説『山にのぼりて告げよ』（一九五三年）において、黒人少年の視点から表象されるニューヨークの時空間について考察するものである。主人公のジョン・グライムズは、マンハッタンの黒人地区ハーレムの街路に佇む小さな教会において宗教的覚醒に至る瞬間、「時間の外にある都市（a city out of time）」[1]を幻視し、厳格な父親の期待に応えるべく神への忠誠を決意する。しかし、父親と血の繋がりがない彼は、自らの出生の秘密を知ることはなく、南部出身の両親や伯母が辿ってきた複雑な過去とは大きな隔たりを抱えている。私生児として生まれた黒人少年と家族をめぐるこの物語は、アフリカ系アメリカ人の歴史的経験を都市の時空間の中で重層的にとらえていたボールドウィンの文学的想像力の出発点とも言える。

『山にのぼりて告げよ』は、これまで様々な観点から論じられてきたが、ニューヨークの都市表象を中心に論じたものは極めて少ない。その理由としては、トルーディア・ハリスが述べるように、ボールドウィン自身の義父との関係やセクシュアリティなどの自伝的要素を反映したジョンの精神的葛藤に議論の焦点があったことが考えられる（九）。ジョンの葛藤は、ハーレムの家族や教会という閉じられた世界の緊密な関係に起因しているように見えるが、この閉鎖性こそがニューヨークの都市空間における黒人存在の周縁性を証左すると考えられないだろうか。ボールドウィンは、わずか十七歳で生まれ故郷ハーレムから離れることになったが、晩年に至るまで小説やエッセイにおいてこの地区について書き続けたのであり、『山にのぼりて告げよ』はその文学的探究のまさしく最初の試みである。そこで本稿では、ハーレムに対するボールドウィンの視点を確認した上で、都市空間におけるジョンの疎外感を、南部出身の義父との関係と教会における宗教的覚醒の意味を踏まえて読み解きたい。

1．過去への回帰——ボールドウィンのハーレム

ジェイムズ・ボールドウィンは、一九二四年八月二日にハーレム病院で生まれた。ちょうど翌年にはアレイン・ロック編集のアンソロジー『新しい黒人《ニュー・ニグロ》』（一九二五年）が出版され、ハーレム・ルネサンスと呼ばれる文化・芸術運動が開花する。当時のハーレムは新しい活力と人種的地位向上への期待感に満ちており、この運動の担い手となったアンソロジーの寄稿者たちは、アフリカ系文化の国際的拠点としての地区のイメージを積極的に発信しようとした。例えば、ジェイムズ・ウェルドン・ジョンソンは、「ハーレムは単に黒人の植民地や共同体ではなく、都市の中の都市、世界で最も偉大な黒人の都市である」（三〇一）と述べ、ロックは、ハーレムが多種多様な背景や目的の黒人たちが集まって相互理解をし、アメリカ黒人としての「集合的表現と自決権の最初のきっかけを掴みかけている」「偉大な人種を溶接する実験室」（六―七）と称揚した。ボールドウィンが生まれたのは、新しい黒人像を表現する時代の幕開

けが高らかに宣言された頃であった。

ボールドウィンは、ラングストン・ヒューズやカウンティ・カレンとの交流を通して「新しい黒人《ニュー・ニグロ》」の文化的影響とは決して無縁ではなかったが、その進歩的展望からは一定の距離を置き、ハーレムを先祖たちのルーツとしてのアメリカ南部が転地された地区だと考えていた。晩年のエッセイでは、「一九二四年にハーレムで生まれた黒人少年は、土地を追われた南部人の間に生まれたので、南部の共同体で生まれたことになる」(「暗い日々」七九〇)と自身の生い立ちを語っている。ボールドウィンの両親は、大移動《グレイト・マイグレーション》の第一波の只中にある一九二〇年代前半にハーレムに移り住んだ。メリーランド出身の母親のエマ・バーディス・ジョーンズは、フィラデルフィアを経由してニューヨークに渡り、未婚のまま出産したジェイムズが二歳のときにルイジアナ州出身のデイヴィッド・ボールドウィンと結婚した(リーミング　五―九)。両親と同じく南部出身者が集まる区画で育った彼にとって、ハーレムは、新しい活力が生み出される「実験室」ではなく、まだ見ぬ南部の集合的記憶が刻まれた親密な共同体であった。ボールドウィンがインタビューの中で「私は、厳密な法的事実を除けば、南部人なのです」(スタンドレイ　三九)と語るのは、両親や祖母を通して継承される家族の南部的価値観に強い影響を受けたことを自覚するからである。

ボールドウィンが記憶するハーレムは、都市の苛烈な日常に打ちのめされた人々が密集した地区であり、同時代の知識人が築き上げた文化的、政治的交流の拠点のイメージとは一線を画していた。あるインタビューによると、「二つのハーレム」があり、社会的成功者の集う進歩的な「シュガーヒル」と貧しいゲットーである「空洞」が存在したと語っている（スタンドレイ　二二三）。作家として最初に出版したエッセイ「ハーレムのゲットー」（一九四八年）においても「空洞」のイメージが強調されており、ここには「密集した感覚が浸透し、まるで窓をすべて締め切ったとても小さな部屋で息をしようとするときに頭蓋骨の中で生じる強烈で狂ったような閉所恐怖症の打撃音のようだ」（四二）と述べる。内部で音が反響するほど遮断された「空洞」で生まれる狂気は、そこに住む人々を堕落と破滅の人生へと導く。ボールドウィンは、ジョンと同じ十四歳当時の状況を振り返り、自分に残された「可能性」は「街路の惨めな人間たちの一人として加わること」だと考えて恐れていたという（「十字架のもとで」三〇一）。ゲットーで生きる人々の例として挙げるのは、酒に溺れたり、売春に従事したりする大人たち、危険な世界にさらされる赤ん坊、家族を手放す母親や、報われない労働の末に死を遂げる女性、ピストル自殺や犯罪によって破滅する青年などである（「十字架のもとで」二九九）。ボールドウィンは、思春期を迎えつつある頃、「犯罪を繰り返す人間になる危険」

が彼自身にも迫り来ることを理解し、「あらゆる恐怖が世界と私の間に壁のように立ちはだかり、教会に向かわせた」という（『十字架のもとで』三〇一―〇三）。少年から大人になりつつある彼が生まれ故郷のニューヨークで生きることは、都市構造に深く浸透した人種主義によって堕落と破滅に陥るという「恐怖」との対峙に他ならない。よって、「空洞」のようなゲットーにある小さな教会の中に閉じ込もることが、安全と安息を手に入れるための唯一の手段だと考えたのである。

ボールドウィンは、幼少期から少年期にかけて複数の教会に通っていたが、ジョンと同じ十四歳の頃に改宗を経験したのは、空き店舗を改築して祭壇などを備え付けただけの店頭教会（storefront church）であった。[2] 二〇世紀初頭の時代背景に目を向けると、店頭教会は、大移動によって南部農村部から北部都市に移住した黒人たちの精神的な拠り所だった。ボールドウィンが家族とともに通っていたアビシニアン・バプテスト教会のように、会員数が一万人を超える大教会は、牧師が会員のことをよく知らず、会員同士の交流も希薄であったため、「南部への帰郷（back home in the South）」という思いのもとで、慣れ親しんだ南部時代と同じような小規模教会とその礼拝形式が求められていたのである（フレイザー　五八）。『山にのぼりて告げよ』でも描かれるように、店頭教会は、南部の宗教的空間の再現によって人々の親密な関係の維持に大きく寄与していた。店頭教会のミクロな連帯に対して、既存の大規模教会は、アビシニアン教会の牧師アダム・クレイトン・パウウェルの取り組みに代表されるように、「社会的福音」（合理的思考に基づく神学的立場によって個人だけではなく社会の救済を目指すもの）と人種的地位向上を重視しており、黒人地区への「相互補助的なサービス」の提供や「公民権団体の活動」の支援などの幅広い活動を行っていた（黒崎　九九―一〇一）。大規模教会が、移住者たちの匿名性や疎外感をもたらしつつも、近代的な都市生活の多様な交流を可能にしていたのに対し、店頭教会は、南部出身者の歴史やルーツを共有して家族的な人間関係を形成する役割を果たしていた。

トニ・モリスンは、その都市論「都市の限界、村の価値」において、ハーレムの「村としての性質」を論じている。ハーレムの施設や建物は黒人たちが自分たちで築いたものではないが、そこに生きる同じ人種の人々が「氏族的な（clannish）」関係を築くことで「喜びと保護」を感じられる「村」のようだと述べる（三八）。そして、敵対的な都市で黒人たちが生き抜くには、村のような親密な環境において世代間で受け継がれる共通の価値観を発見することが不可欠だというのである。モリスンが指摘する「村」の性質とは、店頭教会の役割と同様に、都市への移住によって断絶の危機に瀕した人種的経験の歴史的連続性を回復させるものである。

南部黒人の大移動は、自由をもたらす都市での新たな人生の実現が目的であったが、ボールドウィンの両親のように、多くの移住者にとってその急速な流れに合わせて生きることは決して容易ではなかった。南部の過去に回帰する店頭教会は、過酷な日常が繰り広げられる街路からの一時的な解放と安息をもたらしたと言える。

ボールドウィンのハーレムは、いわば都市の時空間の錯綜の中に位置づけられている。ニューヨークの急速な発展と変容に取り残された人々は、「空洞」のように閉塞感に満ちた地区のさらに閉ざされた宗教的空間において、先祖たちの南部的過去を共有しつつ親密な関係を築いている。このような視点は、ハーレム・ルネサンスの知識人が主要地区の発展に同化することで人種全体の進歩を志向していたのとは対照をなすものである。『山にのぼりて告げよ』のジョンは、遠く離れた南部の記憶がこだまする地区で生まれ育ち、都市の発展とともに歩む彼の未来を夢想してきたが、十四歳の誕生日を迎えた日、ハーレムの家と教会の親密な連帯に帰属することを決意する。この黒人少年はニューヨークの時空間の中でいかに自己探求をしながら未来を思い描くのか、店頭教会での宗教的覚醒に至るまでの過程を辿りながら考察する。

2.「霞む」摩天楼を見る「私生児」

三部構成の『山にのぼりて告げよ』は、第一部と第三部でジョンの十四歳の誕生日からその翌朝までが描かれ、第二部では両親と伯母が南部から移住した経緯が回想される。第一部の前半では、一九三五年三月のある土曜日の朝、誕生日を迎えたジョンがいつも通りに家の掃除を始める。この場面は、私生児であることを知らないジョンがグライムズ家で直面する苦難を映し出している。「汝の家を整えよ」(二六)という父親が繰り返すイザヤ書の教えに忠実に従おうとするジョンだが、汚れきったカーペットを目の前にして、「たとえ永遠に埃を掃いても、埃の雲はなくならず」、「土曜日の朝の一番苦しい仕事」は「達成不可能な、一生続く」ものだと感じる(一九―二〇)。カーペット掃除が終わりに近づくと、「ようやく我が家が見えた言いようもなく疲れ果てた旅人のような気持ち」(二〇)になるように、家の掃除が家族をめぐる「旅」だと暗示されている。この「旅」はどことなく現実味がなく、彼は「部屋が存在しているのか、そして自分がこの部屋にいるのか」がわからないほど「人生に対する最も激しい不安」に襲われる(二五)。

この「不安」は、兄弟の中で自分だけが父親から愛されていないという自覚によるものである。鏡の汚れを必死に拭き取るジョンは、曇りの中から徐々に浮かび上がる自分の顔を見つめ、それが「悪魔の顔」だという父の言葉を確かめようとし、「知り得ぬ秘密を持ったよそ者の顔」に変わる予感に怯える（二一〇）。そして、父親のゲイブリエル・グライムズが南部時代に結婚していたデボラという女性ならば「愛してもらえる方法を教えてくれる」と想像するが、すでに故人となった彼女に会えるはずもなく「それは遅すぎた」と考えるのである（二一二）。南部時代のゲイブリエルは、エスターという女性との情事によってロイヤルという男の子をもうけ、デボラは夫の裏切りに耐え忍びながら病死した。姉のフローレンスを頼ってニューヨークに出奔した彼は、姉の同僚であった未婚の母エリザベスと出会う。そして、北部で不慮の死を遂げたロイヤルに対する思いから、エリザベスとの間に生まれた最初の息子をロイと命名したのである。いっぽうのエリザベスは、メリーランドで出会った恋人リチャードとともにニューヨークに移住したが、彼が強盗事件で誤認逮捕されたのちに自殺を図ったため、二人の間にもうけた息子ジョンを一人で産み育てていた頃にゲイブリエルと出会っている。そのため、ゲイブリエルとジョンは血の繋がった父子ではない。こうした両親の過去と自らの出生の秘密を知らないジョンは、父親が弟のロイに目をかける理由や母親が時折見せる悲しげな表情の意味が理解できない。

チャールズ・スクラッグズは、埃だらけのグライムズ家のアパートを「ゲイブリエルの道徳的に堕落した人生の比喩」（一五二）だと指摘するが、「堕落」の空間を必死に掃除するジョンは、何も知らずに父親の過去に囚われていることになる。そして、汚れた鏡に映る「悪魔の顔」は、父親の罪意識がジョンの自己否定と恥辱に基づいた自己認識を形成していることを物語っている。「それは遅すぎた」と彼が考えるのは、父子関係を探る手がかりとなる過去への遡及の不可能性を意味するが、このことは、大移動を経験した南部黒人の第二世代に共通する困難だと言える。彼らの存在は、両親が辿ってきた南部の過去と深く結びつき、家や居住区はその名残に満ちているが、ルーツとなる土地はあくまで彼らの想像の中にしかない。いっぽう、生まれ育った北部の都市は故郷として愛着を持てる場所とは言い難いため、過去と現在のいずれにも帰属できない時間の陥穽に陥った状態にある。

都市空間におけるジョンの自己認識は、家の中と同様に冷酷な父親の影響を通して形成されている。家の掃除を終えた彼は、母親から誕生日用の小銭をもらい、セントラルパークのお気に入りの丘に向かう。「澄み切った空」の下に「霞んで、遠くにある」摩天楼を眺めながら、先祖たちが憧れた「この輝く街」は彼のものであって、その中に頭から飛び込みたいという衝動に駆られる（二七）。しかし、「この都市は現実だ」と知る彼は、セントラルパークや五番街において「そこではいかによそ者であるか」を実感する（二七―二八）。五番街を歩くとき、白人女性が箱を持って出てきた店や白人ドアマンが立つアパートに「今日は入っていけない」と考えるが、「いや、明日だって入っていけないさ」という父親の嘲りの声に支配される（三〇）。そして、「もう少し大人になれば、白人たちがどんな悪者か思い知るはずだ」という父の声を思い出し、ジョンも「いずれは彼らを憎むようになるだろう」と予測する（三一）。南部の人種主義については「本で読んだことがある」（三〇）程度の知識しかなく、現実味に欠けると感じるジョンだが、その恐怖は父親や周囲の人々の話を通して潜在的に受け継がれている。親世代の教えがもたらす心理的障壁は、ジョンの都市への眼差しに作用し、「目の前の世界は彼のために存在するのではない」（三一）という疎外感につながるのである。

都市は刷新や再編を繰り返して発展する流動的空間であるが、そこにある種の統一的なイメージを与えるのが象徴的な目標物である。都市研究の古典『都市のイメージ』（一九六〇年）において、ケヴィン・リンチは、都市の外観を通して個人が認識するイメージにはある程度の共通性を持つ傾向にあると指摘する。「たいてい、都市に対する私たちの認識は、持続的なものではなく、むしろ部分的で断片的で、他の関心事と混ざり合っている」（二）が、「都市の居住者の大多数によって抱かれる共通の心象、つまり『パブリック・イメージ』と呼びうるもの」(二二)が形成されていくのだと述べる。摩天楼、五番街、そして四二丁目の公立図書館のライオンといったニューヨークの「パブリック・イメージ」を構成する諸要素をこれまで幾度も見てきたジョンだが、それらのイメージの形成には関与していない。なぜなら、南部出身の父親から教えられた人種主義の恐怖によってその視点を妨げられるため、住民や訪問者によって広く共有されうる「輝く街」のイメージは、「霞んで、遠くにある」ものに過ぎないからである。[3]

ニューヨークの「パブリック・イメージ」と人種的疎外について考えるために、ボールドウィンの二つのエッセイを手がかりにしたい。一つ目のエッセイ「村ではよそ者」(一九五三年)は、『山にのぼりて告げよ』の最終原稿を書くために一九五一年末から翌年二月まで滞在していたロイカーバートというスイスの小さなリゾート村での思索をまとめたものである(キャンベル 七四―七五)。黒人として生まれた彼自身を「西洋に奇妙に接ぎ木された」(一二四)と喩えながら、白人であることの普遍的とも言える特権に対して、黒人は西洋世界の至るところで疎外を経験する宿命にあるとボールドウィンは考える。ロイカーバートがたとえ「辺鄙」で「原始的な」村だったとしても、そこは紛れもない「西洋」で、無学な住民でも西洋の文化的伝統とつながっており、フランス文化を象徴するシャルトルの大聖堂や、彼らが見たことすらないニューヨークのエンパイア・ステート・ビルなどの建造物は、彼には「語りえぬもの」を住民たちには雄弁に「語る」のだという（一二四）。スクラッグズは、ハーレム・ルネサンスの作家たちがアメリカの近代的な都市に「中世の都市にある大聖堂のような中心」を見出すことで国家的周縁性からの脱却を志したのに対して、ボールドウィンにとってエンパイア・ステート・ビルは、「文化的統合ではなく文化的疎外の象徴」としての「世俗的な大聖堂」だと述べる（五八—六二）。つまり、都市の中心的建造物は、アフリカ系アメリカ人に歴史的周縁性を改めて自覚させる象徴だというのである。

二つ目のエッセイ「自伝的ノート」（一九五五年）では、その二年前に提示された「西洋に奇妙に接ぎ木された」という自己像が「西洋の私生児」というボールドウィンの思想の中核とも言えるキーワードで表現される。彼の人生における「最も重要な局面」とは、「自分がある種の西洋の私生児だという認識を強いられた」瞬間であった（六）。この「私生児」は、シェイクスピアやバッハ、レンブラントが築いた西洋の芸術的伝統を受け継いでいないように、シャルトルの大聖堂やニューヨークのエンパイア・ステート・ビルといった建造物が物語る歴史を共有しえないという（六）。これらのランドマークは、ケヴィン・リンチが言う各都市に特有の「パブリック・イメージ」の構成要素であるだけではなく、西洋文明の伝統と発展を象徴するものである。ボールドウィンは、一九四八年十一月にニューヨークからパリに飛び立ち、大西洋間を往来しながら母国の人種関係についての洞察を深める中で、アフリカ系アメリカ人は西洋の都市の象徴的ネットワークの中に位置づけられていないことを実感していた。『山にのぼりて告げよ』では、ジョンが都市空間において漠然と抱く疎外感に対して今後いかに向き合って生きていくのかは描かれない。しかしその手がかりは、約九年後に出版された『もう一つの国』（一九六二年）の主人公ルーファス・スコットが都市の流れに逆らって死に向かう場面に見出すことができる。黒人ジャズ・ミュージシャンのルーファスは、ある日突然家族や友人の前から姿を消し、ニューヨークの街を転々とするようになる。十一月のある夜、タイムズ・スクエアの映画館で仮眠を取った彼は、ゆっくりと歩いて八丁目駅に辿り着き、アップタウン行きの特急列車に乗る。「決して止まることのない」車両の中で、白人と黒人の乗客は、「時間と空間、そして歴史の鎖でつなぎ合わされ」、「お互いに逃れようと急いでいる」ように見える（八六）。ルーファスは、自宅のある一二五丁目駅で多くの黒人客が下車するのを見守り、ジョージ・ワシントン橋のある一七五丁目駅で下車する。建国の父を称えて建てられた橋の上に向かう彼は、「恐るべき速度の細かい判読不能な筆跡で綴られる、終わりなきメッセージ」のようなニューヨークの街並みを見下ろしながら、橋の中央まで「ゆっくりと歩いて」、「おれもお前の赤ん坊だろう?」と思いながらハドソン川に身を投げる(八七)。

特急列車の乗客は、都市の中で構造化された公共の時間に取り込まれると同時に、人種をめぐる国家の歴史に囚われた存在として描写される。そして、「恐るべき速度で」変化する都市の全景を前に「ゆっくりと」歩くルーファスは、ニューヨークの時間の流れだけではなく国家の歴史においても疎外された「私生児」として最期を迎える。ルーファスを「国家の精神に漂う黒い身体」(リーミング 二〇一)と呼ぶボールドウィンの言葉を踏まえると、都市の速度に抵抗するその最期の姿は、国家の歴史的発展に寄与する存在として認知されることがなかった黒人としての国家的時間への抵抗だと解釈できる。デイレイン・K・イングリッシュは、アフリカ系アメリカ文学作品において非直線な時間の諸相が提示されてきた点を指摘し、それが国家の歩みの中で翻弄されてきた黒人たちの複雑な歴史的経験を映し出すのだと論じる(一二)。ルーファスの最期の姿がイングリッシュの指摘する非直線的な時間を体現するものだとすれば、時空間的抑圧から逃れる手段としての死の結末は、都市と国家の中における黒人存在の閉塞状況に対する絶望をボールドウィンが表現したものだと言える。

『山にのぼりて告げよ』のジョンは、ルーファスがニューヨークの時空間で経験するような「私生児」としての苦悩に苛まれる段階には至っていない。十四歳の彼は、遠くに霞む摩天楼を丘の上から静止画として捉えるように、街路の中で繰り広げられる未来を漠然と思い描くことしかできないのである。この作品は、ジョンが黒人男性として生きることの様々な困難を知る直前の瞬間を描いており、その後の人生は語り手によってわずかに暗示されるだけである。もしジョンがハーレムの閉鎖性からの解放を求めるのであれば、ルーファスと同じように都市の時間の中の疎外と時間に対して命がけの抵抗をするのか、あるいは、ボールドウィン自身のように遠く離れた異なる世界に居場所を求めることになるだろう。

3. 「父の家」に見える「時間の外にある都市」

『山にのぼりて告げよ』の第一部は、ジョンの将来に対する決意についての文章から始まる。「大人になったら父親と同じように説教師になると、いつも誰もが言っていた」ので、「そのことを深く考えずに信じてきた」ジョンは、十四歳の朝にようやく真剣に考え始めるが、「それはすでに遅すぎた」(三)と語られる。つまり、父親と同じ道を選択することが正しいと考える家族や周囲の人々に対して、その考えを受け入れる時機をすでに逸していたというのである。ジョンは、小学校の校長から優秀さを認められて以降、「他の人にはない力が自分にはある」と信じており、例えば詩人や大学の学長や映画俳優などの可能性を夢想してきた（一二）。そして、「父さんのようにはならない、父さんの父さんたちのようにもならない」と「決意」し、「僕には別の人生がある」（一二）と考えることさえあった。「すでに遅すぎた」というのは、ジョンが世代を超えて繰り返される黒人男性としての生き方を受け入れることができなくなり、ハーレムの外側にある人生へと向かうことになる日が近いことを読者に印象づけるものである。

自らの決意が「遅すぎた」ことをまだはっきりと自覚できないジョンは、誕生日の午後六時に教会の鍵を開け、約二時間後に始まる夕礼拝のために薄汚れた床掃除を始める。モップを片手に彼が感じるのは、この教会で執事を務める父親への軽蔑と憎しみである。ゲイブリエルは、南部時代には広く名の知れた牧師として活躍し、自分の教会を持つことを夢見ていたが、ハーレムの店頭教会では代理牧師として説教をするだけの限られた役割しかない。しかし、過去を知らないジョンは、教会の中で「自分の人生には何の汚点もないかのように」ふるまいながら、家の中では母親に手を上げる父親に対して、「ずっと殺したいと思ってきたし、今でもそう思っている」のである（四六）。作品の手書き原稿に書き残されたタイトル候補は「我が父の家で（In My Father's House）」であったが、[4]「父の家」がグライムズ家と教会の両方を指すならば、教会は、ジョンがゲイブリエルに対する複雑な感情と対峙するための父権的空間としての意味を持つ。しかしジョンは、南部時代のゲイブリエルが妻のデボラを裏切ってエスターと関係を持ち、この不貞によって生まれた息子のロイヤルに対する責任を放棄し、不慮の死に追いやってしまった過去を知らない。さらには、弟のロイに父親が特別な愛情を注ぐ理由が、亡き息子ロイヤルに対する罪意識によるものだと知ることもないのである。

この「父の家」でジョンの精神的支柱となる存在は、エリーシャという十七歳の教会員である。牧師の甥であるエリーシャは、南部に住んでいた十一歳の頃にすでに回心を経験し、現在では教会の少年説教師として活躍している。ジョンは、日曜学校で話をする彼の「ほっそりとして、優美でありながら、たくましく、黒い」身体に魅了され、「自分もエリーシャのように神聖になれるだろうか」と憧れを抱いている（六）。夕礼拝の前に床掃除をする場面では、力比べの取っ組み合いをするときのエリーシャの汗の匂い、額に浮き上がる血管、荒い息づかいに対して、ジョンは「激しい喜び」（四八）を感じる。性的関心を暗示するこれらの描写を踏まえると、エリーシャに対する憧憬は、ジョンの同性愛への目覚めだと解釈することもできる。しかしアーネスト・L・ギブソンは、ジョンの潜在的な同性愛的欲望が断片的に読み取れるものの、教会の場面全体を見れば、二人の関係は旧約聖書のダビデとヨナサンの関係に見られる「キリスト教的な兄弟愛」が暗示されており、ジョンが家族内では見出せない「フラターナルな連帯」があると論じる（四五―五〇）。

この「フラターナルな連帯」は、エリーシャがジョンを義父の憎悪から保護する役割を果たすことからも明らかである。第二部において、南部の過去からハーレムでの現在に至るまでを回想するゲイブリエルは、祭壇の前で神に祈りを捧げるジョンの顔が「悪魔」のように見えて「怒りと恐怖」を覚える（一五〇）。ジョンの目が彼の罪深さを見透かす人々の目と重なり、「この生意気な私生児」に手を上げたい衝動に駆られるが、「聖霊の力」を受けたエリーシャが「彼らの間に横たわっている」ために身動きがとれなくなる（一五〇）。夕礼拝の前には少年たちの格闘の場であった教会の床は、ゲイブリエルの秘められた過去を象徴する埃まみれのグライムズ家の床とは異なり、エリーシャがジョンを父子間の葛藤から救い出す可能性を秘めている。従って、ジョンにとっての教会は、義父からの愛情と承認を得るための「父の家」でありながら、エリーシャとの連帯によって父権的支配を相対化しうる空間でもある。

第三部では、ジョンが誕生日の夜から翌朝にかけて経験する宗教的覚醒の中で、想像上の時空間を彷徨う旅を通して父親との葛藤を乗り越えようとする場面が描かれる。旅の途中で合流したゲイブリエルとともにニューヨークの狭い街路を歩く彼は、「雪よりも白い」通りにそびえ立つ建物が「彼のためにあるのではない――今日も――いや、いや明日であっても！」と考える（二〇〇）。第一部では父親の声に疑念を抱いていたが、この旅では街路に何の救済もないことを実感する。さらに旅を続けたジョンは、ついに暗闇から抜け出して新しい人生の始まりを感じ、「われ、ジョンは、空中に都市を見た」（二〇七）というヨハネの黙示録の一節を思い出す。ジョンが想像するのは、「時間の外にある都市」で、「人の手でつくられたものではなく、天国にある永遠のもの」である（二〇七）。新たに出現した「都市」の展望に高揚感を覚えるジョンに対して、ゲイブリエルは「触れるために動くことも、キスすることも、微笑むこともなく」（二一〇）無言で立ち尽くす。この「沈黙の中で何かが死んで、何かが生まれた」と感じる彼は、父親に伝えるための言葉を必死に探すが、「私は救済されました」という「ありきたりの証言」しか思い浮かばない（二一〇）。

作品の結末は、ジョンが新たな人生の可能性に目覚めつつあるものの、父親に対する従順さを示す様子が描かれる。明け方のハーレムの街路に立つジョンは、エリーシャに「僕に何があっても、どこへ行こうとも……覚えておいて。僕が救われたことを」と伝えると、その額に「聖なるキス」の祝福を受ける（二二五）。そして、無表情で立つゲイブリエルに対して微笑み、「行きます。今すぐに」（二二六）と言ってアパートに入ろうとする。この結末について、当初ボールドウィンは異なる場面を構想していた。『山にのぼりて告げよ』には複数の構想メモが残されているが、物語の展開がほぼ固まった一九五〇年時点のアウトラインを見ると、三年後に十七歳になったジョンが、最後の説教を終えて家を出る瞬間までが描かれる予定だったことがわかる。(5) そこには「彼は恐ろしく、禁じられた世界に自ら望んで真っ逆さまに落ち始めるのだ」と書かれており、父親が禁じたハーレムの外側にある都市の時空間へと実際に歩み出していく姿が想定されていた。しかし作品では、ジョンが「父の家」に入る瞬間で締めくくられることで、十四歳の「遅すぎた」決意の意味に向き合う展開を読者に想像させるのである。

都市の時空間における「私生児」の選択

『山にのぼりて告げよ』は、ニューヨークの時空間から疎外された黒人少年ジョン・グライムズが、ハーレムの家と教会の閉鎖性から生まれる親密さの中で新たな自己認識に至る物語である。セントラルパークから摩天楼を望むジョンは、「この都市は現実だ」と考えるとき、父親ゲイブリエルから教えられた街路の危険と堕落を想像し、「この輝く街」での自己実現が見込めないことを漠然と理解する。ニューヨークのパブリック・イメージの形成に関与できないことは、西洋の都市、ひいては西洋全体において、その構成員でありながらも居場所を奪われてきた「西洋の私生児」としてのアメリカ黒人の歴史的状況を物語るものである。ジョンは、都市の街路を薄い壁で隔てたハーレムの店頭教会を拠り所とし、この閉ざされた空間で父親が辿ってきた過去との合流を求めて、宗教的覚醒の中で「時間の外にある都市」を幻視する。しかし、ジョンの回心の経験は、父親や家族によって受け継がれる制約的な生き方から離れ、都市の「現実」に対峙しながらも新たな人生を歩む可能性を拓くのである。

ハーレムの「父の家」から旅立つジョンが、都市の時空間の中に自らを位置づけられない「西洋の私生児」であることをいずれ実感するとき、いかなる人生の選択が残されているのだろうか。たとえばボールドウィンは、十七歳でハーレムの家と教会を離れ、グリニッジ・ビレッジで人種を越えた知的交流を通して作家修行をしていたが、二十四歳のときにニューヨークでの人生に限界を感じて片道切符でヨーロッパに飛び立った。「大西洋間の通勤者(transatlantic commuter)」(キャンベル　一五二)を自称する彼は、生涯にわたってヨーロッパとアメリカの往来を続け、公民権運動への関与など時流に乗った活動をしながらも、生まれ故郷ハーレムと家族のルーツに対する思いは次第に高まっていったように見える。(6) 都市の時空間との衝突を経験したジョンがハーレムに戻る選択をするならば、閉ざされた店頭教会で幻視した「時間の外にある都市」の瞬間に回帰し、義父と家族が辿ってきた過去に遡及して自己を捉え直すことがあるかもしれない。

＊本稿は、日本英文学会九州支部第七四回大会（二〇二一年十月一六日）のアメリカ文学部門シンポジウム「都市と連帯——文学的ニューヨークの探求」での口頭発表に加筆・修正を施したものである。
＊＊本研究はJSPS科研費JP19K00420の助成を受けたものである。

注

（1） James Baldwin, *Go Tell It on the Mountain* (New York: Vintage, 2013) 270. これ以降、作品からの引用は括弧内にページ数のみを記す。なお、作品の日本語訳はすべて筆者による。

（2） ボールドウィンが一九三七年に親友アーサー・ムーアの誘いで通い始めた店頭教会は、レノックス街にあるマウント・カルヴァリー・ペンテコステ教会であり、マザー・ホーンという著名な説教師が運営していた（キャンベル　十）。この女性説教師の存在は、男性中心のハーレムの宗教文化において異端視されていたようである（ハーディ　五）。数ヶ月後、ボールドウィンは、ムーアとその家族とともにファイヤーサイド・ペンテコステ教会に移り、十七歳まで少年説教師として活躍した（キャンベル　十）。

（3）父親の「恐怖」の教えは、ボールドウィン自身の経験に基づけば、「子どもが白人社会の前提に挑んで、自己破滅の道に身を委ねること」に対する一種の防衛手段である（「十字架のもとで」三〇二）。

（4）手書き原稿には「聖なるかなと叫ぶ（Crying Holy）」という別のタイトルが二重線で消されているため、「私の父の家で（In My Father's House）」はその後に考案されたものだと考えられる。

（5）構想メモによると、十七歳のジョンの旅立ちを母親のエリザベスが窓から見つめる様子が「エピローグ」として描かれる予定だった。エリザベスについて、ウィリアム・フォークナーの『響きと怒り』（一九二九年）に登場するディルシーのように、あらゆる苦難を「耐え忍んできた」人物に設定することをボールドウィンは考えていたようである。

（6）『山にのぼりて告げよ』の次に書かれた三つの小説、『ジョヴァンニの部屋』（一九五六年）、『もう一つの国』、『列車が出てからどのくらい経ったか教えてくれ』（一九六八年）では、黒人以外の人間関係を積極的に描いたが、『ビール・ストリートに口あらば』（一九七四年）では、ハーレムの黒人たちの物語に回帰した。最後の小説となった『私の頭上に』（一九七九年）においても、ハーレムの教会が重要な舞台になっている。また、ハーレムの子どもを題材とした絵本『リトルマン・リトルマン』（一九七六年）を出版することにより、次世代におけるハーレムの可能性を示そうとした。

引用文献

Baldwin, James. *Another Country*. 1962. Vintage Books, 1993.

———. "Autobiographical Notes." 1950. Baldwin, *Collected* Essays, pp. 5-9.

———. "Dark Days." 1980. Baldwin, *Collected Essays*, pp. 788-98.

———. "Down at the Cross." 1963. Baldwin, *Collected Essays*, pp. 296-347.

———. *Go Tell It on the Mountain*. 1952. Vintage Books, 2013.

———. "In My Father's House." Ms. James Baldwin Early Manuscripts and Papers, Box 1, Folder 10. Yale Collection of American Literature, Beinecke Rare Book and Manuscript Library, New Haven.

———. *James Baldwin: Collected Essays*. Library of America, 1998.

———. "Notes for a Hypothetical Novel." 1960. Baldwin, *Collected Essays*, pp. 222-30.

———. "Outline for the Novel." 1950. Ts. James Baldwin Papers, Box 12, Folder 3. Schomburg Center for Research in Black Culture Manuscripts, Archives, and Rare Books Division. New York Public Library, New York.

———. "Stranger in the Village." 1953. Baldwin, *Collected Essays* , pp. 117-29.

———. "The Harlem Ghetto." 1948. Baldwin, *Collected Essays* , pp. 42-53.

Campbell, James. *Talking at the Gates: A Life of James Baldwin.* 1991. U of California P, 2002.

English, Daylanne K. *Each Hour Redeem: Time and Justice in African American Literature.* U of Minnesota P, 2013.

Field, Douglas. *All Those Strangers: The Art and Lives of James Baldwin*. Oxford UP, 2015.

Frazier, E. Franklin. *The Negro Church in America*. Schocken Books, 1963.

Gibson, Ernest L., III. *Salvific Manhood: James Baldwin's Novelization of Male Intimacy*. U of Nebraska P, 2019.

Hardy, Clarence E., III. *James Baldwin's God: Sex, Hope, and Crisis in Black Holiness Culture*. U of Tennessee P, 2003.
Harris, Trudier. Introduction. *New Essays on* Go Tell It on the Mountain, edited by Harris, Cambridge UP, 1996, pp. 1-28.
Johnson, James Weldon. "Harlem: The Culture Capital." Locke, *The New Negro*, pp. 301-11.
Leeming, David. *James Baldwin: A Biography*. Penguin Books, 1995.
Locke, Alain. *The New Negro*. 1925. A Touchstone Book, 1997.
———. "The New Negro," Locke, *The New Negro*, pp. 3-16.
Lynch, Kevin. *The Image of the City*. MIT Press, 1960.
Morrison, Toni. "City Limits, Village Values: Concepts of the Neighborhood in Black Fiction." *Literature and the Urban Experience: Essays on the City and Literature*., edited by Michael C. Jaye and Ann Chalmers Watts., Rutgers UP, 1981, pp. 35-43.
Scruggs, Charles. *Sweet Home: Invisible Cities in the Afro-American Novel*. Johns Hopkins UP, 1993.
Standley, Fred L., and Louis H. Pratt, editors. *Conversations with James Baldwin*. UP of Mississippi, 1989.
黒崎真『アメリカ黒人とキリスト教――葛藤の歴史とスピリチュアリティの諸相』（神田外語大学出版局、二〇〇五年）

彼らは何を待ち続けていたのか

――『アシスタント』における連帯の意味を問う

江頭理江

ニューヨークでユダヤ人であるということ

アメリカにおいて、マイノリティの移民は、自己の本然の文化やルールと、アメリカのそれらとの軋轢の中で、アイデンティティが常に揺さぶられ続けてきた。彼らは自己の喪失と回帰への努力の挟間で、大いに苦悩した。特に一九世紀以降の移民の流入の歴史の中で、産業資本主義と都市化の波は、多くの移民に人間性の喪失と社会からの疎外の危機感を与えたのである。

ニューヨーク・ブルックリンに、ロシア系移民の子として生まれたバーナード・マラマッドは、経済的な苦境に置かれ、自己の属性への葛藤を繰り返しながら、アメリカで生き抜くユダヤ人の姿を描いた。アメリカ社会によりよく同化するためには、ユダヤ人の魂と律法を放棄することが求められる中、それを堅持しようとするマラマッド自身の思いは、作品世界の中に深く投影されている。フィリップ・ディヴィスは「マラマッドはユダヤ作家というレッテルを張られることを望んでいなかった。……彼は、ある限られた集団の中で、予測可能であったり、ステレオタイプにされることを望んでいなかった」（一三九）と述べている。彼が、作品世界の中でユニバーサルなものを目指したことは、長編第一作の『ナチュラル』（一九五二年）において、非ユダヤ人の野球選手を主人公としたことにもあらわれているが、それでも他の作品群の中で彼が描出するユダヤ人の姿の奥深さは、作家自身がユダヤ人であるからこそという評価も、また間違いないものである。

そもそも、読者は、アメリカにおけるユダヤ人を、どのように捉えているのか。浜野成生のユダヤ人に関する解説を以下に挙げる。

黒髪に鉤鼻、黒髯、ヤムルカ帽というゲシュタルトでイデッシュ語を使っての職探しでは、苦労するのが当然であった。一八八〇年以降に、大挙ロシアのユダヤ人居住区を追われ、ニューヨークに上陸したユダヤ人たちは、ロウア・イースト・サイドのユダヤ人ゲットーで先住のドイツ系ユダヤ人たちからも冷遇されたから、二重三重の疎外を受けた。彼らの多くが正統派ユダヤ教徒で、改革派やキリスト教に改宗したユダヤ人との間にもあつれきを生んだ。……

ユダヤ人は旧世界で高等教育、居住地区、職業選択などの面で厳しい制限を受け、他方、つねにポグロムやゲバルトの脅威に身を晒されていたから、自由の地アメリカに来てからは、人一倍、これらの面での自由と、より好ましい条件を希求する意欲を強く抱いていた。しかし宗教と人種的偏見という試練は他民族よりはるかに障害となって彼らの前に立ちはだかったのである。アメリカで成功するためには同化しなければならないが、それは自分の魂を放棄し、ユダヤの伝統を軽んじて生きることを意味する。（一四七―四八）

『アシスタント』（一九五七年）に登場するキャラクターは、大都市ニューヨークの片隅で、何かしらを待ち続けている。例えば、食料品店主のモリスは客を、その娘ヘレンは恋人の誘いを、フランクはより良い生活を、待ち続けている。大きく括れば、彼らは今より少しだけでも価値ある未来への希望を待ち続けているのである。待ち続けることは、彼らにとって生きるすべてであった。しかし、それぞれのキャラクターが待ち続けている「何か」の具体的な中身は、少々異なっているようである。彼らの待つ姿勢も、作品世界の中で変化しているのか、あるいはしていないのか。ユダヤ人の小集団を取り巻く独特の舞台で繰り広げられるこの人間劇を読み解くことで、ニューヨークにとどまる彼らが、苦境の中でなぜ生き抜いていけるのかを明らかにすることが、本稿の目的である。

1　彼らは待ち続けているのか?

『アシスタント』は、マラマッド自身の生い立ちを踏まえた小説である。食料品店主のモリスは、マラマッドの父マックスをモデルにしている。以下の解説の中には、父と母との出会いや、バーナードと弟の誕生、父の食料品屋の経営が厳しくなっていく様子が記されている。

マックスは、一八八五年、ロシアの生まれであり、教育はまともに受けていない。……

反ユダヤ政策とポグロムの高まりの中で、マックスは田舎に逃げた。日露戦争の徴兵を逃れるため、干し草に隠れて。彼の状況は特殊なものではなかった。一八八一年においてリベラルなアレクサンダー二世が亡くなり、第一次大戦が勃発するまでの三〇年間において、東ヨーロッパにいたユダヤ人の三分の一はアレクサンダー三世の統治のもと、故郷を離れた。それは現代の出エジプトであった。一八八〇年には、ニューヨークに八万人のユダヤ人がいた。そして一九一〇年には一一〇万人がいた。……

バーサとマックスは、ブルックリンでお互いを紹介され、一九一〇年、彼女がアメリカに来た年に結婚した。彼らはフラッシング通りにまず住んだ。そこは、ほとんどがユダヤ人だが、イタリア人とアイルランド人家族も住む地区の近くであった。マックスは、一九一一年頃には、ブリッチキーという男との共同経営で食料品店を買った。バーナードは一九一四年に、ユージーンは一九一七年に生まれた。一九一九年には、若い家族は一五番街の高級な食料品店に移った。しかし、共同経営者のベン・シュマックラーが金を持ち逃げし、マラマッド自身はそう信じていたのだが、マックスはその店を売らざるを得ないこととなった。（ディヴィス　一二一—一二三）

ディヴィスの記述はその後の一家の様子について「一家は、一九二四年か二五年頃には、グレイブセンド通りに戻り、ジャーマンタイプのデリを始めた。安い缶詰、パン、野菜、チーズ、惣菜を扱った。他のキリスト教系の店と違うのは、日曜日も開いていたことである」（一一三）と続く。これは、まさに、『アシスタント』の中で描かれるモリスの店の描写の如くである。

長時間店にいる父マックスの様子を描いたマラマッド自身の文章がある。

この人は、一日のうちの一六時間、店に座り続けている。入ってくる誰かを待ち続けているのだ。人生、そして自らの存在、そういうものの、何という無駄遣いか。なぜ彼はそれをするのか。それはいわば自分で自分を牢屋に入れるようなものなのだが、なぜ、彼はこのような生き方の犠牲者に自らを陥らせるのか。それでも、私は彼にとって、物事が良き方に向かうことを望む。私は彼に強い同情を抱く。彼は、善良で良き人で、親切な人である。私は、永遠にそれらを彼に感謝する。（ディヴィス　一一二）

マラマッドの父、マックスは、見栄えのしないさびれた店で、客を「待ち続けて」いた。それを見ていた当時大学生であったマラマッドは、父が待ち続ける理由を自らの中で問い続けながらも、同時に父の善良さを讃えて感謝している。父マックスの「待つ」姿は、こうしてマラマッドの脳裏に深く刻み込まれたのである。

岩元巌は、この「待つ」姿勢について、次のように述べている。

ユダヤ系で東欧からの移民としてニューヨークにやってきて、生活し、苦しみ、そして耐えていった人々のことをマラマッドは数多くの作品の中で書いていますが、彼はそういう人々の生活に自分の父祖が現実に示した人間の原型を見、モリスを評したラビの言葉どおり、どのような不運の中にあっても、夢想家の抱く未来への期待が彼らを「生活に忠実に生きる」ことを続けさせた、と考えているようです。『ドゥービンの生活』——この作品をマラマッドは最も自伝的と述べていますが——の中で、主人公である伝記作家ドゥービンの父親の職業が「ウェイター」であることは、この考え方を序実に表現しています。ウェイターは「人に仕える人」であると同時に「待つ人」でもあります。そして「待つこと」は『修理屋』の主人公ヤーコフが生き延びるために牢獄で取る最良の戦略であったことを記憶している人は多いはずです。救済であれ、解放であれ、また幸運であっても、モリスのように期待をこめて「待つこと」は、きわだった才能を持たない普通の人間にとって最も寛容な哲学であります。期待（＝夢）と現実に大きな差があっても、それはそれ、マラマッドはそれが人間の限界の故とし、その食い違いの大きさこそが人間という存在の面白さであろうとしています。（八〇）

岩元は、ユダヤ人が未来への期待を持つがゆえに「待つこと」が可能であると考え、「生活に忠実に生きる」状態は「待つ」状態と同義と捉えている。「待つ」目的が彼らの抱く夢と期待であった場合、それらの具体的な中身は、彼らの「待つ」姿勢に確実に反映されているはずである。一体、彼らは何をどのように待ち続けているのだろうか？

冒頭、一一月の早朝六時過ぎ、食料品店主のモリスは、実は客から待たれていた。モリスの待つ姿勢がその後に描かれていくが、物語の意外なスタートである。

ドア口には固いロールパンの入った大きな茶色の袋が置かれ、その一個を買いに来たしかめ面をした灰色の髪のポーランド人の女が、半白の頭と陰気な顔でそこにうずくまっていた。

「なんでそんなに遅いんだい」

「六時十分過ぎだよ」と食料品屋は答えた。

「寒いよ」彼女は不平を言った。(三)

そののち、店の片づけをしたモリスは、待ち続ける。「誰を待つかと言えば、ニック・フーソで、二階に間借りしている近所の自動車修理工場に働いている若い工員である」(四)。ところがニックはいつもの時間になっても店に来ない。代わりにやってきたのは、十才の少女であった。「貧乏やつれして目ばかり光った彼女を、彼は歓迎できなかった」(四)。この先、どのような言葉がこの娘の口から発せられるか、彼には大方予想されていたことだったのである。


「母さんが言うのだけど」少女は素早く言った。「明日まで勘定は待ってもらって、バターを一ポンドとライ麦パン一斤とリンゴ酢の小さな瓶を一つおくれって。」

彼は母親を知っていた。「掛け売りはもうだめだよ。」

少女はわっと泣き出した。

モリスは彼女に四分の一ポンドのバターとパンと酢を与えた。……全部で二ドル三セントだが、まずこれは二度と見ることはないだろう。アイダが書き込んだ金額を見てがみがみ言うだろうから、金額を一ドル六一セントと書き換えた。(四)

この場面はモリスの優しさを表す印象的な場面でもある。待ち続ける彼のところに、本来待っていたはずの客ではない、むしろ彼のわずかな希望さえ打ち消すような子どもが登場した時、モリスの善良さが発揮されている。陰気な食料品店で、その後もモリスは待ち続ける。一体、彼は何を待ち続けているのか。

今、この店は、長く暗いトンネルのようだ。

店主はため息をつき、待った。待つことは苦手なようだと彼は思った。状況が悪い時は、時間も手に負えなかった。彼が待っている間に、時間は彼の鼻先で、死に果て、くさい臭いを放った。(四)

モリスは、待つ行為こそが自らの置かれている状況のすべてであっても、それだけが自分の本分でないことを知っている。それでも彼は待ち続けるのである。常連ニックを待ち、客を待っているのである。しかし冒頭の場面ののち、結局ニックがモリスの店に来なかったことがわかる。それどころか、ニックが紙袋を持って帰ってきたことから、通りの向こうに新しくできたシュミッツの食料品店で買い物をしたことを、モリスは知り呆然とするのである。現状を打破して、娘ヘレンを大学にもやれない苦境から抜け出す具体的な方向性は、このような状況では、彼には容易に見出せない。

物語の後半部分において、モリスは、店に放火をして、保険金を得ることを提案する詐欺師の話を聞いたのち、自分の店に火をつけかける。火が上がるのを呆然と見つめるモリスを救ったのは、アシスタントのフランクであった。その後のモリスは、ガス漏れに巻き込まれたりして、心神耗弱に陥るが、隣人のカープが持ってきたモリスの店を買い取りたいという男の話には大きな期待を抱く。しかしながら、結局その男も、モリスの店の様子をたった数時間観察し続けただけで、「誰も見ていないうちに、黒い傘を持ってそこを離れ、この食料品屋から逃げ出していった」（二〇四）のである。希望を抱いた自分の店の買い取り話が一気に消えて、モリスは茫然自失の態で、職探しをすることとなるが、その途中、彼はある思いに捕らわれる。

正しいことは正しい選択をすることにある。しかし、彼は悪い選択をしてばかりだ。正しい時でさえ、悪いことになる。なぜかはわかっている。教育が必要なのだ。彼にはそれがなかった。彼が思うすべてのことは、自分自身が良くなることなのだが、結局、この間、それをどのようにつかむべきか、学んでこなかった。幸運はある才能なのだ。カープはそれを持っているし、古い友人もそれを持っている。……人生は、無味乾燥で、世界は悪い方向へとチェンジしている。アメリカは複雑になりすぎてしまった。一人の人間など何の意味もない。あまりに多くの店があり、不景気、心配ごとがひしめいている。彼は何のためにここへ逃れてきたのか？（二〇六）

モリスは、マラマッドの父マックスと同じく、ロシアでの貧しい生活とユダヤ人虐殺の脅威を逃れて、アメリカへと渡ってきた。アメリカでは、薬剤師を目指して夜学に通うが、アイダと出会い、それを断念した。モリスの食料品店はユダヤ人三件の店が軒を並べる一角にあり、小さなユダヤ人集団を為しているが、少し街はずれにはユダヤ人はいるものの、他はみな非ユダヤ人ばかり住んでいる地域である（一六）。ユダヤ人相手だけで商売が成り立つはずもなく、モリスが待っている客は非ユダヤ人を含むわけだが、非ユダヤ人からユダヤ人への嫌悪感があることを考えれば、いくら待ち続けても客がそう来ないことは、ある程度想定されていたはずなのだ。アメリカに逃れ、積極的な変化を望んだモリスが取るべき選択は、ユダヤ人相手のみに商売をするか、或いは、ユダヤ人であることを隠すかの、二択であったかもしれない。しかし、彼は、流れ着いたニューヨークの片隅で、ユダヤと非ユダヤの境界に居続けて、ただ待ち続けることしかできなかったのである。チェンジを希求したこともある。しかし、チェンジは良い方向のみに動くことではなく、良い方向へも、悪い方向へも動くことである以上、この時代のアメリカが、悪い方向へとチェンジしていることを、モリスは認識していた。だからこそ、彼は嵐が過ぎ去るのを待つように、ここでただ待つことしかできなかったのである。

2　ヘレンとアイダ、フランク

モリスの一人娘のヘレンは、二三歳で、秘書の職を持ってはいるが、大学に行けなかったことを後悔し、経済的に少しでも余裕ができれば、今からでも大学に通いたいと願っている。ここでヘレンが待ち続けているものは、より具体的に考えれば何なのであろうか。

隣人の息子であるルイスは、ヘレンに気があるのだが、ヘレンは彼に、さほど関心がない。ヘレンの両親、モリスとアイダは、娘がユダヤ人の中で将来の見込みがありそうな若者と結婚することを望んでおり、その候補者は、酒屋の息子であるこのルイスと、大学で法律を勉強しているナットである。モリスとアイダは、ヘレンが将来の見込みのあるユダヤ人と良き結婚をすることを、待っているのである。ヘレン自身はと言えば、ルイスとの以下のやり取りに、その気持ちが表れている。

「もし君が欲しがっているものすべてを手に入れられないとしても、少なくとも何かは取るべきだよ。そんなにプライドを持つなよ。」

やられたわ！「私は何を取るの、ルイス?」

彼は口ごもった。「少し取ればいいいんだ。」

「少ないどころか、私は何も取ってないわ。」

「人間は妥協しなければならないんだ。」

「私はそんなに理想を持っていないわよ。」

「それじゃ、君は干上がったプラムのようなオールドミスになっちまうよ。その確率はいかほど?」

「ないわ。」

「じゃ、君はどうするの。」

「私は、待つの。私は夢見ているの。何かが起こるのを。」(四五)

彼女は起こる何かを特別に定めているのではなく、変化そのものが起こることを待っていたのだ。その後彼女は、この店に突然入り込んできたイタリア系で非ユダヤ人のフランクといったん恋仲になるのだが、それは果たして彼女が待ち続けた「何か」を意味するのだろうか。ヘレンの待つ姿勢は、彼女との体の関係を望むフランクに対する次の言葉に表れている。

はっきり言っておきたいことがあるのよ。私は今、あなたがそのようなことを意味しているとしても、今あなたとは寝たくないの。私があなたを愛していると確信するまで、待たなくてはならないの。たぶん、結婚するまでね。もしそのように私たちがなることがあればだけど。(一三六)

エドワード・A・エイブラムソンは、「物語のこの段階では、ヘレンはフランクがユダヤ人でないことは問題ではないと納得していた。愛が重要であった」（二八）と述べている。彼女にとっての「何か」はこの段階では、フランクとの愛であったのだ。しかし、結果的にフランクとの愛は、このまま順調に継続していかない。

ヘレンは、大学の昼間部に通うことを望み、図書館に通って本を読み、節約する生活を送っている。「教育、将来への見込み。私が望んできたけれども、今まで手にいれられなかったものを」（四三）待ち続け、欲し続けたものは、教育であり、愛であるが、それらは目の前に現れる確実に形を成すものではなかった。「おまえから給料全てを取りあげることはできない」というモリスの言葉に、「あなたたちは私から取り上げているのではない。私があなたたちにあげているの」（二〇）と、モリスによく似た善良さで、一家の暮らしを支えながらも、目には確実に見えない何かを、ヘレンは待ち続け、欲し続けていたのである。

ヘレンの母、アイダは五一歳で、顔にはしわが刻まれ、足は続けて立っていられないほど、痛んでいる。彼女は、生活が上向くこと、そのためには食料品店が売れることを望んでいる。しかし、一方で、店が売れたとしても、食べていくためには別の何かを見つけなければならないというモリスの考えにもうなずかざるを得ない。アイダが何より望んでいるのは、ヘレンが、将来の見込みのあるユダヤ人の男性と結婚することである。一方、何より恐れているものの、つまり決して待っていないものは、娘が非ユダヤ人と結婚することである。「あなたにより良い生活を与えることのできる人、大学教育を受けて専門職に就く良い若者と結婚しなさい。見知らぬ者に惑わされないで。……どうかお願いだから」（一四六）と母は願う。ヘレンが店で働くようになったフランクと恋愛関係になっていることを知る母の願いは、二人が親密になっていることを知った段階でも全く変わらない。薬剤師を目指していたモリスに、それを断念して食料品屋になるように薦め、結果として家族の暮らしが現在の苦境に陥っていることは、「彼女の罪」（八）であるのだ。アイダ自身の罪を一瞬でも消すためにも、彼女はただ待ち続けているのである。

イタリア系移民で孤児として育ったフランクの過去は、サンフランシスコの孤児院で過ごした日々や、その後の放浪生活によって形作られてきた。彼のこの物語への登場が、誘われてモリスの店への強盗に入った際の片割れであったように、自ら意図せずして、結果的に何かに巻き込まれることが、フランクにとっての人生の常であった。自らの努力の成果を、自らの失態によって失ってしまうことの繰り返しであったのだ。

なぜだかわからないけど、とにかく自分が手にしたいと思うものは、きっといつの間にか自分から逃げ出しちまう。自分のほしいもののために馬車馬みたいに懸命に働く、そしてそれが今にも手に入りそうになると、仕事でも、教育でも、女でも、きっとなにかばかな行動をやって、しっかりつかみかけたものが目の前で消えてしまうんだ。(三二六)

フランク自身が語るように、彼の過去の生活は彼自身の望みや思惑とは異なる方向に動いてきた。自ら行動するのではなく、ただそこにいただけなのに、彼の人生は皮肉に決定付けられてきたのである。

モリスの店を襲ったフランクが、そののちモリスの店に戻るものの、後悔を重ねる場面、自分がモリス一家に安寧をもたらしているのだとの思いから小銭をくすね、それが見つかって店から追い出される場面、娘ヘレンと恋愛関係をより築けそうになった矢先に彼女と無理やり体の関係を持とうとして拒絶され、彼女との関係を失ってしまう場面、これらはフランク自身の過ちにより、自らの幸せと将来へのわずかばかりの望みを失ってしまう場面である。彼自身の先の言葉とまさに符合する。つまりフランクは過去との決別を願いながら、実は過去の人生様式に縛られ続けているのである。

フランクの待つ姿勢は、どのように描かれているのか。ヘレンとの関係が好転する兆しを見せる状況においては、彼の様子は次のように描写される。「彼は優しくて、待っているものが何だとしても、彼女も敬うほどの寛容さで待っていた」（一三〇）。ここでフランクが待っているものは、ヘレンが彼を快く受け入れてくれることであった。次の場面ではその待つものの中身がより明確になる。

　最初、彼は辛抱強く待っていた。ほかに手はないのか？彼はこれまでも待っていたのであり、今もまだ待っているのだ。彼は生まれつき待つようにできている人間なのだ。しかしまもなく彼は、自分では隠そうとしていたけれども、体の接触を求め、その寂しさに耐えられなくなった。（一三四）

フランク自身の思いの中では、待つことこそが彼の本質であり、ヘレンとの関係の中で、待つ姿勢がよりはっきりとする。フランクがここで待っていたものは、ヘレンとの体の関係なのである。

モリスの待つ目的は、客が来ること、少しでも食料品屋の商売が上向くことであり、嵐が過ぎ去るのを待つが如くであった。ヘレンが待つものは、教育であり、漠然とした将来への見込みであった。本を読み勉強を続けながらも、両親に給料を与え続けるしかない彼女にとっては、何かを待ち続けるしかなかったのである。アイダが待ち続けたものは、娘が将来の見込みのあるユダヤ人の若者と結婚することである。体も相当痛んでいる彼女は、その希望を待ち続けることしかなかった。一方、フランクの中では、少しずつ変化が起こってくる。モリスの店で小銭を盗みながら、彼は絶えず自分が強盗の片割れであったことを告白すべきか否か、苦悩は深まるばかりである。

盗むのなんて平気だと感じるときがあるのは、自分がこの一家に幸運をもたらしていると思うからであった。もし盗むのをやめると、きっとこの商店はまた不景気になるだろう。自分は彼らに恩を施しているのであり、それと同時に自分はここで手助けをするだけの値打ちのある人間なんだと思う。少しの小銭をかすめるのも、彼自身がなにか与えているると自分に示す道なのだ。そのうえ、彼はいつかすべてを返すつもりでいた。でなければどうして自分の取った金の額をつけておいたりするものか。……

こんな確かな理由があるのに、日がたつにつれて、モリスから金を盗むのが気にとがめるようになった。なぜだか自分にもわからなかった。しかし彼はなおも続けた。ときには自分の中にしんみりした哀しみが満ち渡り、まるでたった今友達を墓に埋めて、その墓を自分のなかに持ち歩いているような気分になった。(八五)

悪行を行いながら、フランクの中にはそれと相反する良心の声が存在し、自らの行動を善と悪との間で揺り動かす。彼の本然の良心は、孤児院での子供時代に習った聖フランシスの姿に影響を受けている部分が多々あるが、貧しさや苦しさの中で押し殺してきた良心は、ユダヤ人であるモリスの店で働き、ユダヤ人を見てユダヤ人の生き方について考える中で、徐々に現われてきたのである。自らの良心の声に従って行動しようとすることは、待ち続けていたフランクが、待つことをやめて行動を起こそうとする第一歩を記す場面である。

モリスへの強盗の罪と、店の金を盗む行為とを悩むフランクだが、ヘレンとの関係については、その愛をより確実に築き、さらに関係を深める希望を抱き続けて、スカーフやシェークスピアの本を贈ったりもする。しかしながら、ヘレンと無理やり体の関係を持とうとし、「犬よ――あんたは割礼を受けない犬!」(一六七)と罵られたのち、彼は自らの行為を恥じて苦悩を重ねる。

彼はうめいた――楽しい結果を得る代わりに、くさい臭いだらけになった。もしも自分のしたことを根こそぎ抜き去れるなら、それをたたきつぶして粉々にしたい。しかしあれは行われたのであり、訂正ができないのだ。……自分はもう今まで失敗を重ねすぎた。これまでのどこかで立ち止まり自分の進む方向を変えなければならなかったのだ。……公園での一度だけの恐ろしい行為によって、自分の善への意図の最後のものを――あんなに長く持った愛を、未来への唯一のチャンスを――殺してしまったではないか。……フランクは走り出そうとしたが、どこにでも行けるわけではなかった。逃げるべき場所は残されてはいないのだ。……彼は罠にはまったと感じた。苦しくて、叫びたくなったが、叫べなかった。自殺することを思いはじめた、しかしその瞬間にまたすさまじい自覚に打たれたのだ――自分はだめな人間みたいに振舞ってきたが、ほんとは実にきびしい道徳観を持った人間なんだ。（一七五―七六）

このように、フランクは、ヘレンと関係の中で、自らの姿勢を、過去、現在、そして未来を巻き込む形で省察し続ける。

そしてフランクはモリスの死後、食料品店に舞い戻り、昼も夜も店を立て直すために働き始める。ヘレンへの思いは、打ち消すことができないところかますます深くなるばかりである。やがて、ヘレンを店のウィンドウ越しに見ることだけでは満足できなくなり、罪悪感ゆえに封印していた浴室での彼女の裸を覗くことと、客の金をごまかすことをまた始めるのである。そして、彼はある日、突然、客へのごまかしと、彼女の裸を覗くことをやめるのだ。

店にいるときの彼は客をごまかしていた。
それからある日、自分にもわからぬ理由から、ただし彼はその理由を内心で感じてはいたが、空気坑をよじのぼってヘレンをのぞくことをやめた、そして店にいるときも正直な人間になった。（二四二）

さらに、それに続く部分において、フランクの変化（チェンジ）が描かれる。物語の終盤の重要なエピソードであり、フランクの変化をあらわす象徴的場面である。自己に正面から向き合い、正直になることは、同時に他者に対しても正直になることを意味する。モリスの死後、モリスと同じように陰気な暗い店、午前中の客が六人しか来ないこの不景気な店で、不安を抱きながらの生活を、フランクは送っている。そのフランクの変化を、ヘレンは実感している。

「人間には、奇妙なことがある。同じように見えても、異なっているのだ。……彼は、別の人間に変わってきた。もはやかつての彼ではないのだ。……彼は私に悪いことをしたが、心では変化があった。だからもはや彼は私に何の負い目も持たなくてよいのだわ」(二四三)。ヘレンだけが、この場面でフランクの変化を感じ取り、彼との関係も変化するであろうことを予測している。

物語の最終部分、金を稼ぐためのコーヒーショップでの夜の仕事を終えたフランクが、深い眠りに落ちている様子が描かれる。そのフランクをたたき起こすのは、物語の冒頭で早朝、モリスを待ち続けていたあのポーランド人の女である。物語の最初では、店とモリスと客の様子が描かれていたが、物語の最後には、店とフランクと客の様子が描かれている。最初と最後が同じイメージを持っていることで、フランクがモリス的立場を踏襲したというようなことも言えよう。待つことしかなかったフランクが、盗むことや覗くことをやめたこと、モリスへの強盗の告白と謝罪、贖罪のためのヘレンへの教育費の提供。これらを経て、ヘレンが感じるように、フランクは確かに変化を見せた。たとえ、同じ食料品店で、同じ客が来て、その客とのやりとりの様子が同じようであっても、今や店主であるフランクは変化した。それは、彼が範としてきた聖フランシスが、食料品店の前で立ち止まり、ゴミ缶から木製の薔薇を取り出すところを空想する場面と、その後の彼の行為とに象徴的に表れている。また、彼のみならず、フランクの夢想の中でのヘレンの変化も見逃せない。

彼は、聖フランシスが、茶色のぼろ服をまとい、頭上に数羽の鳥を飛び回らせながら、森から踊りながらやってくるのを見る。彼はゴミ缶の中に手を伸ばし、木製の花を取り出す。彼はそれを空中に投げる、するとそれは本物の花に変わり、その落ちてくるのをつかみ、ちょうどそのときに家から出てきたヘレンに、一礼してその花を与える。「娘さん、あなたの小さな妹となる花を、さしあげましょう。」それはフランク・アルパインの愛と希望のこもったものだったにもかかわらず、ヘレンはそれを聖人から受け取るのだった。（二四五）

何かを待ち続けることが常であったヘレンは、フランクの空想の中では、彼からの花を自らの手でつかみ取る変化を見せている。ヘレンは、彼がプレゼントしたシェークスピアの本を今でも読んでいることをも、彼に直接告げるが、これもヘレン自身の変化と捉えられよう（二四四）。

これに続く物語の最後の部分は、最も印象的である。

四月のある日、フランクは病院へ行った。そして割礼を受けた。二日ほどは股間に痛みを覚えながら両脚を引きずって歩いた。その痛みに彼は激しい腹立ちと、また勇み立つ気持ちを覚えた。過ぎ越しの祭りが過ぎると、彼はユダヤ人になった。(二一七)

ヘレンの愛を待ち続けつつも、未来への希望を持てなかったフランクが、自らユダヤ人になるための行動を起こしたのである。モリスも願った変化の希求は、フランクの中では、ユダヤ人になる選択により、目に見える形となった。ヘレンも、フランクの犯した罪を常に思いつつも、フランクの変化を感じており、それは、フランクの夢想での「花をつかむ」姿となって描かれる。待つ姿勢から、行動する姿勢への変化は、フランクとヘレンの中での変容の証である。アメリカ社会の現実が、将来への良い兆しを必ずしも表していなくとも、二人が待つ姿勢から行動する姿勢へと変化したことが、読者の眼前に示されているのである。物語は、フランクが割礼を受けてユダヤ人になったことで閉じられるが、二人の変化の先にある未来は、二人が新たなユダヤ人家族を築くことをも読者に期待させる。

待ち続けるフランクとヘレンの変化を分析してきたが、彼らよりもずっと長く待ち続けてきたモリスは、変化を見せず、何も行動することなく、その生涯を閉じたのだろうか。モリスによる夜の雪かきの場面に注目する必要がある。

3　モリスは何かをつかみ取ったのか?

モリスの一生は、墓場のような陰気な店で、貧乏につきまとわれながら、他人の幸福を眺める一生であった。客を待ちながら、この惨めな状態から抜け出すことを常に望んで、朝から晩までもくもくと働くモリスの姿の中に、フランクは貧しさを美徳とする聖フランシスの姿を見たが故に、店に舞い戻ってきたという見方ができるだろう。また、今村楯夫が述べるように、「モリスが素性も知れず、しかも非ユダヤ人であるフランクを温かく迎え入れたのは、善に生きる彼の倫理感だけというより、フランクに対する本能的父性愛がそこに働いていたという見るのが妥当だろう」(二五九)。モリスとフランクが、疑似父子関係を為すとの解釈は、今村はじめ、先行研究において、触れられる観点である。例えば、モリスがしばしばカップをゆすぐ（リンスする）姿が描かれるが、それは、強盗に入ったフランクが、モリスに水を飲ませ、「カップをゆすいで棚に戻す」（二六）行為と類似している。物語が進むにつれて、その疑似父子関係はより明確になっていく。

モリスとフランクの疑似父子関係を考えるためには、亡くなった実の息子エフレイムに対してモリスが抱く思いを見ておかなければならない。

モリスは亡くなる三日前に、エフレイムの夢を見た。

彼は、夢が始まると、自分とそっくりの茶色の目を見て、息子だと思った。エフレイムは、モリスの古帽子から頭部が切り取られたビーニー帽にボタンや光るピンをつけていたが、その他はボロボロであった。それ以上の何かを期待していたわけではなかったが、このことや息子が腹を空かせている様子にショックを受けた。（二二五―二二六）

この個所について今村は、「エフレイムとフランクが混同されている」（一五九）と述べる。後半のボロ服を着て、腹を空かせている様子が、フランクそのものであるというのである。モリスとフランクとの関係については、娘との関係を心配する妻を無視することや、レジからフランクが小銭を盗んだことを知り、また強盗の片割れであったことを告白されたあとでさえも、フランクを排除しきれないモリスの様子に、理屈を超えた何かがそこにあると見える。エフレイムの夢の最後、「生き続けろ」(二二六)と叫んで目を覚ましたモリスは、次のように思うのだ。

悲しさばかりの人生を思った。家族に対して、何もしてやれなかった。貧しい男の惨めさ。隣の妻を起こして、謝りたかった。ヘレンのことを考えた。もし彼女がオールドミスになれば、何と惨めなことか。彼は少しうめいて、フランクのことを思った。彼の気分は後悔ばかりであった。(二二六)。

自分の家族に何もしてやれなかったとここで悔いるモリスは、妻と娘のことを思うとき同時に、フランクのことを思っているのである。まるで息子を思うが如くである。

待ち続けていたモリスが待つことをやめて行動を起こす姿は、エフレイムのこの夢の場面の直前に描かれている。モリスが肺炎にかかって床を離れられなくなったのは、三月の末日に、雪かきをしたことに起因する。「春の雪は彼の心を深く揺り動かした。彼は雪が降るのを見ていたが、子ども時代の光景を思い、忘れていたことを思い出した。午前中、ずっと彼は雪を見ていた」（二二一）という具合に、彼は最初、部屋の中から降る雪をただ見ているだけであった。が、その後、どうしても「外へ出ていきたいという思いが抑えきれなくなった」（二二一）ため、上着も着ずに出ていこうとするのである。


「雪かきでもするかな。」彼は昼ご飯時に、アイダにいった。

「昼寝をしたほうがいいわよ。」

「お客が困るだろうよ。」

「どんな客？　誰が客を必要なのよ？」

「こんなに積もったんでは、みんな、歩けないだろうよ。」彼は言い張った。

「待ちなさい。明日になれば溶けるわよ。」

「今日は日曜だよ。教会へ行くゴイムからも、良くは見えないだろうよ。」（二二一）

肺炎を以前にも患い、体も弱くなったモリスが、表の通りの雪かきをしようとするのを、「待ちなさい」と制するアイダの姿は当然のことである。そして、このののちモリスが待っていたのは、妻が眠ることであった。彼を外に出すまいとする妻が夜になってようやく眠ったあと、前掛けをつけたモリスは、地下室からシャベルを取り出し、帽子と手袋をつけただけで、通りの雪かきを始める。夕方には雪はとうに、六フィートを越えていたのであったが、彼はもくもくと雪かきを続ける。「最初にアメリカに来たころの冬を思い出した。それから一五年の間に冬もよほど穏やかになったが、今年は厳しいものになった。今までのわしは苦しい生活だったが、神のお助けでこれからは少し楽になりそうだ」（二二二）と願いながら。モリスが今後の生活が楽になると思っていたのは、酒屋のカープから店を買い取りたいという申し出があったからであるが、モリスの葬式後、話がご破算になったのを、彼自身が知らないままになったことは、皮肉なことであった。

なぜ、モリスは、雪かきを翌日まで待てなかったのか？　明日になれば、春四月になる。雪もやみ、通りの雪も溶けるかもしれないのだ。なぜ、明日まで待つことができなかったのか。物語の前半、強盗による頭の傷を負った状態のモリスは、例年より早い雪を見て、「店をあけたらシャベルで雪かきをしようと言った。もともと彼は雪かきをするのが好きだった。子どもの時分は、雪の中で暮らしたようなものだ」（四六）と考えたのだが、アイダに止められたことと、自らの体調不良により、この場面ではあっさり断念している。しかしながら、終盤に近い場面で、モリスは雪かきを強行する。彼の言葉のなかには、「客が困る」とある。「ゴイムから見て体裁の悪いのもよくない」というプライドもモリスにはあるが、非ユダヤ人の客も来ることを考えると、あくまでも客のためというのが、彼が雪かきをする理由であろう。善良で他者のために生き続けてきたモリスの姿はここでも発揮されている。ただ一つ、前半のモリスと違うのは、彼が翌日まで待つことをせずに、とにかく「今日」行動を起こしたことである。それが表通りの雪かきという、一見ささいな行動であっても、自らの思いと共に、他者のためにと行動するモリスの姿は、先述した、フランクとヘレンの行動にも繋がるものである。待つモリスから行動するモリスへの変容は、物語の最後に確実に起きており、その後のフランクとヘレンの行動の変化に継承されていると捉えることができるのである。

4　フランクとヘレンはなぜ行動したのか？

食料品屋にフランクが戻ってきたのは、強盗としてモリスの店を襲い、ユダヤ人の彼に傷を負わせたという自らの罪を償いたいフランク自身の思いが大きい。はじめはユダヤ人を嫌悪し、軽蔑し、ユダヤ人相手なら罪を犯してもかまわないと考えていたフランクだが、モリスとの関わりの中で、次第にユダヤ人であるモリスの生き様に関心を抱くようになる。フランクは「ユダヤ人であることはいかなることか」という問題に取り憑かれ始める。それに対するモリスの答えは、かなり単純明快であった。ジャガイモの皮をむきながらの、会話の中でである。「ユダヤ人であることはどういうことか」（一二三）という問いに対して、モリスは「父がよく言っていたように、ユダヤ人に必要なことは、ただ良き心を持っていることだ」（一二四）と答え、「大事なことはトーラ。これは律法で、ユダヤ人は律法を信じなくてはならない」（一二四）として生きていると述べる。シナゴーグに行かず、ヤムルカ帽も被らず、ユダヤの祝日にも店を開けるモリスが本当のユダヤ人であるかというフランクの問いに対して、モリスは「私が最も従おうと考えていることは、ユダヤの律法である」（一二四）と、答える。「なぜユダヤ人は苦しむのか」（一二四）という問いかけに対しては「ユダヤ人であるがために苦しむのだ。……もしユダヤ人が律法を守る苦しみに耐えられないようなら、何一つ耐えられないということだ」（一二五）と述べる。モリスはユダヤ人として自らに課せられた苦しみを受け入れ、自己本位の生活を望むというよりは、他者のために苦しみを耐えようとしている。「わしは君らのために耐え忍んでいるのさ」（一二五）というモリスのことばは、彼が人類の苦しみを背負うユダヤ人の典型的キャラクターとして物語世界の中に登場していることを示している。上着も着ずに、夜中に雪かきを行うモリスの姿は、それを象徴的に表している。最初は、ユダヤ人を苦しむばかりの人生を背負うやっかいな存在として見做していたフランクは、モリスの苦しみを知らず知らずのうちに共有し継承する。それが、フランク自身をユダヤ人へと導いていくことに繋がる。作品の冒頭で、強盗をして、他者から大事な金品を奪う人間として登場したフランクは、物語の結末で他者のために与えながら生きるユダヤ人、モリスの精神的継承者としての役割を負う。

このように見ると、モリスは人生の敗北者として描かれているのではなく、自らを犠牲にしてフランクに新たな命を授ける殉教者的役割、フランクの精神的父親の役割、他者を受け入れ正しく生きる人物へと彼を変容させる役割を負うものとして描かれていると見える。

ヘレンはユダヤ人であることに、誇りは持っている。何とかこのような状況から抜け出して、少しでもより良い生活をしたいと望んでもいる。しかしながら、待ち続けるだけの、何の変化もない日々が続いていた彼女は、父の生き方を次のように見ている。

彼はあそこに埋まって暮らして、自分の欲しいものがなにか知るだけの想像力もなかった

人だわ。自分で自分を犠牲者にした人だわ。ほんの少しの勇気さえあれば、もう少しましな人生を送れたのに。（二三〇）

そのヘレンが結末部分で、外見が同じでも内面では確かに変化しているフランクに気付く。彼がプレゼントしたシェークスピアの本を今でも読んでいることを彼に直接告げて、ヘレン自身も変化を遂げたことが描かれている。

モリスの生き様は、ヘレンにユダヤ人であることを再認識させ、ユダヤ人である自らの存在を受け入れさせたという意味において、彼女を行動へと促し、他者を許容する人物へと変容させている。モリスは、ヘレンに対しても、フランクへと同様の役割を果したと言えよう。

連帯の意味を問う

『アシスタント』が出版された一九五〇年代のアメリカは、バスボイコット運動をはじめとして黒人の公民権運動が大きくなり始めた時期である。虐げられてきたマイノリティの人々が、自らの存在意義を訴えて声を上げることの困難さを伴いつつも、その準備が整い始めた時期であった。そのような社会状況の中で、自らの父をモデルにして、ユダヤ人を主たるキャラクターとして描いたマラマッドは、上で述べたように、「ユダヤ人作家である」レッテルを貼られることを嫌ってはいた。この物語は、ニューヨークのユダヤ人ゲットーに焦点を当てて描かれていると見えるが、実際は、モリスの「食料品屋はユダヤ人三件の店が軒を並べる一角にあり、小さなユダヤ人集団を為しているが、少し街はずれにはユダヤ人はいるものの、他はみな非ユダヤ人ばかり住んでいる地区」なのである。そこに非ユダヤ人であるイタリア系のフランクが入ってきて、物語は展開する。中心的キャラクターが誰かと問われれば、ユダヤ人のモリスとイタリア系で非ユダヤ人のフランクであると言えよう。

金関寿夫は、都会の文学の特徴を次のように解説する。

自然主義文学の背後にあった考えは、一口に言えば人間の自由意思を否定し、人を環境の動物と見る決定論でした。……

自然主義文学が環境に翻弄される人間を描く文学とするなら、この原理を最も効果的に表現するにはどんな舞台を選べばよいか？するど答えは言うまでもなく、環境の重圧に最も強く影響されている人々が住むような場所、ということになるでしょう。たとえばスラムです。……

都会派文学とは、一種シニカルな「居直り」の文学だったと言ってよいかもしれません。「無垢」とは、所詮達成不可能なものである。それならば、なにを好んでジタバタするのか。いっそ都会生活を楽しもうではないか。……都会的ソフィスティケーションとは、「無垢」の代償物だったのです。(一八)

都会の片隅で、ワスプでない、モリスとフランクとヘレンは、確かに厳しく貧しい環境の重圧に押しつぶされそうになりながら生きている。押しつぶされ、待つことだけが日常であった彼らは、物語最後に「待つ」姿から「行動する」姿に変容する。ヘレンは父の葬儀で、彼の想像力の無さを語っているが、表通りを歩く客が困る様を想像して雪かきをするモリスには、他者を慮る想像力が宿っているのである。ユダヤ人の生き方を知り、ユダヤ人であることを懸念しつつも想像するフランク、フランクの状況を具体的に想像するヘレンにも、変化の兆しが見えた。変化の中身がいかなるものであろうとも、変化することそのものに、価値があるのだ。

なぜ、彼らは、変化することができたのであろうか? 金関が述べる都会派文学の特徴の

「居直り」がここでは重要な要素である。何度もモリスの店に押し掛けるフランク、暖房もつけず、ボロ服を着こんで、一日中働き続けるフランクの姿に、居直るキャラクターを見ることができる。その点において、この物語がたとえ『グレート・ギャツビー』のような華やかさのある小説と程遠くても、都会派文学の一角を占める物語であると言えるのではあるまいか。

最後に、彼らの「居直り」と、「行動への変化」について、それらの要因は何かを考察することとする。

モリスとフランクとヘレンとアイダは、疑似家族を為しているように見える。さらに大きな枠で見通してみると、カープ一家、パール一家、店の三階に住むニックとテシー、早朝パンを買いにくるポーランド女までをも、一塊の大きな集団の中に存在していると見える。その集団は、より具体的な目的は異なるとしても、いずれも社会からの重圧を行動へと変化させて生きてきた。連帯とは、物語の文脈から取れば、何かを行うために結びつくことと捉えることができるだろう。彼らが待ち続けた「何か」は、それを突き詰めれば行動することにつながるのである。連帯に属する人々の結びつきの状態に違いはあろうとも、都会の環境の重圧に耐えて生き抜いていくためには、行動することこそが、彼らには必然であった。

フランクが物語の最後に、割礼を受けてユダヤ人になったことを、ユダヤ人というより狭い連帯の中に彼を入れ込むことで物語が完結したと、我々は読みがちである。しかし果たしてそうなのであろうか。非ユダヤ人からユダヤ人への転換の姿は、このプロットの終着点としては納得できる部分も多い。しかしながら、マラマッド自身がその結末を選択したのは、むしろ、あえてこの物語の焦点をユダヤ人として存在することからユダヤ人として行動することへと移行させるためではなかっただろうか。ニューヨークで苦境にあえぎながら暮らす彼らにとっては、どんな形であろうと行動することが必要であった。その行動の意味を問うために、マラマッドは、あえて逆説的な形で、ゴイムのフランクという存在がユダヤ人になるという行動の物語を描いたのである。ユダヤ人であろうと、非ユダヤ人であろうと、その存在に問題の所在があるわけではなく、むしろその行動することの意味を、マラマッドは問いかけている。

＊本稿は、拙稿「マイノリティ作家　Bernard Malamud の問いかけるもの」（『福岡教育大学紀要』第五四号第一分冊二〇〇四年）の一部を下敷きにし、大幅な加筆を行ったものである。

引用文献

Abramson, Edward A. . *Bernard Malamud Revisited*. New York: Twayn Publishers, 1993.

Davis, Philip. *Bernard Malamud--A Writer's Life*. New York: U of Oxford P, 2007.
Malamud, Bernard. *The Assistant*. 1957. New York: Farrar, Straus and Giroux, 1985.（加島　祥造訳『アシスタント』新潮社　一九七二年）
今村楯夫「マラマッドの『アシスタント』における三つのモチーフ」『アメリカ研究』第一二号　一九七八年　一四六―一六二頁
岩元巌『現代アメリカ文学講義』彩流社　二〇一六年
金関寿夫『アメリカ文学とニューヨーク』松山正直編　南雲堂　一九八五年　一三―三四頁
浜野成生編『アメリカ文学と時代変貌』研究社　一九八九年

分断の時代における連帯という逆説
――エイズ禍とアメリカ演劇

岡本太助

はじめに――パンデミックにおける分断と連帯

二〇二〇年初頭に発生したコロナ・パンデミックが都市生活に及ぼした影響の大きさについては、あらためて詳述するまでもないだろう。多くの人々が集い、顔を突き合わせて協働するという意味での「連帯」が著しく制限される状況は、私たちが感染拡大防止という共通の目的のために「連帯」して社会的分断を推進していかざるを得ないという、きわめて皮肉な逆説を生み出した。それと同時に、多くの人々が同じ場所に集う行為そのものに、これまでにない政治的重要性が付与され（それはジュディス・バトラー的な意味での「アセンブリ」の政治学とも通じている）、あらためて政治的連帯がパフォーマンスとして可視化されることとなった。あるいは、物理的な接触を避けながらもオンラインその他のチャンネルを活用して相互に接続することが一般化するにつれ、それまでは個々に独立して存在していた政治的連帯が、横方向につながりあい、より大きな連帯のネットワークを形成することが容易になった。つまり、分断の時代において領域横断的連帯の可能性が浮上してきたわけだが、逆に言えば、今起きている分断はコロナ禍が引き起こしたものというわけではなく、はるか昔から現在にまで根強く残る分断の諸相が、コロナ禍における社会の地殻変動により、地層の露頭のごとく表面化してきたと捉えることもできるだろう。[1] 連帯のために戦略的に分断を選択する、あるいは分断の時代に適応する連帯のあり方が模索されるなかで、従来の連帯のあり方そのものが内包する分断があぶり出される。いずれのケースも、分断の時代における連帯なるものがいかに逆説に満ちたものであるかを物語っている。

分断の時代における連帯という逆説は、アメリカ演劇の文脈でも重要な論点となりうる。現在ではかなり状況が改善されたとはいえ、コロナ・パンデミックの初期から、ブロードウェイでの公演中止や延期、劇場の封鎖が長期間にわたって続いた。密閉空間に多くの人々が集まり対面して大声で話す、この演劇というジャンルが、新型コロナウイルスの影響を受けやすいものの一つであることは言うまでもない。その存在様態を下支えする密接な物理的・心理的協調が封じられるなかで、パンデミックのごく初期の段階から、アメリカ演劇ではオンライン配信などの代替案が模索された。同時に同じ場所に集まって行うものという、演劇のアイデンティティを構成する二大要素のうちの一つである「同じ場所」が不可能となった結果、配信と視聴を「同時に」、リアルタイムで行うことの意義が再評価され、演劇を「生（ライヴ）」で体験する」とはどういうことかが再定義されることとなった。分断を避けられない現実を受け入れ、それでもなお社会的なつながりと連帯を生み出す道を模索せざるを得ないという逆説は、演劇の世界において最も鮮明に前景化されたと言ってよい。しかもこの場合、物理的制約が表現行為としての演劇の可能性を拡大させた点は強調しておくべきだろう。つまり、コロナ禍が生み出す新しい演劇は、従来の演劇の不完全な代替物なのではなく、「演劇とは何か」という根本的問いに対する新たなアプローチを提供するものなのである。(2)

コロナ・パンデミックをめぐる演劇とその研究はまだ萌芽的な段階にあり、本格的な作品やパフォーマンスの出現が待たれるところである。ただし現行のコロナ禍に限定せず、パンデミックとアメリカおよびアメリカ演劇の関係性に目を向けると、過去の事例やそれに関する研究などから、パンデミックにおける分断と連帯というテーマのもつ歴史性が浮かび上がる。つまり、新型コロナウイルス感染症が引き起こす未曽有の危機は、必ずしも前代未聞の事態というわけではなく、目に見えない脅威に対する不安や感染の恐怖がもたらす社会の分断と、その危機的状況を脱するための努力というものは、少なくとも過去一世紀のアメリカで幾度となく繰り返され、アメリカ社会のあり方を決定する要因であり続けたのである。マーク・ホニグスバウムがその著書『パンデミックの世紀』で描き出したように、スペイン風邪、ペスト、オウム病、レジオネラ肺炎（別名：在郷軍人病）、エイズ（ＡＩＤＳ）、ＳＡＲＳ、エボラ出血熱、ジカウイルス感染症からＣＯＶＩＤ－19にいたる感染症との闘いの歴史は、アメリカ社会の姿を大きく変化させたのみならず、社会における分断をアメリカが慢性的に抱える病のようなものとして捉える視点を提供してもくれる。言い換えれば、感染症とそれがもたらす分断との闘いの記憶が、現代のニューヨークとその演劇業界を見舞ったコロナ禍のうちに、亡霊のごとく再来しているのである。

以上のように、アメリカ演劇の文脈を経由して分断の時代における連帯という逆説を考えてみると、分断はすなわち演劇という営為の不可能性を、そして連帯の模索はすなわち不可能性を超えた先での演劇の再生を表象しているように思われる。つまり、病により崩壊したコミュニティの瓦礫の上に築かれる新しいコミュニティを描く演劇作品は、それ自体がパフォーマティヴにひとつのコミュニティを創出する行為となるのである。[3] 本稿では、一九八〇年代のエイズ禍における社会の分断から逆説的に導き出される連帯の可能性、さらにそうした共同体形成のヴィジョンと演劇の関わりについて、トニー・クシュナーの大作『エンジェルズ・イン・アメリカ』[4]を主なテクストとして考察を行う。八〇年代のエイズ禍のさなかに発表されたいわゆるエイズ演劇作品は、病とそれがもたらす死や喪失の問題をダイレクトに主題化する傾向にあるが、『エンジェルズ』はエイズのもたらす影響とそれが意味するものを大局的に捉え、分断の時代における連帯という逆説をアメリカの国家的テーマとして主題化するのみならず、演劇それ自体がそうした連帯を作り出す場となりうることを実践的に示してみせた。本作の分析を通して、パンデミックがもたらす変化を社会の側で起こる一種の免疫反応として捉える可能性を模索し、隠喩としてのパンデミックが演劇によっていかに現実的な効果を生じさせうるのかを示したい。

エイズとはいかなる隠喩か

パンデミックの直接的な影響は、言うまでもなく健康被害であり生命の危機である。しかしながら、社会における分断と連帯というテーマに関して言えば、心理的なものや経済的なものなど、間接的な影響の方が分析の対象となりやすい。特に文学論としてのパンデミック研究においてはその傾向が強くなる。あくまで俗流語源説ではあるが、「パンデミック（pandemic）」という語を見ても、ギリシャ語で「人々」を意味する「デモス（demos）」が「パニック（panic）」に挟まれる形になっており、それはあたかも人々が集団的なパニックにみまわれ右往左往する様を表すヒエログリフのようでもある。つまり問題なのは病そのものだけはなく、それを取り巻く言説であり、そうした言説が社会とそこに暮らす人々に対してどのような影響を及ぼすのかということであって、危機的状況において文学研究の立場から発言することの意義もまさにその点にある。パンデミックの文学論は、病による実体的な影響のみならず、それが引き起こすパニックやヒステリア、思考様式の変化、そして社会構造の変化といった、比喩的な意味での社会の免疫反応についても考えるものでなければならないだろう。

一九八〇年代のエイズ禍とその余波がアメリカ演劇に及ぼした影響と、演劇界がそれにどのように反応したのかを振り返るにあたって、まずエイズがいかなる隠喩として捉えられていたかを確認しておきたい。ホニグスバウムは、エイズをめぐる社会的ヒステリアには三つの主な要因があったと述べている（二一二―三）。すなわち、国民の生命を支える輸血用血液のサプライが汚染されているのではないかという不安、エイズに関して用いられる用語の曖昧さが根拠のない不安を増大させたこと、そしてこの未知のウイルスは誰にでも感染し、安全な場所はどこにもないという認識が広まったことの三つである。病そのものの爆発的感染拡大に劣らぬほどの甚大な被害が、病をめぐる言説が振りまく「恐怖」の拡大によってもたらされたという事実を、まず押さえておきたい。

あるいはジェラルド・V・オブライエンが指摘するように、感染症や伝染病への対策は、社会や国家の内部に侵入してきた望ましくない種類の人々を外敵としてスティグマ化し隔離することで、国家身体の健全性を維持するという政治的レトリックを正当化するためにも用いられてきた（一二五）。特に、スティグマを刻印された人々を社会における「異常」な存在と定めることにより、翻って社会そのものの「正常」なあり方を規定するという点で、エイズの隠喩は社会規範の創出とその維持強化に利用されてきたと言える。これはスーザン・ソンタグの言うところの「隠喩としての病」にほかならないが、ソンタグも指摘するように、エイズの場合にはとりわけ「社会を侵襲する病」という隠喩が多用された（一〇五）。つまり柄谷行人風に言えば「意味という病」の無際限な蔓延が、今日エイズ禍として認識されている出来事の背景にあったのである。マリタ・スターケンが述べるように、エイズは「意味作用のエピデミック」や「文化的意味の増殖」を引き起こしやすい病（一四六）であったと言えるし、ケヴィン・クルーズとジュリアン・ゼリザーが論じるように、エイズの直撃を受けた一九八〇年代のアメリカは、イラン＝コントラ事件や最高裁判所判事任命問題など、国内外において政治的対立と社会の分断が深刻化しており、エイズというシニフィアンに対応するシニフィエには事欠かない時代状況にあったとも言える（一六〇）。

こうした時代を舞台とし、エイズと同性愛、法と正義、宗教と人種といった国家的テーマをめぐる「ゲイ・ファンタジア」としてアメリカ演劇のメインストリームに躍り出た『エンジェルズ・イン・アメリカ』は、アメリカ演劇の最高傑作、ブロードウェイの救世主として熱狂的に支持される一方、そのテーマや表現方法の点からキリスト教保守派を中心とする強い批判にさらされ、地方劇場や学生劇団での上演禁止が相次ぐ騒ぎとなった。賛同か反対かにかかわらず、演劇が人々の話題の中心となったことで、低迷をきわめていたアメリカ演劇が活性化されるという期待が高まった（ブラック＆フリードマン　一五六）。しかも、同性愛をテーマとして前面に押し出した『エンジェルズ』が成功を収めたということのインパクトは大きく、作品をめぐる論争は、当時のアメリカを分断していた感情的・精神的対立を徴候的に示していると言っても過言ではない（フィッシャー　八八）。また同性愛者、ユダヤ教徒、左翼知識人という作者クシュナー自身のマイノリティとしての立ち位置は、支配的イデオロギーに対抗する政治的作品としての『エンジェルズ』という読みを誘発するが、デイヴィッド・サヴラン他の批評家は、作家と作品のはらむアンビヴァレンスに着目し、『エンジェルズ』は批判対象となる社会体制や思考の枠組みとある種の共犯関係にあると指摘する（サヴラン　三四）。つまり、『エンジェルズ』は分断された社会を映し出すのではなく、それ自体が様々な矛盾により引き裂かれ、その内部に亀裂を抱えているということである。

エイズの持つ意味の多産性と隠喩としての強い感染力は、隠喩としての病の負の側面を示しているが、演劇作品としての『エンジェルズ』はそれを批判的に捉えるというよりも、むしろエイズの隠喩を極限まで拡大し、作品のテーマや構成にもそれを全面的に反映させている。したがって、政治的スタンスとしてはレーガン政権のアメリカにおけるエイズ対策の不備を糾弾する『エンジェルズ』は、まさにレーガン政権下で流布した隠喩としてのエイズ言説を構造的に反復する点で、確かに批判対象である保守派と共犯関係にあるとも言えるのである。作品の抱える倫理的曖昧さあるいはアンビヴァレンスは作品の欠点であるかもしれず、リベラル派からの批判は概ねそのポイントをあげつらうものとなっている。だがここではむしろそのアンビヴァレンスを意図的なパフォーマンス戦略として捉え、そこを足掛かりとして、分断の時代における連帯というそれ自体アンビヴァレントな分裂を内包するテーマに切り込んでみたい。

『エンジェルズ・イン・アメリカ』の提示するユートピア像

ここからは、『エンジェルズ』が描く様々な分断と作品そのものが抱え込む矛盾を確認したうえで、作品が指し示すユートピア的ヴィジョン、つまり分断を乗り越えた連帯、新たなコミュニティ形成の可能性について考察を行う。『エンジェルズ』におけるユートピアを端的に表すのは、第二部『ペレストロイカ』のエピローグに示されるイメージである。この場面では、劇のクライマックスから四年後の一九九〇年一月、セントラルパークのベセスダ噴水前に、エイズ患者にして預言者であるプライアー、その元恋人であり作者クシュナー本人を彷彿とさせるユダヤ教徒の理想主義者ルイス、同じくプライアーの元恋人である黒人看護師ベリーズ、そしてふとしたことからプライアーのケアをすることになったモルモン教徒のハンナの四人が集まり、ペレストロイカ以後の世界について語り合う。

ルイス　何が起こるにしても、ゴルバチョフとロシア人の尊敬すべき点は、彼らが未知の領域に飛び込もうとしているってことだ。理論の到来を待っていても仕方がない。生命の拡がりと、この奇妙な……

ハンナ　相互のつながり。

ルイス　そうだ。

ベリーズ　ひょっとすると、このひたすらに広い世界は。

ルイス　もはや一つの理論ではカバーしきれない。

ベリーズ　世界は心よりも速く進んでいく。

ルイス　それこそが政治というものだよ。世界は前進し続ける。奇跡を起こせるのは政治だけなんだ。

ベリーズ　でもそれも理論でしょう。

ハンナ　世界がどんな場所か分からないままその世界で生きることはできないけど、生きていくことで世界がどんな場所か分かるようになる。理論を待ってはいられないけれど、理論は必要なの。

ルイス　行けば分かる。僕のおばあちゃんが言いそうなことだ。

（『エンジェルズ』二八八—九）

理論武装せずに世界に飛び込んでいくのは危険だが、理論の到来を待っていることもできない。心を置き去りにして世界はどんどん前に進んでゆくし、そのなかで生きていくための営みを人は政治と呼ぶ。途方もない苦しみに耐え、世界の荒廃を目の当たりにしながら、人はそれでも前に進むしかない。『エンジェルズ』のインスピレーション源である、ヴァルター・ベンヤミンが「歴史哲学テーゼ」において描写した歴史の天使さながらのジレンマと格闘した果てに、これらの登場人物たちは楽天的な未来像を思い描く。特に注目したいのは、引用のはじめにある「奇妙な……相互のつながり（weird... Interconnectedness）」という表現である。一人の人間や一つの理論では把握しきれないほど急速に変化し続ける広大な世界は、一種のサブライムとして、彼らの中に期待と不安の入り混じった感情を芽生えさせる。『エンジェルズ』は、分断の時代において個々に切り離されているように思えたものが、実は相互につながっている様を演劇的に実演する作品であるわけだが、その相互のつながりが「奇妙な」ものであるとは、果たして何を意味するのだろうか。

ソンタグは、グローバル化した世界における移動可能性と相互のつながりは、資本主義経済を十全に機能させるために必要な条件であるばかりでなく、人類を脅かす病の広がりを可能にするものでもあると考え、「エイズはグローバル・ヴィレッジの、つまり既に私たちの眼前に存在し、誰にも拒むことのできない未来の、ディストピア的前兆の一つである」と述べる（一七八）。しかも、エイズのような感染症は、そうした移動と相互接続を可能にする技術の登場によってはじめて、人類にとっての脅威として認識されるようになった。つまり、エイズの脅威は人為的に生み出されたものであるということである。そして何よりも恐ろしいのは、エイズが、『エンジェルズ』の結末で夢想されるようなユートピア的未来が実は既に実現されたディストピアである可能性を示唆しているという指摘である。

これに対して、作者クシュナーはこの作品で、既存の社会的・文化的分断線の崩壊と、その後に作り出される「ありえない連携（Unlikely coalitions）」というヴィジョンを提示しているという見方を示す批評家もいる（ウィルマー　一八六）。特に、こうしたありえない連携（それはまさに「奇妙な相互のつながり」と言ってもよい）は、エイズ禍にもかかわらず生み出されたのではなく、むしろエイズ禍があったからこそ生まれたという指摘は傾聴に値する。それはつまり『エンジェルズ』は、エイズによる分断をむしろチャンスとして捉え、エイズ演劇やゲイ演劇といった限定的なカテゴリーにとどまることなく、より広範囲に様々なつながりを作ることを模索するものだということを意味するのではないか。例えば、エイズ対策の推進を目指して一九八七年に設立され、その後急速に組織の規模、政治的影響力とその及ぶ範囲を拡大していったアクトアップ（ACT UP）[5]のような団体の活動と比べると、一九八〇年代までの演劇は連携の輪を広げることができず、社会の広範囲に行きわたる、ゲイ男性やエイズ患者に対する抑圧的な言説や表象に対抗するだけの大きな物語を提示できていなかったとデイヴィッド・ロマンは述べている（ロマン一九九三 二〇七）。メインストリームの演劇として成功したことで、支配的イデオロギーにおもねるものであるとの批判にさらされることになった『エンジェルズ』ではあるが、その成功により、狭いコミュニティの外に広がり、多くの人々のもとにメッセージを届けたことは疑いようのない事実であり、エピローグにおける描写は、社会における作品そのものの位置付けに自己言及していると見ることもできるだろう。

アクトアップとの比較をもう少し続けてみよう。同性愛者とエイズ患者のコミュニティの声を国政のレベルに届け、立法にも影響を与えるまでに成長したアクトアップは、次第に自らの成功のプレッシャーに押しつぶされることとなった（エイゴ　一八二）。『エンジェルズ』がブロードウェイに登場するころには、アクトアップの内部分裂はとどめようもなく進行し、ジュリアーニ市長による四二番街とタイムズスクエアの区画整理という、ゲイコミュニティ（そして演劇コミュニティ）にとっての致命的な打撃を前にしても誰もそれに異議を唱えないばかりか、コミュニティ内部の格差が増大するにつれ、ついにはコミュニティ内部から密告者が出てくる始末だった（エイゴ　一九三）。つまりアクトアップはあまりにも大きな野望を抱いたために、自らの重みに押しつぶされてしまったと言えなくもない。そして実は『エンジェルズ』についても同じことが言える。第二部『ペレストロイカ』は現在に至るまで書き直しが繰り返されてきた未完の演劇プロジェクトだが、あまりにも野心的でコストのかさむ『ペレストロイカ』は、財政的には失敗であったとも言われる――「プロデューサーたちが金のことしか考えていなかったなら、そもそも『ペレストロイカ』は上演しないで済ませただろう」（ジョーンズ　一六）。つまり『エンジェルズ』もまた、それ自身の重さで墜落しかねない、「鉛の飛行船（Led Zeppelin）」であるのかもしれないのだ。

クシュナー自身もこのことを認識していて、スーザン・ジョナスとのインタビューで以下のようなコメントを残している。

『エンジェルズ』の最も常識はずれなところは、上演するのにかかる時間の長さです。そもそも、あれの長さといったら。［……］うまくいくかどうか全く分かりませんでしたが、とにかくやるしかなかった。［……］副題の『国家的テーマについてのゲイ・ファンタジア』はあの劇の特に大事な部分かもしれませんが、それは劇が大きな野望を抱いていることを副題が宣言しているからです。もちろんそれは仰々しく（pretentious）大げさだけれど、それがこの劇の面白いところでもある。それはアメリカ的な何かを復活させようとしています。私の好きな作家はハーマン・メルヴィルですが、その理由の一つは、彼が常識外れで現実離れしたサイズの大きさというものをある種の文彩に変えたことであり、そのうえで「トマス・ブラウンとシェークスピアとオペラとセイリングと地球全体と鯨を全部ぶち込んだ本を書こうと思う。［……］当然失敗に終わるだろう。当然自重でつぶれてしまうだろう。でもそれをやろうとすることが素敵じゃないか」と言ってのけるところです。それはとてもアメリカらしいことだと思います。［ユージーン・］オニールもそれをやりました。私よりもはるかに上手に。（一六一）

クシュナーはここで、メルヴィルを引き合いに出しながら、大げさであることをおそれずに表現を行うことの重要性を力説している。『国家的テーマについてのゲイ・ファンタジア』などというもったいぶった副題そのものがすでに彼の野望の大きさを物語っているが、それ自身の重みに耐えきれず失敗に終わると分かっていながらも、あえて大きすぎること、途方もないことをやり、またそこに喜びを見出す行為は、きわめてアメリカ的だとクシュナーは考えるのである。

別の言い方をすれば、それはキャンプでありクイアであることを恥じず恐れずに表現することであり、それは副題にある「ゲイ・ファンタジア」という言葉に表れている[6]。つまり、『エンジェルズ』という作品はゲイ的な感性を通してアメリカを幻視するのであり、それは現実よりも大きな世界を描き出そうと試みながらも、その試みがどこまでも作り物でありまがい物であるという認識に貫かれている。これは現実に起こるべき変化の不完全な代替物としてのフィクションではあるが、そうした変化が可能であると信じること、それによって可能性としての世界の姿を描き出すことは必要であり、また人はそうせざるを得ないとクシュナーは考えているのである。『エンジェルズ』は、理想の実現の不可能性を認識しつつも、実現に向けての努力をやめることのない人間の習性に希望を見出し、分断の時代における連帯に向けて前進してやまないアメリカの強さを劇作品として再演する試みであり、その途方もないスケールと射程そのものが、ひとつのユートピア的ヴィジョンを体現しているのである。

「奇妙な相互のつながり」はどのように描かれているか

次に、『エンジェルズ』が描く「奇妙な相互のつながり」の実例を拾いながら、ここまでに提示した論点を検証してみたい。二〇世紀中頃のアメリカを席巻した赤狩り旋風で中心的な役割を果たしたジョゼフ・マッカーシー上院議員の右腕として暗躍した実在の弁護士ロイ・コーンは、作中でエイズの宣告を受けるも、自分の病気はガンであると主張して譲らない。エイズは同性愛者がかかる病気であり、同性愛者とは同性の相手と性行為に及ぶ者ではなく、差別を跳ね返すための法案一つも成立させられない、政治的に無力な人間のことであるから、自分の病気はエイズではないというのがロイの論法である（『エンジェルズ』四六）。『エンジェルズ』とそれを取り巻く社会において、エイズや同性愛が単なる病や個人のセクシュアリティではなく、社会的で政治的なテーマと見なされていたことが、この発言からも見て取ることができる。しかしながら、『エンジェルズ』ではロイから彼を悪の権化とみなすプライアーへと治療薬AZTが渡されることにより、プライアーが生き延びるという展開が用意されており、ロイは単純に悪役としてのみ登場しているとは言い切れない。むしろ、不倶戴天の敵であるロイを、プライアーやベリーズが赦すことができるのかどうかが、ストーリー上のポイントとなる。それはつまり、彼らとロイとの間につながりを作ることは可能かということである。

そして赦すことのできない相手に赦しを与えるという難題は、作品の舞台となった一九八〇年代アメリカにおいても重要な政治的トピックであった。ロイによるエイズの否認は、単に自身のセクシュアリティとそれに結びついた政治権力の欠如の否認であるのみならず、当時のレーガン大統領がエイズの問題に公式に言及することを拒み、政府として対策を講じなかったことを思い起こさせもする。そのレーガンに心境の変化をもたらしたのは、友人であるロック・ハドソンの死という個人的な経験だった。レーガンにより対策を主導するよう命じられた公衆衛生長官クープは、同性愛者に対して強硬な態度をとることで知られていたが、大方の予想に反して、彼は患者の属するコミュニティと病を切り離して適切な対策を講じたのだった（クルーズ&ゼリザー　一七六―七）。これはまさにありえない連携であり、『エンジェルズ』が描こうとした相互のつながりの「奇妙さ」の、現実世界における例と言えるだろう。

ファンタジアとしての『エンジェルズ』においては、繰り返し現実と空想、過去と現在を隔てる境界が突き破られるが、それは別の形の、作品が作り出す奇妙なつながりと見なすことができる。天使の到来やロイによって電気椅子送りとなったエセル・ローゼンバーグの登場がその主な例だが、プライアーと同じ名前の先祖の霊が彼のもとを訪れ、彼らが天国によって選ばれたのは、彼らがみな疫病に倒れたからであると述べる場面（『エンジェルズ』九一）や、天国を訪れたプライアーが映画『十戒』のチャールトン・ヘストンのコスプレをしていて、天国の様子が震災の後のサンフランシスコに似ているという記述（『エンジェルズ』二六二）からも、重要なことが読み取れる。つまり、過去に起こった災厄は、劇中の現在において進行中の出来事と並列なものとして提示され、今ここで起きていることは過去にも繰り返されていること、そしてそれらは今ここと奇妙につながっていることが、演劇的に表現されるのである。（補足すると、一九〇六年のサンフランシスコ地震の後にもペストの流行が起きている。）その一方で、神話の中の出来事はハリウッド映画によるコピーをさらにコピーしたものとして劇中で再現され、同じように、天使の登場を目の当たりにしたプライアーが思わずもらす「す<u>ご</u>く、スティーヴン・スピルバーグ（*Very* Steven Spielberg）」（『エンジェルズ』一二五）というキャンプ的な言葉は、これらの出来事が既にメディアによって媒介されたイメージの焼き直しに過ぎないことを明らかにする。(7)

幽霊や架空の人物の登場、過去の出来事や文化的生産物への言及、また同一の役者によって複数の役が演じられることなど、重層的な間テクスト的つながりの網の目が『エンジェルズ』のいたるところに張り巡らされている。演劇とはしばしば過去の出来事の記憶にとり憑かれ、その残像を反復するものであるとされ、それは演劇における「ゴースティング」と呼ばれる。『エンジェルズ』はそのゴースティングという現象そのものをパロディとして取り込み、それを誇張することで、演劇による奇妙なつながりの可能性を模索しているのかもしれない。それが「奇妙」であるというのは、そうしてつながるものは必ずしもポジティブなものばかりでも、望ましいものばかりでもないからである。つまり、演劇が積極的につながりを作るというよりも、演劇は否応なしにつながりを作り出してしまうのであり、作り手の意図を超えたより大きなつながりは、制御不能で不確実なものとならざるを得ない。

さらに『エンジェルズ』では、危険な外敵としてのウイルスというメタファーも反復される。例えば、天使の接近を敏感に察知したプライアーは、知人が鳥結核で命を落としたことを気に病み、「何か恐ろしいものがこちらに向かっている、宇宙から飛来するミサイルのような何かが」(『エンジェルズ』一〇二)という得体の知れない不安に苛まれる。鳥結核により命を落とすということは、言わば種と種を隔てる境界が突破されたことを、そして身体の防衛システムが機能していないことを意味する。あるいは薬物依存症のモルモン教徒ハーパーもまた、ラジオで聴いたオゾン層破壊の話に触発され、同じような不安を口走る。手をつなぎ合った守護天使たちが地球を外敵から保護するネットとなっていたはずが、今やいたるところで防衛システムが破綻し、人間は無防備に外界からの脅威に晒されていると彼女は語る（『エンジェルズ』一六）。作中で相互に関連付けられたこれらのイメージは、ウイルスに侵略される身体を、核ミサイルの攻撃に晒されるアメリカの国土と重ね合わせ、エイズ患者の身体を、冷戦パラノイアを映し出すスクリーンへと変えてしまう。興味深いのは、お互いの病にうなされて見た夢と薬物による幻覚のなかでプライアーと対面を果たすハーパーが、同じような光景を幻視しているということだ。現実には面識がなく、その後の物語展開でも積極的に関わりあうことのない二人が、それでもなお共通して抱く不安や苦しみによって奇妙な形で結びつく。プライアーは実際のウイルスによる身体への攻撃を、宇宙戦争のメタファーへと拡張していて、一方のハーパーは、地球を保護する膜の消失を身体の免疫システムの破綻と重ね合わせている。異なる地点を出発し逆方向に進んでゆく二人は、共有された幻覚という中間地点で出会うのである。

人間の貪欲な活動によってもたらされた地球環境の危機をある種の天罰として捉えている点

で、ハーパーもまたエイズをめぐるキリスト教右派の言説を反復していると言える。しかしながら、このイメージは第二部の終わりでハーパーによって反復され、そこでは飢饉や戦争や疫病で命を落とした人々の魂がネットワークを形成し、オゾン層を修復する様が語られる（『エンジェルズ』二八五）。この幻想的なシーンは、そこだけを取り出して見ると、あまりにもセンチメンタルでご都合主義的であると感じられるかもしれないが、そもそもこうした「あり得ないこと」が想像できるようになったのは、エイズ危機があったからこそであるという見方もできることは、既に確認したとおりである。あるいはこれを、エイズ危機によってはじめて、そうしたあり得ないつながりの必要性が認識されるようになった、と言い換えてもよい。

そして劇の構成面で考えるならば、なぜプライアーが人類を代表して預言者に任命されたのか、そしてなぜ彼とハーパーの間に奇妙な結びつきが生じたのかという謎が、結末でハーパーが幻視する光景によって解明されるとみることができる。ハーパーが見たヴィジョンは、もっとも苦痛に満ちた死を迎えたこれらの人々こそが「アメリカの天使たち」であり、彼らもまた世界に変化をもたらすために何かをなしうるということを物語る。このことはエピローグの終わりのプライアーのモノローグでも明言されている。

プライアー　［……］この病気のせいで僕たちの多くが最期を迎えることになるだろう。だけど全員がそうなるわけじゃないし、死んだ者たちも追悼され、生きている者たちとともに闘い続けるだろう。そして僕たちは消え去ったりはしない。もう人知れず死んでいくことなどないんだ。世界は周りただ前進し続ける。僕たちは市民となる。時は来た。

　ひと時の別れ。

君たちはみんな素晴らしい。君たち一人ひとりが。

そして僕は君たちに祝福を与える――さらなる命を。

大いなる仕事が始まる。


（『エンジェルズ』二九〇）


劇が幕を閉じるこの時点において、『エンジェルズ』が夢想したユートピアを建設する「大いなる仕事」は、祝福を受けた観客一人ひとりに委ねられる。つまり、エピローグで幻視される「奇妙な相互のつながり」には、観客もまた含まれているのである。

プライアーは、天使たちとの対決を経てもぎ取った「さらなる命（More Life）」という恩寵を、観客に向けて差し出す。演劇的な仕掛けをふんだんに盛り込んだ『エンジェルズ』だが、意外なことに、観客に向かって語りかけるモノローグが用いられるのはこの箇所だけである。これにはブレヒトの影響が色濃く見られる。クシュナーは、現実の世界では直視できない物事を見るために人々は劇場を訪れると述べ、観客が劇場で観て感動を覚えたものを外の世界に持ち出し、芝居の中のような最悪の事態にならないように行動を起こすことを期待していると語る（カニンガム　七三）。つまりエピローグ終わりの呼びかけは、劇中の出来事と外部の世界での出来事の境目をなくし、劇中で起きた「ありえないこと」を実世界でも実現せよという呼びかけなのである。それはあまりにもユートピア的なヴィジョンであり、楽観的すぎると感じられるかもしれない。しかしクシュナーの楽観主義はレディメイドな慰めとはほど遠い、世界にはびこる最悪のものごとを演劇のなかで七時間かけて目撃した後だからこそ得られる楽観主義であり、あり得そうもないものをそれでもなお必要不可欠なものとして想像する力にほかならない（ハリス　一四八）。

『エンジェルズ』がユダヤ教やモルモン教などの信仰の問題をテーマとして取り上げている点も、これに関連付けて考えることができる。第一部の冒頭、ルイスの祖母の葬儀の場面では、移民である子孫は「アメリカ」という場所で生きるのではない、なぜならそんな場所は存在しないからだとラビが述べる（『エンジェルズ』一〇）。あるいは、ルイスとベリーズの政治談議の場面では、ルイスはアメリカには天使も、精神的過去も、人種的過去も存在しない、アメリカでは政治がすべてだという自説について長広舌をふるう（『エンジェルズ』九六）。この他にも「〇〇など存在しない」という否定がなされる場面が多くあるが、『エンジェルズ』では、そうして存在を否定されたものが実際に舞台に登場してくるというパターンが繰り返される。言うなれば、リアリズムのレベルでは否定されたものごとが、ファンタジーのレベルでは実在するということであり、このファンタジーは演劇と言い換えてもよいだろう。ポイントは、『エンジェルズ』においては何かの存在を「信じる」ということ、あるいはそれを強く願うことによって、その何かが現実のものとなるということである。

そして言うまでもなくこれは「アメリカ」というもののあり方を寓意的に表している。「アメリカ」とは人がそれぞれにそうであって欲しいと思い描くものであり、当然それぞれにとっての「アメリカ」は異なる相貌を見せる。ハンナが言うように、他者が信じる「アメリカ」を理解したり想像したりすることはできない（『エンジェルズ』二四〇）かもしれないが、少なくともそれを暴力的に捻じ曲げたりせずに、受け容れることはできるだろう。ただし、黒人であるベリーズが怒りを込めて語るように、誰もが「アメリカ」を信じたりそれを愛したりするわけではないことも事実である――「私はアメリカに生きているの、ルイス。それだって大変なことなんだから、アメリカを愛する必要はないでしょう」（『エンジェルズ』二三〇）。そしてやはりここで問われているのは、プライアーやルイスにとっては理解することも受け容れることもできないロイのような人間にすら、赦しを与えられるかということであり、『エンジェルズ』が描き出す奇妙な相互のつながりは、そうした難題を私たちに突き付けてやまないのである。

おわりに――希望の感染

ニューヨークの片隅で恋人に捨てられ、孤独に迫りくる死の恐怖におののくエイズ患者が、預言者として天国に招かれ、病の苦しみからの解放と引き換えに、人間が絶え間ない進歩を目ざして行う活動を停止することを持ちかけられる。その申し出を拒否しながらも「さらなる命」を勝ち取り、病とともに数年を生き延びたプライアーは、終幕で劇場の外に向けてその祝福を投げかけることになる――プライアーの辿る道のりは、そのまま劇そのものの構成にも反映されており、身近な現実から遥かなる高みで形而上的世界を飛翔した後、『エンジェルズ』は劇場に集まった観客たちと同じ平面上に着地する。『エンジェルズ』がその演劇的ファンタジーによって作り出す「奇妙な相互のつながり」は、その着地点において現実世界とどうつながるのか。最後にそれを確認しておきたい。

天国を訪れ天使たちに「さらなる命」を与えてくれと要求する場面で、プライアーは、人間にとって生き続けることはやめようのない習慣であって、希望を失ってもなお生きていくほかないのだと述べる（『エンジェルズ』二七八―九）。つまり彼はここで選択の余地のない状況でなお「さらなる命」を要求しているわけだが、それは無意味であると知りながら自らの生死を「選ぶ」ということにほかならず、必然的にその選択行為の持つパフォーマティヴな力が前景化されることになる。スターケンが指摘するように、エイズ患者が自らを「エイズと共に生きる人」と呼ぶことが極めて政治的な意義をもつと言えるのは、死ではなく生をあらためて選択する行為が、自分と病の関係性を（犠牲者ではなく病と共に生きる者として）定義しなおし、エイズ患者としての彼らに外部から押し付けられた自己表象を書き換えるパフォーマンスとなるからである（一六一―二）。同様に、劇の終わりに「さらなる命」を観客に向かって投げかけることもまた、それによって劇がやり残した大仕事を始動するというパフォーマティヴな行為となりうる。二〇一二年の再演時から振り返ったクシュナーは、『エンジェルズ』が未来に向けて投げかけた希望は現実のものとなったと述べている――「希望というものは、確実性のうちに見出すことができなくとも、不確定性のうちに見つけることはできるのであり、『エンジェルズ』は希望に満ちた作品なのだ」(『エンジェルズ』x)。未来は不確かなものではあるが、不確かさはまた未来が「ありえない」ものごとの可能性に対して開かれていることをも意味するのである。

そうして投げかけられた希望を受け取る、劇場を埋め尽くす観客もまた、一つのコミュニティとしてその儀式に参加することになる。ロマンが報告するように、一九九二年の初演時の劇場には、クリントン政権の誕生を機に、エイズ患者をめぐる状況に大きな進展があるに違いないという期待と希望があふれていた――「希望が社会的変化を引き起こすための政治的手段として立ち現れる。選挙前夜に『エンジェルズ・イン・アメリカ』を観るということは、公の希望の儀式に参加することであった」(ロマン一九九七　五二)。重要なのは、『エンジェルズ』を観るために集まった人々もまた、本来であればそのように一つのコミュニティを形成するはずもない、様々に異なる信条や思惑を抱く人々の集まりであり、劇の終幕に示される「奇妙な相互のつながり」を体現しているということである。ジェン・ハーヴィーが述べるように、劇場の空間で自分とは異なる人々に囲まれ、共同体意識を覚えるという経験は、現代の都市に暮らす私たちがコスモポリタンなつながりを経験することと似ている（七六）。グローバルなつながりのなかで、決して出会うこともなく理解することもできない無数の他者に共感するという、およそありえないようなことを私たちは日々無意識のうちに行っている。それを演劇として疑似体験することで、それまで見えなかったつながりに気づくのであり、それもまた演劇による異化効果の一種である。デモクラシーの社会において変化を生じさせるためには、まずそのような変化が可能であることを人々が認識する必要があり、そしてその認識は、他の人々が実際に変化を求めて行動し、対話しながらつながりを作り出す様子を見ることによって、人から人へと「感染」していくものであるとデイヴィッド・グレイバーは言う（二一二）。病とそれをめぐる言説は人々を分断する方向に作用するが、演劇における運動感覚の共有と情動の連鎖反応は、その分断を超えたつながりが可能であることを私たちに気づかせてくれるのかもしれない。

注

（1）例えば、Capece and Scorese を参照のこと。

（2）オンラインへの切り替えとその帰結については、Fuchs が詳しく論じている。

（3）二〇世紀末から二一世紀初頭にかけて、多くのアメリカ演劇作品において、コミュニティの崩壊と再生が主題として扱われ、その多くでニューヨークのマイノリティ社会と同地の演劇コミュニティが重なり合うものとして描かれていることも、おそらくこうした論点を補強するだろう。

（4）『エンジェルズ・イン・アメリカ』は第一部『至福千年紀が近づく』と第二部『ペレストロイカ』からなる長編劇で、第一部・第二部通してのブロードウェイ初演は一九九二年一一月。『ペレストロイカ』についてはそれ以後繰り返し改稿がなされており、再演ごとにバージョンが異なる。今回は二〇一七年に出版された戯曲を参照している。初演から二〇年以上を経過しても『ペレストロイカ』の書き直しが継続していたという事実は、エイズ禍とそれが浮き彫りにしたアメリカの社会的・政治的病根が、現在にいたるまで解決されないアメリカの「国家的テーマ」であり続けていることを示唆する。

（5）ACT UPはAIDS Coalition to Unleash Power の略称であり、その名のとおり、エイズ対策におけるアメリカ合衆国政府の無理解や無関心への異議申し立てと、有効な対策の実現を推進する団体である。エイズ演劇の代表的劇作家ラリー・クレイマーが創設に関わった。

（6）クシュナーも自身の劇作におけるキャンプの重要性に言及している。

仰々しさ（Pretentiousness）とはキャンプであり、ドラァグであり、それゆえ演劇と相性がよくステージ映えするのだろう。［……］［大きな理論や物語の導きを失った現代でも］そのように壮大な物語を語りうるというふりをする（pretending）ことで、私たちは全体像、理論、大それた考えが今もなお絶対に必要であり不可欠であることを確認する。現実に変化が起こるまでは、そのような思い上がり（Pretense）だけでよしとするしかない。（クシュナー一九九五　六七）

（7）

本文中の引用でもpretentiousという語が用いられているが、これには「気取った」とか「大げさな」という意味と、何かを信じている「ふりをしている」という意味がある。演劇における過剰な演技は前者の意味でpretentiousだが、不可能なことを可能だと信じて無謀な挑戦をするのは後者の意味でpretentiousである。そして演劇作品としての『エンジェルズ』は、その表現形式（ゲイ・ファンタジア）とテーマ（国家的規模の問題に対峙する）の両方において、それぞれにpretentiousであると言える。そもそも、作中では「そんなものは存在しない」とされる「アメリカの天使たち」を、演劇的創造物として舞台上に現前させるという点でも、『エンジェルズ』を形容する言葉としてpretentiousほど適切なものはないだろう。

『エンジェルズ』の巻末に掲載された上演に関する覚書には、天使の登場シーンの神聖で荘厳な雰囲気を損なわないように細心の注意を払わなければならないとの指示がある一方で、天使を吊るすワイヤーは観客に見えても構わないし、むしろ見えるほうがよいとも記されている（『エンジェルズ』三一一―一三）。天使の登場は「魔法のような時間」であり、それは「素晴らしい演劇的イリュージョン」として示されなければならないとクシュナーは述べているが、これをどう実現するかは演出家の頭を悩ませるところであるに違いない。これは真剣に受け止めるべき出来事だと観客に思わせつつ、よくできたスペクタクル・ショーとして楽しませるようにもしなければならず、こうした細かい演出上の工夫におけるアンビヴァレンスもまた、『エンジェルズ』における相互のつながりの奇妙さを示していると言える。

引用文献

Black, Cheryl and Sharon Friedman. *Modern American Drama: Playwriting in the 1990s. Voices, Documents, New Interpretations*. Bloomsbury, 2018.

Butler, Judith. *Motes Toward a Performative Theory of Assembly*. Harvard UP, 2015.

Capece, Kendra Claire and Patrick Scorese. "Preface." Kendra Claire Capece and Patrick Scorese. Eds. *Pandemic Performance: Resilience, Liveness, and Protest in Quarantine Times*. Routledge, 2022. x-xii.

Cunningham, Michael. "Thinking about Fabulousness." Robert Vorlicky. Ed. *Tony Kushner in Conversation*. The U of Michigan P, 1998. 62-76.

Eigo, Jim. "The City as Body Politic / The Body as City unto Itself." Benjamin Shepard and Ronald Hayduk. Eds. *From ACT UP to the WTO: Urban Protest and Community Building in the Era of Globalization*. Verso, 2002. 178-96.

Fisher, James. *The Theater of Tony Kushner: Living Past Hope*. Routledge, 2002.

Fuchs, Barbara. *Theater of Lockdown: Digital and Distanced Performance in a Time of Pandemic*. Methuen Drama, 2022.

Graeber, David. *The Democracy Project: A History. A Crisis. A Movement*. Penguin, 2013.

Harris, William. "The Road to Optimism." Robert Vorlicky. Ed. *Tony Kushner in Conversation*. The U of Michigan P, 1998. 148-51.

Harvie, Jen. *Theatre & the City*. Palgrave Macmillan, 2009.

Honigsbaum, Mark. *The Pandemic Century: One Hundred Years of Panic, Hysteria, and Hubris*. (*With a New Chapter and Updated Epilogue on Coronavirus*.) W. W. Norton & Company, 2020.（マーク・ホニグスバウム『パンデミックの世紀——感染症はいかに「人類の脅威」になったか』鍛原多恵子訳、ＮＨＫ出版、二〇二一年）

Jonas, Susan. "Tony Kushner's *Angels.*" Robert Vorlicky. Ed. *Tony Kushner in Conversation.* The U of Michigan P, 1998. 157-69.

Jones, Chris. *Rise Up! Broadway and American Society from* Angels in America *to* Hamilton. Methuen Drama, 2019.

Kruse, Kevin M. and Julian E. Zelizer. *Fault Lines: A History of the United States Since 1974.* W. W. Norton & Company, 2019.

Kushner, Tony. *Angels in America: A Gay Fantasia on National Themes. Part One: Millennium Approaches. Part Two: Perestroika.* Nick Hern Books, 2017.

———. *Thinking About the Longstanding Problems of Virtue and Happiness: Essays, A Play, Two Poems and a Prayer.* Theatre Communications Group, 1995.

O'Brien, Gerald V. *Contagion and the National Body: The Organism Metaphor in American Thought.* Routledge, 2018.

Román, David. "November 1, 1992: AIDS/ *Angels in America.*" Deborah R. Geis and Steven F. Kruger. Eds. *Approaching the Millennium: Essays on* Angels in America. The U of Michigan P, 1997. 40-55.

———. "'It's My Party and I'll Die If I Want To!': Gay Men, AIDS, and the Circulation of Camp in U.S. Theater." David Bergman. Ed. *Camp Grounds: Style and Homosexuality.* U of Massachusetts P, 1993. 206-33.

Savran, David. "Ambivalence, Utopia, and a Queer Sort of Materialism: How *Angels in America* Reconstructs the Nation." Deborah R. Geis and Steven F. Kruger. Eds. *Approaching the Millennium: Essays on* Angels in America. The U of Michigan P, 1997. 13-39.

Sontag, Susan. *Illness as Metaphor and AIDS and Its Metaphors.* Penguin, 1991.

Sturken, Marita. *Tangled Memories: The Vietnam War, the AIDS Epidemic, and the Politics of Remembering.* U of California P,

1997.（マリタ・スターケン『アメリカという記憶――ベトナム戦争、エイズ、記念碑的表象』岩崎稔、杉山茂、千田有紀、高橋明史、平山陽洋訳、未來社、二〇〇四年）
Vorlicky, Robert. "Introduction: 'Two Not One.'" Robert Vorlicky. Ed. *Tony Kushner in Conversation.* The U of Michigan P, 1998. 1-10.
Wilmer, S. E. *Theatre, Society and the Nation: Staging American Identities.* Cambridge UP, 2002.
柄谷行人『意味という病』講談社、一九八九年。
西谷修『アメリカ　異形の制度空間』講談社、二〇一六年。
渡辺靖『アメリカン・デモクラシーの逆説』岩波書店、二〇一〇年。

連帯の諸相

――ドン・デリーロの『マオⅡ』におけるモノフォニーとポリフォニー

肥川絹代

時空間が圧縮されたニューヨーク

ドン・デリーロの小説『マオⅡ』が出版された一九九一年は、グローバリゼーションが叫ばれていた時代である。中でも、ニューヨークは後期資本主義の中心として位置し、世界への絶大な影響力は誰もが認めるところである。その一方で　他国、他の地域からの文化等の流入も著しい都市でもあった。つまり、ニューヨークは「時空間が圧縮」（ハーヴェイ　一四七）されている時代を体現している街となっていた。様々な地域と接続し、多種多彩な文化がニューヨークという都市空間に伝播していた。

『マオⅡ』では、そのような多様な文化が包摂されたニューヨークの場面から始まっている。プロローグを飾っているのは、ニューヨークのヤンキースタジアムで行われた韓国の文鮮明によって創設された統一教会の結婚式であり、第一部で描かれているアンディ・ウォーホルの作品展が開かれていたのもニューヨークである。そしてそそり立つ摩天楼、きらめくグローバル企業の広告で眩暈がしそうな資本主義の街ニューヨークの一角の高層ビルに身元不明の老人が紛れ込むと、警備員がまるで異物の如く排除する街でもある。このような都市から始まる本作品は人と人との絆や連帯をどう描き出しているのであろうか。

本稿では、まず『マオⅡ』の表紙を飾るアンディ・ウォーホルの「毛沢東」シリーズやメディア（テレビや写真）を通して、ニューヨークに伝播される全体主義と連帯の関係を明らかにし、次に一世を風靡しながら隠遁生活を送っている作家で、本作品の主人公であるビル・グレイの死へ向かう足跡を辿り、最後にニューヨークで行われている統一教会の合同結婚式とベイルートの民衆の結婚式の意味するものを探りながら、『マオⅡ』が描いている連帯の可能性を論じる。尚、本稿では、連帯の定義をコミュニティにおけるつながりや心理的、精神的な一

体感も含めることとする。(1)

1　アンディ・ウォーホルの反復と差異に見る全体主義国家と民衆の連帯の変容

まず始めに、本作品の表紙を飾っている毛沢東をモデルにしたアンディ・ウォーホルが製作した一連の「毛沢東」というシルクスクリーンの作品に注目したい。表紙は、このデリーロの小説『マオII』理解への鍵を呈しているように思えるからである。そもそもこの作品のタイトルからして、『マオII』つまり、毛沢東IIである。このウォーホルの作品は、何を読者に示唆しているのだろうか？ そこで、まずウォーホルの評価について紹介したい。一般的には、ウォーホルの作品は浅薄な消費文化の象徴といわれている。ウォーホル自身も「私は機械になりたい」(スウェンソン　七四八)と述べ、この虚無的な消費文化のイコンを機械的に複製増殖した作品を制作しているように言われている。果たして本当に彼の作品は薄っぺらいものなのであろうか。じっと彼の作品の前に佇み目を凝らすと、そこには「多様性そのものがひらめく」と論じたのは、ミシェル・フーコーであった(一八九)。ウォーホルの有名な「スープ缶」についても、フーコーは続けて「突然、それまであたりを覆っていた等価的惰性を背景として、出来事が縞模様のごとく闇を引き裂く。すると厚みのないあの缶詰、あの奇態な顔をめぐって、永遠の幻影がそれこそ自分自身だと口にする」（一八九）と語っている。ウォーホルの作品を評した「ウォーホル的なイマージュは、同一性に閉じ込められた単なる反復ではなく、微妙な色彩の変化や、印刷時の位置のずれといった、諸々の『差異』を伴っている。そのヴァリエーションのなかから発生するモアレのごとき強度は、印象派のモネが光の推移を定着しようとした、数十点にも及ぶルーアンの大聖堂の連作にすら通じるところがあるだろう」という下澤和義の説明には納得がいく（一九五）。

では次に、デリーロの『マオII』の表紙を飾るウォーホルの作品「毛沢東」シリーズが生み出す差異に何が示唆されているのか検証していきたい。シルクスクリーンに映し出される毛沢東の肖像画は反復によって製作されているにもかかわらず、その一枚一枚には差異が見られる。フーコーが言うように「多様性そのもの」（一八九）である。同時に、このウォーホルの「毛沢東」が全体主義を想起させることは、多くの批評家も指摘しているところである。先ほども述べたように、この時代、時空間が圧縮されているということであれば、この全体主義も当然のことながら、中国、ニューヨーク、中東へと様々な地域に伝播している。そしてそれぞれは全く同じではない。この違いをウォーホルの一連の「毛沢東」がその差異の中に捉えていると考えることも可能であろう。そして、その差異に更に目を凝らすと、毛沢東思想、ひいては毛沢東率いる文化大革命に見られる全体主義と民衆とのかかわり方のみならず、イランやテロ組織でのそれらのかかわり方の違いが、このウォーホルの微妙な差異に映し出されているようである。

まずは、『マオⅡ』で描かれているウォーホルの「毛沢東」シリーズと中国の全体主義国家における民衆の連帯とのつながりを見ていきたい。見開き扉を開くと、目に飛び込んでくるのは、天安門広場前を埋めた夥しい数の群衆である。ここで読者は、表紙の毛沢東のシルクスクリーンの肖像画と共に、毛沢東率いる国家を思い浮かべることとなる。本作品の早い段階で、ビルの秘書兼身の回りの世話を担っているスコットと、ウォーホルの作品との出会いが描かれている。スコットは、ビルから肖像写真撮影の依頼を受けた写真家のブリタ・ニルソンを迎えにニューヨークに出てきていたのだ。彼女に会う前に、近くで開催されていたウォーホルの作品展を訪れる。彼は「電気椅子」や「繰り返される車の衝突事故のニュース映像や映画スターたちの肖像」を過ぎ「群衆」および「毛沢東」の前に佇んで作品について思いを馳せている。(2)

彼［スコット］は、「群衆」という題のシルクスクリーンの前に立った。……巨大な人垣をなす群衆それ自身が、はかなくもメディアが映し出した何かの惨事によって引き裂けていくような気がした。さらに行くと彼は、毛沢東の肖像がところ狭しと並んだ展示室にようやく立った。フォトコピーされた毛、シルクスクリーンの毛、……。パンジーの紫色を帯びた主席の顔が、もとの写真からほとんど解き放たれて空間を漂っていた。歴史など無頓着といったところが気に入った。スコットは解放感を覚えた。（二一一）

この「群衆」は、第一部の扉の写真として挿入されている一九八九年に起こったイギリスのセフィールドでのフーリガンによる惨事を想起させる。圧死者を出すほどの惨事を引き起こした群衆（三三一―三四）である。そこを過ぎ、スコットは毛沢東の肖像に行き着く。群衆の叫びを吸収するのが毛沢東率いる全体主義という構図を呈しているかのようである。レバノンの首都ベイルートをアジトとしたテロ組織のスポークスマンであるジョージ・ハダットの言葉とも重なる。ジョージは毛沢東を称え、「抑圧された人々や唾棄された人々」が求めた「秩序」（二五九）をもたらすのが全体主義であるとビルに語っている。果たして、民衆は全体主義を求めているのであろうか。そして、スコットが感じた「解放感」とは何を暗示しているのだろうか。

一九六六年、毛沢東は民衆の心を捉えるため、『マオⅡ』で描写されているように、長期にわたり「何度でも死亡説が報じられ……消息不明となっていた」が、揚子江を泳いで、民衆に自分の健在をアピールした（一四〇）。一方、高嶋航の調査報告にも、毛沢東の揚子江での水泳時に、「毛主席万歳」の声が絶えず、民衆は「偉大な領袖（毛）の身体がこれほど健康であることを目にして……無限の喜びに満たされ」たという記事が提示されている（一五八）。この文化大革命は、毛沢東が大衆を巻き込んで、既成価値を変革するために行われたと多くの専門家が指摘している。[3] このくだりからは民衆の支持をとりつけた毛沢東、スコットがウォーホルの作品に感じた歴史から解き放たれた変革を進めた毛沢東の姿が浮かぶ。しかし、揚子江での水泳の二年前に発刊された『毛沢東語録』がこの時期には一般向けに出版され、民衆の洗脳が本格的に始まった時期であったことも忘れてはいけない。思想や言語の権力者による管理は全体主義体制の一つの特徴である。『マオⅡ』でも、ジョージはビルに『毛沢東語録』について次のように述べている。

貧しい人々だとか、若い人々とか、人民には何でも書き込むことができるのです。毛はそう言って、自ら書きまくりました。それで彼自身が大衆に書かれた中国の歴史となったわけです。その結果、彼の言葉は不滅のものとなり、人民すべてによって学習され暗唱されたのです。……毛を崇拝することは毛語録を崇拝することにほかなりません。それは統合を求める叫びであり、群衆の結束を求める呼びかけであるわけです。（一六一―一六二）

毛沢東は人民に自分の言葉を書きつけ、唱和させた。つまり意識を支配したと言ってもよいであろう。毛沢東は言語の持つ力を遺憾なく活用している。彼が自分の言葉の繰り返しを人民に課することによって、人民自身の言葉を奪い、彼らの意識にもぐりこみ支配している様が見て取れる。そして、もう一つ面白いのは「群衆の結束」つまり連帯を呼びかけている点である。しかしながら、ジョージのいう群衆は、毛沢東語録によって洗脳された民ではないだろうか。毛沢東を称えるジョージに、ビルは反論する。文化大革命で多くの殺戮が行われたことを指摘し、全体主義国家は「自分たちが真理だと思っていることが実現しないとなると」多くの人を殺戮し、その死体がいかに巧妙に隠蔽されたかと（一六三）。「小説ってものは民衆の叫びなんだ」（一五九）と民衆の声に耳を傾ける作家ビルに対し、民衆の声の封殺を平然と行っている全体主義国家との対立構図が浮かび上がる。

更に、全体主義国家が招いた民衆抑圧・殺戮といった惨事が世界を駆け巡る。スコットと共にビルの世話をしていたカレンは、ニューヨークのブリタの部屋で、小型テレビに放映されている天安門事件の映像に言葉を失う。

画面のはるか彼方に毛沢東の肖像が見える。……雨の中を行進する夥しい中国人の群れ。……人民服を着た一群の硬い表情の老人たちが映る。……隊列を組んで次から次へと駆け足で通り過ぎる兵士の群れと、彼らが構える暴動鎮圧用の銃の列を見て、カレンは睡眠術にでもかかったような気がした。やがて暗がりのなかで人々が総崩れとなって散ってゆく。……焼け焦げくすぶり続ける街頭の死体が映る。……だだっ広い広場になだれこんできた兵士の群れに蹴散らされる群衆。……北京の広大な広場と、風吹きすさぶニューヨークの街と、テレビのあるこのずんぐりした建物の内部空間が、彼女の中で眩暈を起こしかねないほど混ざり合う。（一七六―七七）

ニューヨークにある部屋と北京の天安門広場がテレビを通して接続され、まさに時空が圧縮されたような状況にカレンは眩暈を感じるほどであった。カレンの目には、人民服を着た軍による民衆の殺戮が映し出されている。中国政府が民衆に呼びかけた連帯はなんだったのだろうか。自分たちの意向に沿わない者たちの大虐殺、民衆の声の封殺が大々的に行われた事件であった。この天安門事件では、民衆は多くの血を流せども、言論・表現の自由を得ることはできなかった。このように、毛沢東の革命が新しい時代への変革を謳い民衆の支持を得ているという権力者側の言説や民衆の声の封殺を『マオⅡ』は抉り出している。

デリーロは天安門事件が勃発したその年、一九八九年に執り行われたイラン革命を成し遂げたアーヤトッラー・ルーホッラー・ホメイニの葬儀を作中に登場させることで、中国とは違った形の全体主義的国家を描き出している。イランの首都テヘランで行われたホメイニの葬儀の様子もまたテレビを介してニューヨークとテヘランを接続させ、カレンを通して読者に伝えられる。

ホメイニの死をそれ「テレビ」は伝えていた。……カメラは徐々に向きを変えていったが、悲嘆にくれる人々の群れのはるか端まで捉えることはできなかった。「号泣し口々に何か叫ぶ弔いの群衆」と、音声が伝えた。……三百万人とも目される群衆だ……生者たちは自分たちの父が死んだという事実を受け入れようとはしなかった。……彼らは死者を自

分たちの人の群れの中に、生者のうねりのなかに取り戻そうとしていた。（一八八一―九一）

自分たちの「父」と崇めたホメイニの死を受け入れられない民衆の半狂乱ぶりが伝えられている。王制の抑圧に辟易し、連帯を組んで抗っていた民衆を、ホメイニは逃亡先から支えて、イラン・イスラム共和国を樹立した。それゆえ、イラン国家は民衆の連帯により、民衆自身によって成就されたと言われている。葬儀中の悲しみに暮れる民衆の姿に、いかに彼らがイラン革命を成功に導いたホメイニを慕っているのか如実に見て取れる。しかし、イランは、樹立後、毛率いる中国と同じく、異論を唱える者の粛清、信仰や表現の自由等々が制約された全体主義的国家となったことは歴史を知っている読者には明らかである（ブリタニカ）。

二〇世紀後半の、テロ事件が世界中を震撼させていたこの時代、毛沢東やホメイニの存在は、ニューヨークをはじめ世界中に拡散していた。本作品でも、中国の毛沢東を崇め、全体主義思想をよしとするテロ組織が描かれている。しかし、このテロ組織の成りたちは中国の全体主義国家とは全く違うものである。その違いはどのように描写されているのであろうか。そして、そこには民衆の連帯は見られるのであろうか。まず、ベイルートのテロ組織のアジトへ向かう街並みの荒廃した無秩序な様子から見ていこう。「瓦礫」や「燃え尽きた車の残骸」や水が「壊れた水道管から噴き出」している有様である。「ホメイニのポスターに覆われた車」もそこここを走っている（二二八）。通りが肖像や映画のポスター、広告など多くのイメージに覆われている。更に写真家のブリタが雑誌の仕事で、このテロ組織の指導者アブ・ラシッドの肖像写真撮影に行く際の様子が次のように描写されている。

ここには「コークⅡ」という新しい清涼飲料水の広告が、セメントのブロック塀にべったりと何枚も張られている。こうした広告ビラは、この先に毛沢東主義を信奉する組織が存在することの先ぶれなんじゃないかしらと、突拍子もない考えが彼女に浮かぶ。というのも、広告の文字が鮮烈な赤色だったからだ。……こうしたビラは、警告し、脅迫し、自己批判を迫る中国の文化大革命のころの大きな壁新聞そっくりだわと、また別の突拍子もない考えがブリタに浮かぶ。（二三〇）

荒廃した街のそこここに毛沢東主義の存在を感じさせる。しかしながら、毛沢東やイラン革命の際の民衆の一体感を煽り、民衆を巻き込んで成立した国家とは違い、ラシッドが率いるテロ組織は、毛沢東の革命による全体主義国家を模倣したに過ぎない。そして西洋の文化の浸透に対し自分たちは「西洋の猿真似をしている」と認め、「テロこそわれらがわれらの人民に世界での居場所を与えるために利用してきたものだ」として、ラシッドはテロ行為を正当化している(二三五)。ジョージも、テロ行為こそが、「西洋が理解する唯一の言語」(一五七)であるとして、何の罪もない無名のスイスの詩人、ジャン・クロード・ジュリアンを人質として拘束し、その行為を正当化している。ジョージによると、この人質の解放はメディアあってのものだとビルに熱く語っている(一二九、一三七)。更に、毛沢東主席率いる革命こそが人民に「秩序」をもたらすとジョージはビルに全体主義の存在意義を強調しているのだが(一五八)、残念ながら、ここには、民衆の一体感を巻き込むという過程がない。毛沢東への崇拝はあるものの、常にメディアを意識した彼らの行動、ポスターだらけの街などすべてが虚構で成り立っているような組織の状況が見て取れる。

それに加え、ラシッドに仕えている若い少年たちの存在はかなり奇異なものである。ラシッドの通訳は次のように説明をする。

アブ・ラシッドのそばに仕える少年たちは、顔も持たなければ、言葉も持たない。彼らの容貌はみんな同じで、それは彼［ラシッド］の容貌なのだ。少年たちには自分自身の容貌

も声も必要ない。強力で偉大な存在にすべて差し出してしまうのだから。（二三四）

このように、ラシッドは自分の息子も含めた子供たちの表現の自由の抑圧どころか、すべてのアイデンティティを奪っている。毛沢東が実践した全体主義的手法を真似るが如く、自由及び表現・言語を統制して、存在そのものをラシッドと同化させ、全体主義的組織を形成している。しかし毛沢東の世界観を崇めるだけで、組織成立には民衆は一切関わっていないテロ組織である。

これまでみてきたように、『マオⅡ』の表紙を飾っているウォーホルの「毛沢東」シリーズに見られる差異と反復の中に、エクリチュールの戯れのように、全体主義の様々な変容を読み取ることができるのではないだろうか。その変容の中に、民衆を巻き込み民衆の連帯を煽った毛沢東率いる中国文化大革命が、民主化を求めた民衆への弾圧・抹殺という悲劇をもたらしたこと、そしてイランでは、民衆の連帯により革命を成し遂げたものの、ホメイニを中心とした国家体制による反対者への弾圧・粛清を招いたことを見てきた。ましてや、テロ組織に至っては、毛沢東の幻を追っているにしか過ぎないことも見てきた。更に、ジル・ドゥルーズが論じているように、「ポップ・アートというものは、複写、複写の複写などを極限まで押し進めると、それが反転してシミュラクルになる」（三八三）というのであれば、ポップ・アートの旗手ウォーホルの芸術も「単純な模倣ではなく、規範つまり特権的な地位という概念そのものを覆す行為」（八六）と言えるであろう。そうであれば、デリーロは本作の表紙のウォーホルのシルクスクリーンの一連の「毛沢東」によって、全体主義国家・組織の特権的な立場を覆しているとも言うこともできよう。

2　コミュニティからの逃走と作家の死

『マオⅡ』の主人公であるビルは、著名な作家であったが、今は世間から身を隠すように日々を送っていた。「何もしないで名声を得ている」（五二）状態であった。二三年前に執筆が終わったはずの作品を未だに手直しを続け出版にこぎつけていない中、作家としての孤独、苦しみを感じながら毎日を過ごしていた。しかし、ある日、意を決し肖像写真を撮ってもらうことにした。その後、テロリストに拘束されている名もなき詩人を救うため行き先も告げずに家を出たものの、最後は目的を果たせないまま人知れず死を迎えることとなる。このビルの足跡を、写真をはじめとしたメディアが示唆するもの、作家とテロの関係、そして彼の死の意味を中心に辿りながら、ビルが連帯をすり抜けていった軌跡を検証していきたい。

ビルの隠遁生活に変化が生じたのは、写真家ブリタに自分の肖像写真撮影を依頼したことに端を発する。それまでは、ビル、スコット、カレン三人の小さなコミュニティには、ビルの本の出版という共通の目的をもった者同士の連帯が見られた。では、肖像写真撮影はどんな変化をビルにもたらしたのであろうか。写真について、フレドリック・ジェイムソンは、ウォーホルの作品に触れながら、「黒と白の写真のネガには死を連想させる」（四八九）と述べている。では、この写真とビルの死はどのように関わっていくのであろうか。撮影中、ビルは「肖像写真ってものは、被写体が死んではじめて意味を持ち始めるんだ。……僕が死の中へ埋没すればするほど、僕の写真は、より力強さを増すことになる。だからこそ、写真撮影ってものは儀式ばったものになるのではないのかな、通夜みたいに」と述べている（四二）。ビルは毛沢東のように、再度蘇るというストーリーを念頭に置いた「シミュレートされた死」（一四〇）による「再神秘化を孕んだ儀式」（渡邉　二七二）を目論んでいたのかもしれない。しかしながら、人類の歴史に滔々と流れる儀式と死の物語りに違わず、このビルの肖像写真撮影が、彼の失踪および死への旅たちの儀式となったことは否めない。

ビルは、写真をはじめとするメディア文化全体についても言及している。写真を撮られることで自分自身がブリタの「素材」になったと嘆き、「自然はアウラに屈してしまったんだ」と言う（四三―四四）。自然がアウラに屈するとはどういうことであろうか。デリーロは、ブリジット・デサームのインタヴューに答えて、次のように述べている。

ベンヤミンは、絵が写真などによって再現されればされるほど、その作品の持つ「アウラ」が薄れていくことを指摘した。それは昔の話だ。今、私たちは、現実そのものが消費され、使い尽くされ、アウラしか残らないところにいるのではないか。私たちはある種のアウラの中で生きているが、現実は不思議なことに消えていっている。

消費文化、メディア文化を享受する人間の意識がアウラの中にあることを指摘している。デリーロの八番目の小説『ホワイト・ノイズ』（一九八五）でも、主人公ジャック・グラッドニーと同僚のマーレイ・ジェイ・シスキンドは「アメリカでもっとも写真に撮られた納屋」の前に立ちながらも、他者が写真に撮った納屋のイメージの「名もなきエネルギーの集積」が醸し出すアウラしかそこにはない、自分たちはもう「アウラの外には行けない」と嘆いている

（一二一―一二三）。現代人のどっぷりとアウラの世界に浸かっている様が描かれている。写真がアウラを放つのであれば、同じように『マオⅡ』で描かれている著名な作家でありながら、人目を避け隠遁生活を続けているビルの肖像写真は、尚更、神秘的なアウラを放つことになるのは明らかである。サリンジャーよろしく[4]メディアへの露出を避けてきたビルも写真というメディアを家に招き入れたことで、これまでの生活も大きく様変わりすることになった。

また、テレビニュース映像、特にテロ事件を扱っているニュース映像に対して、ビルは「黙示的な力を持ち始めるようになったことで、作家が消費されつつある」（七二）と憤慨している。人々に「かつて滋養をあたえてくれていた」小説、「ときには真実を開示してくれた」小説が、「破壊的ムードを醸し出」すニュースに取って代わられていることを指摘し、かつて世の中を形作っていくような影響力があった小説家に代わって、今やテロリストなどが引き起こした悲劇を扱ったニュースが世に蔓延っているという（七二）。「やつら［テロリスト］は人間の意識のなかにまで侵入してくるんだ。……テロやテロのニュースにも、テープレコーダーやカメラにも、ラジオやラジオの中に隠された爆弾なんかにもお手上げさ。災難を伝えるニュースこそが、人びとの必要としている唯一の物語なんだ。ニュースが暗くなればなるほど、物語の方は壮大になっていく」（四一）とビルは現状を憂いている。ここには、かつて作家が人々の意識を形成してきた世に代わり、テレビなどメディアが醸し出すアウラしか残っていない世を嘆く作家としてのビルの姿が見られる。

さて、肖像写真撮影で死を意識し、メディアの民衆への意識の侵入、特にメディアを利用するテロリストの所業に怒りさえ覚えたビルであるが、スコットとカレンと共に築いてきたコミュニティを行き先も告げることなく出たのはなぜであろうか。遅々として進まない原稿に苛立ち、孤独に苛まれ作家として行き詰った状態からの逃避であると指摘する批評家は多い。民衆の意識への小説の影響力の低下という危機的状態に作家として絶望を感じていたビルは、旧友チャーリー・エヴァーソンからの誘い――テロリストに拘束されている名もなき詩人の救出に一肌脱いでくれというもの――に渡りに船と乗ったのであろうか。しかしながら、それだけではないであろう。チャーリーの提案に、テロリスト対作家という対立軸が具象化されてビルの前に提示されたのではないだろうか。その背景に、作家サルマン・ラシュディの著書『悪魔の詩』(一九八八)がイスラムを冒涜したという理由で、イランの最高指導者ホメイニがラシュディに下した「死刑」宣告に対するデリーロの憤りを見ることができる。デリーロはインタヴューに答えて、『マオII』には「自己の擁護者としての作家と、それに脅かされる勢力との関連性」を描いていると語っている。更に「こうした全体主義の動きは、まさにラシュディが置かれているような状況の中で、その縮図を見ることができる。彼は人質なのである」と続けた（パッサーロ　八四）。デリーロはチャーリーに次のように語らせ、ビルを説得する。

作家が公の場で活動することがどんなに大切か示すようなことをしてもらいたい。……著名な小説家に、無名の詩人が味わっている苦渋を語ってもらいたいんだ。……今こそ君は行動を起こさなくちゃならないと思うんだ。いいかい、忘れないでくれよ。殺人集団に捕まっている無名の詩人のことを。（九九―一〇二）

そして、ビルはテロに人質となっている詩人ジャンの救出のため、民衆の言論を封殺するテロに対して「民衆の叫び」（一五九）に寄り添ってきた作家として、慣れ親しんだスコットとカレンと共に築き上げたコミュニティからあえて出てゆく。人質解放のためにテロ集団が出してきた条件は、ロンドンで記者会見を開き、テロ集団の存在を世界に認めさせることであった。「人質を取っていることが、やつらの唯一の存在証明ってわけだ」とチャーリーは吐き捨てるように言った（九八）。しかし、爆破による妨害によりその記者会見が中止されると、ビルは、メディアを通して人質救出という共通の目的をもって行動を共にしてきたチャーリーとの連帯を絶った。この行動は、明らかにメディアとの決別とも言えるであろう。そして、テロ集団からの人質救出のため、ジョージの仲介を頼りに、チャーリーに行き先も告げず、ビルは一人ギリシャの首都アテネに向かうことになる。

このビルの行為は、ビルが人質の詩人ジャンとのつながり、更には、言葉とのつながりをより深く求めた結果であろう。詩人は人質となることで、社会との接触を絶たれ、「周波数の中に失踪」（一一二）していた。ビルはそんなデータ化した詩人ジャンの詩を何度も読み、彼について書くことが、「何かについて深く考えるために彼［ビル］が知っている唯一の方法」であり、「言葉に導かれるまま……言葉を通して、彼［ジャン］の顔を手を思い浮かべること」にしたと、一方的ではあるが言葉による人質ジャンとのつながりを述べている（一六〇）。それに呼応するように、地下室に幽閉されている詩人も、書くことによって「もう一度蘇ることができる」と信じている（二〇四）。このジャンの言葉は、作品を読む限り、本当に彼の言葉であるのか、ビルによって綴られた言葉であるのかの判別はつきにくい。しかしながら、「いつも自分の書く文章のなかに僕自身を見てきた。……一語一語、僕は自分を認識していく」（四八）というビルの作家としての矜持と重なり響きあっていることは確かである。

メディアと決別し、アウラの外に出ることを選択したビルの人間としての存在が痛みを通して描かれていることも見逃してはならない。この身体の痛みと人間の存在についてはデリーロの他の多くの作品でも取り上げられている。例えば、『コズモポリス』（二〇〇七）は、マンハッタンを舞台にして、主人公の若き相場アナリストのエリック・パッカーが、不死を望んで、自分に関するデータを電子メディアにアップロードし、電脳空間で永久の命を得ようと試みるが、元従業員に銃で撃たれ、その痛みにより、生身の人間としての存在を再認識することになるというストーリーであり、人間としての存在に一石を投じている。『マオII』でも、ビルは、アテネに着いた時には持病の薬を切らし、更に追い打ちをかけるように、車に轢かれたにもかかわらず医者にも行かず、痛みに耐える。痛みは人間として現実に存在しているその証であるかのようである。

激しい痛みを抱えながら、人質救出のため、息も絶え絶えの状態でありながら、唯一つながりがあったジョージにも行き先を告げず、とっさにベイルートへ向かうフェリーに乗り込んだビルを待っていたのは死であった。まさに、ビルという作家の死である。この死は何を意味するのであろうか。様々な人たちとの連帯から外れ、行方不明の存在となっている彼の身元を唯一証明するパスポートまで、清掃員にはぎ取られ、身元不明の一塊の老人として船上で死を迎える。ロラン・バルトの説く「作家の死」を暗示していると言えるのかもしれない。これに関しては、多くの批評家が言及している。例えば、都甲幸治は、「バルトも想定しなかった……無名の身体」にこそ意味があると言う（一九七）。さらに続けて、デリーロはビルを「有名作家から無名の身体へと変貌」させたのであり、ビルのこのような死は「ポストモダニズム的な『作者の死』やそれに伴う記号の戯れとしての世界というナラティヴすら解体しようとしている」と論じている（一九七、二〇〇）。確かに、この死は都甲の論じるように「大儀のための犠牲」でも「苦悩のあまり自殺したわけ」でもなく、そういう意味では、ナラティブとしての成立は難しいかもしれない（一九七）。しかし、痛みに耐えながら死した作家ビルの身体が、読者の眼前に提示されるのである。そう考えると、屍となったビルの姿に、肖像写真を撮ってもらったビル、言葉を愛し、作家としてテロの身勝手な言い分に否を突きつけているビル、様々な人たちとの連帯に背を向け、メディアとの関わりも絶ったビル、更には、本作品の冒頭近くに登場したニューヨークの摩天楼から排除される自称作家の身元不明の老人が重なり、それぞれが読者の脳裏に次から次へと浮かび上がり、まさにバルトの言う「エクリチュール[5]」が戯れ、その戯れから読者は自分なりのテキストを織りなしていく（浅沼　六）と言っても過言ではないだろう。戯れから織りなされているナラティブが展開されているのではないだろうか。

ビルは様々な人々との関わりに背を向けながら、死を迎えた。本名を知っている人たちとの関わりを絶ち、結婚生活も破綻し、本を出版する目的、人質救出という目的を共にする人達との連帯をも、次々と絶っていく。誰ともつながりを失くしたビルは、作家としての存在も失い、エクリチュールの戯れを許す一体の身元不明の骸となった。

3　二つの結婚式

この作品の特徴の一つは、結婚式で始まり、結婚式で終わっていることである。プロローグの扉を飾っている統一教会の合同結婚式の整然と並んだ夥しい数の信者の写真がなければ、本作品の「意味がない」(九三) とデリーロはアダム・ベグリーのインタヴューに答えているほどである。これはこの作品の柱の一つなのである。エピローグでは砲弾が飛び交うベイルートでの結婚式がブリタの目を通して描かれている。この二つの結婚式を分析することにより、デリーロがこの作品に何を込めたのか探っていきたい。

まず、プロローグで表現・言語のみならずアイデンティティを奪われている統一教会の信者を描くことで、デリーロはこの集団の全体主義的な要素を描き出している。そこにあるのは、デリーロがインタヴューで述べているように、「個人としての死」(パッサーロ　八〇)、つまり自己「滅却」(一五)へと導かれている場面であろう。具体的に見ていこう。

ニューヨークのヤンキースタジアムの統一教会の合同結婚式に参加しているのは、まだビルと出会う前のカレンである。言語とアイデンティティがカレン達参加者から剥奪されていく様子が描かれている。この結婚式に参加している者たちは、みんな同じだと感じている。五十ヵ国から集まった若者たちは、「自我という言葉に対して免疫を」受け、禍や痛みを忘れ、自分が誰だか忘れている(八)。

師が唱和を先導する。万歳。増幅された師の声の残響にあわせて、祝福されたカップルたちはそろって唇を動かす。彼らの顔には、恍惚感と、崇拝するような痛みにも似た感覚がはっきりと浮かぶ。師こそ、あまたの災いを解きほぐし、再臨し給う主なのだ。……唱和する声には、その迫力ゆえに彼らに我を忘れさせる何かがあった。唱和しているという紛れもない事実と、それがもたらす一体感。……彼らは人間の声が持っている力を感じていた。一つのことばが繰り返され、それがいっそう深く彼らを揺り動かし、一つにまとめ上げるその力を信じていた。……彼らは唱和する。一つの言語と一つの言葉を求め、名前と

いうものが失われるときが来ることを願って。（一五―一六）

参加者は師の言葉に、魔法にでもかかったように、恍惚状態に置かれ自分を見失っている。まさに自己というものを消し去る儀式である。カレンは、神と崇める師と集っている他の新しい新郎新婦と一体感、強いつながりを感じたのであるが、この「師の声」が発する「一つの言葉」つまり、「モノフォニックな声(6)」による個人の支配は、他の全体主義組織と何ら変わらない。

また、この合同結婚式を特徴づけるものとして写真が大きな役割を果たしている。カレンは、数多くの観衆が自分たちの結婚式の様子をカメラで撮っているのに困惑を隠しきれない。

大勢の観衆が……カシャ、カシャとシャッターを切っていく。そう思うとカップルたちはいささか眩暈を覚える。自分たちが空間を伝ってどこかへ行ってしまうような気さえする。彼らはここにいるばかりでなく向こうにもいて、もうすでにアルバムやスライドプロジェクターの中に収まっているのだ。（一〇）

写真に収められることによって、現実から切り離されアウラと化すカップルたちの姿がここにみられる。

カレンの親は当然のこと、統一教会から娘を奪還し、日常生活が送れるように娘がカルトから受けた洗脳を解こうと試みている。教団による洗脳は解けたのだろうか。親が望んだ「逆洗脳」(都甲 一九五)プログラムから逃走したカレンは、教団に戻らずビルたちと共同生活を始めるのである。ビルが行方不明になると、自分も家を出て、ブリタの家の居候となり「さまざまな声となって……ニューヨークじゅうを駆け」めぐり(一七二)、「難民キャンプのような……強烈な存在感をもった」(一四九)公園で、神の存在を説いている。少しでも浮浪者の足しになればと、不用品を拾い集めては換金して、援助している。ここで面白いことは、統一教会の教祖のモノフォニックな声による自己の排除を強いられたカレンが、「さまざまな声となって」(一七二)公園の浮浪者たちに話しかけ、彼らに耳を傾けている不思議な存在となっていることである。そして公園に出かけては、「もうすぐ私たちはみんな、一つの家族になるのよ。待ちに待った日が来るんだから」(一九三)と布教を続けている。様々な声の持ち主のカレンの中では、家族というコミュニティはどんな形をしているのだろうか。個人の声が尊重される連帯が形成されるのであろうか。しかし、残念ながらカレンの頭の中では、「救世主の比類なき声が紛うことなく聞こえていた」（一九四）のである。モノフォニックな声が支配した教団の洗脳が解けていない。読者は洗脳の恐ろしさを改めて認識することになる。

そんなカレンが布教しているニューヨークでガス管の破裂が起こり、やじ馬たちが口々に叫んでいる——「ベイルート。ベイルート。これじゃまるでベイルートじゃないか」（一七三）。このニューヨークの混乱が、混乱の街の象徴となっているベイルートに接続する。人質をとっているラシッド率いるテロ組織のアジトがあるベイルート、砲弾が飛び交う街ベイルートで、ブリタは結婚式に遭遇する。年代物の戦車に率いられた結婚式である。

戦車が通りをこちら側に向かって進んでくると、何やら話し声が聞こえ、後ろから人々が歩いてくるのが見える。どうやら民間人のようだ。談笑をする彼らの身なりは整っている。大人が二十人ほどと、その半数ぐらいの子供たちからなる一団だ。……驚くべきことに、婚礼の行列が通過しているのだ。新郎新婦はシャンペングラスを掲げ、なかにはきらきらとシャワーのように火花を放つ花火を握っている女の子もいる。パステル調のタキシードを着こんだ婚礼の客が、長い煙草を吹かせながら、砲弾で空いた穴のまわりでダンスを披露しては子供たちを喜ばせている。……花嫁は誰にもまして溌溂とした様子で、みなもまた、超然として限界を乗り越え、ここにこうして自分たちがいることにさして驚いているようにも見えない。（二三九―四〇）

ブリタが「お幸せにね」、「乾杯」などとホテルの最上階のバルコニーから祝福すると、「戦車の砲塔が旋回しはじめ」応答している（二四〇）。みんなの笑顔、そして花婿もグラスを持ち上げ、見知らぬ者同士の交流が描かれている。このベイルートの結婚式にはいろいろな意味合いがある。まず、混沌としたベイルートであっても、テロが跋扈しているベイルートであっても民衆は、自分たちの言葉で、談笑する個人としての自由を謳歌し、結婚式を祝っている。ブリタとの笑顔の交流も暖かい。この結婚式を通して、戦禍にあっても彼らのコミュニティには、人と人とのつながり、連帯がある。そして、ブリタというコミュニティの外の人間とのつながりへと広がっていく情景が描かれている。この小さな町の小さなコミュニティ内の連帯が外へと伝播していく可能性を示唆していると言えよう。更に、もうひとつ指摘しておきたいことは、ブリタは写真家ではあるが、この結婚式はレンズを通してではなく、自分の目を通して楽しんでいる。それゆえに、写真を撮ることに付きまとう死のイメージはなく、また写真が醸し出すアウラもなく、現実に今、溌溂とした花嫁の姿、ここに参列している人たちの存在が強く前面に出されている。

統一教会の合同結婚式とは明らかに対照的である。教団の結婚式を制している師のモノフォニックな声とベイルートの結婚式で交わされる民衆のポリフォニックな声。ミハイル・バフチンのダイアローグ論の解釈を広げると、田島充士が論じるように「相手独自の再解釈を許さず、話者の発した声の通りに暗唱することを要求する」ものが「モノローグ」であり、一方「ポリフォニー」は「独立した意識を持つ話者が相互に新たな意味を見出す自由なダイアローグ」である（一一）(7)。そうであれば、この二つの結婚式は、権威者の発した声をそのまま唱和することを要求するモノローグと話者が自由に発話するポリフォニーの対比を具象化したものと言えるであろう。同じように、モノフォニックな声の支配と鮮やかに対照をなす三人の男の子のベイルートの塹壕でのほのぼのとした写真がエピローグの扉に掲載されている。ローラ・ベレットは、写真に写っているピースサインをしている二人の男の子、そして銃やフェンスにも顔を隠されることなくはっきり写っているもう一人の男の子に、「個人の復活への希望を感じる」（八〇二）と指摘している。ここに映っているのは、一人ではなく、三人であり、彼らの連帯も感じられる。デリーロのこの作品に込めた願いがエピローグの結婚式及び扉の写真に込められていると言えるのではないだろうか。

民衆の連帯――モノフォニーからポリフォニーへ

『マオⅡ』は表紙にウォーホルの作品「毛沢東」シリーズ、見開き扉には天安門に押し寄せた民衆の写真、プロローグの扉には、統一教会の合同結婚式の写真、第一部の扉には圧死者を多く出した事件の写真、そして第二部の扉には、ホメイニの写真が掲載されている。これらは、この作品の大きなテーマの一つである個人の声の封殺を表しているのは明らかである。そして、この脅威は未だに今日まで続いている。中国の文化大革命は大衆運動の盛り上がりを背景に進められたのであるが、異議を唱える者は容赦なく抹殺された。現政権でもその姿勢は変わらず、国内にとどまらず、他国への覇権行使をも厭わない姿勢を見せている。そして、二〇二二年八月には、ニューヨークで講演中にサルマン・ラシュディが襲撃された。イランのホメイニが一九八九年に出した死刑宣告を受けての凶行であった。イランは、民衆の連帯によって樹立した共和国ではあったものの、自国内の民衆に対する言論の自由の統制だけでなく、他国民への表現の自由を死をもって封殺しようとする姿勢を改めて世界中に知らしめた。そして、統一教会に関しては、二〇二二年七月、日本の元総理大臣安倍晋三が信徒の息子の凶弾に倒れたことにより、教団が、信徒を洗脳し、彼らのアイデンティティを奪っているその姿が浮き彫りにされている。統一教会もその英語名（Unification Church）が示しているように信徒たちと教団との連帯を掲げている。このように権力者が言うところの連帯は、あくまで自分たちに都合よく解釈した言葉であり、ここに見られるのは全体主義のモノフォニックな声が支配する姿であろう。あらためてデリーロの『マオⅡ』に今日性を認識することとなった。

そういった全体主義の言論の自由を封殺するものに対抗する旗頭として主人公ビル・グレイはこの『マオⅡ』を横断する。ビルはこの戦いはテロ対作家の「ゼロ・サムゲーム」（一五六）だと表現している。ビルはベイルートを本拠地としたラシッド率いるテロ組織のスポークスマン、ジョージと意見を戦わせた。モノフォニックな声で支配をしている組織の偉大さを説くジョージに対し、作家は民衆のポリフォニックな声に寄り添っていると主張するビル。そして、テロ組織による言論の封殺を具現化したような無名の詩人を人質にとる行為に憤慨し、ビルは人質の救出に向かった。死を暗示するかのような肖像写真を残し、ニューヨーク近郊で築いたスコットとカレンとの絆を断ち、更に、ロンドンでのメディアを通しての人質解放を目論んだチャーリーとも連絡を断ち、最後に唯一つながりを持ったのは、ロンドンからアテネに戻ったジョージであった。しかし、そこからも離れ、ベイルートへ向かう船上で命を落としたのであった。様々な人々との連帯を自ら絶ち続けたビルは、パスポートも盗まれ身元不明の亡骸と化した。更に、作者の死とエクリチュールの戯れの関係をこのテクストに埋めこみ読者に投げかけている。

全体主義が暗雲を垂れこめている社会、そしてそれに対抗する立場を取っていたビルの死によって、更に混迷を極めていくかに思える社会であるが、デリーロは救いを『マオⅡ』のエピローグで提示していることは第三章で論じた通りである。塹壕にいるにもかかわらず、三人の男の子の穏やかな笑顔が映し出されている扉写真には、希望を感じることができた。更に、統一教会の教団の師の言葉の唱和を通して、アイデンティティまで奪われてしまう合同結婚式と対をなす、ベイルートという戦禍の街での民衆の結婚式にみるポリフォニックな声の織りなす豊かな連帯の姿を見ることができた。これが、デリーロが『マオⅡ』で伝えたかったことであろうことは確かである。しかしながら、この小説は、この希望が戦時下でのかすかな希望であることを示すことを忘れていない。カメラを通さず、花嫁花婿に様々な言語で祝いの言葉を捧げているブリタが、目を遣った先に見たのは、煌々と光るカメラのフラッシュの閃光であった。『マオⅡ』の最後の一行「今一度、カメラに収められし、死せる街」(二四一)が意味しているものは何か。ベイルートが表象する後期資本主義社会を被う暗雲は晴れるのか、前途遼遠であるのか、その行く末をオープンエンディングとして、デリーロは読者に問うている。

作家であるビルの死により想起されたバルトが説く「作者の死」の如く、本作品はエクリチュールの戯れから読者が織りなすテキストとなっている。これまで見てきたように、ウォーホルの作品の差異と反復の中に、全体主義的統制のモノフォニーとそれに対抗する民衆のポリフォニーの構図、特権的立場の転覆の願いや、ベイルートでの希望の光と暗闇に光る死を内包したカメラの閃光など様々なエクリチュールが戯れ出し『マオⅡ』という物語を読者は楽しむことになる。

そして、本作品で描かれている後期資本主義時代の時空間が圧縮されたニューヨークと接続している都市を連帯を縦軸として再度俯瞰すると、民衆を巻き込んでの連帯の中に、それぞれの変容の過程が見られたが、ポリフォニックな声を持った民衆同士による連帯に、この混沌とした社会の一縷の望みとなり得る可能性が秘められていると言えるのではないだろうか。

注

（1） 社会学者赤坂尚樹や鈴木智之がそれぞれ論じている「紐帯」（人と人の結びつき）（一九〇）や「功利的・利

害的関係を超えた精神的・人格的関係の成立は、連帯的紐帯の重要な一要素であると言える」（七〇）という言説も踏まえている。

（2）Don DeLillo, *Mao II.*（New York: Penguin Books, 1991）. 二一. 本テキストからのすべての引用は、本文中の括弧内にページ数を示す。

（3）例えば、今野淳などはこの文革を大衆を動員して行われたとし（五六）、北村稔も「特権幹部の打破」などを目的とした「社会変革運動」（六三四、六三二、六四四）であるとした。

（4）デリーロは、サリンジャーが記者に不意打ちをかけられ撮られたギョッとするような写真と統一教会の合同結婚式の二枚の写真が『マオⅡ』執筆のインスピレーションを与えてくれたと述べている（パッサーロ八〇―八一）。

（5）浅沼は「エクリチュールを形成する『意味するもの』の戯れ、あるいはテキストを形成するエクリチュールの戯れは、それぞれ言語そのものやエクリチュールの内部にその原因をもつのであり、さらに言うならば、これらの戯れを戯れだし、その戯れから一つのテキストを織りなして行くのは、書き手ではなく読者にほかならない」（六）と論じている。

（6）ここでは、このように、集団や民衆を支配する「一つの言葉」（絶対的権威者の言葉）が単旋律のように集団を支配していることから、「モノフォニックな声」と呼ぶことにする。

（7）ミハイル・バフチンは、ドストエフスキーを「ポリフォニー小説の創造者」と評した。なぜなら、「自立しており融合していない複数の声や意識、すなわち十全な価値を持った声たちの真のポリフォニー」が長編小説の特徴だと述べている（一八―一九）。一方、彼は、これまでのドストエフスキーの作品の解釈がそれまでの既成概念に囚われ「モノローグ的」（二一）だと批判している。

引用文献

Barrett, Laura. "'Here But Also There': Subjectivity and Postmodern Space in *MAO II,*" *Modern Fiction Studies* 45, no. 3 (fall 1999).

Begley, Adam. "The Art of Fiction CXXXV: Don DeLillo." *Conversations with Don DeLillo*. Ed. Thomas DePietro . Jackson: UP of Mississippi, 2005.

Desalm, Brigitte. "Masses, Power and the Elegance of Sentences" (interview), Tr. Tilo Zimmermann, *Kölner Stadtanzeiger*, 27 October. 1992. Web. June 2005.

Deleuze, Gilles. *Difference and Repetition*. Trans. Paul Patton. Columbia UP, 1994.

DeLillo, Don. *Cosmopolis.* New York: Scribner, 2003.

———, *Mao II.* New York: Penguin Books, 1991.

———,*White Noise: Text and Criticism.* Ed. Mark Osteen. Middlesex: Penguin Books, 1998.

Foucault, Michel. *Language, Counter Memory, Practice*. Cornell UP, 1980.

Harvey, David. David Harvey, *The Condition of Postmodernity: An Enquiry into the Origins of Cultural Change.* Wiley–Blackwell, 1992.

Jameson, Fredric. "Postmodernism or the Cultural Logic of Late Capitalism." *Media and Cultural Studies: KeyWorks,* revised edition, Ed. Meenakshi Gigi Durham and Douglas M. Keller. Blackwell Publishing, 2006.

Osteen, Mark. *American Magic and Dread: Don DeLillo's Dialog with Culture*. Pennsylvania: Pennsylvania UP, 2000.

Passaro, Vince. "Dangerous Don DeLillo." *Conversations with Don DeLillo*. Ed. Thomas DePietro. UP of Mississippi, 2005.

Swenson, Gene. "7 Andy Warhol (1930-1987) Interview with Gene Swenson" *Art in Theory 1900-2000: An Anthology of*

Changing Ideas. Ed. Charles Harrison & Paul Wood. Malden, MA: Blackwell Publisher, 2003.

赤枝尚樹「都市は人間関係をどのように変えるのか――コミュニティ喪失論・存続論・変容論の対比から」『社会学評論』六二（二）、日本社会学会、二〇一一年。

浅沼圭司「作者、その生と死――ロラン・バルトの所説を巡って」『美學美術史論集』四（一）、成城大学、一九八四年。

北村稔「『文化大革命再考』序説」『立命館文學』立命館大学人文学会偏、二〇一〇年三月。

今野淳「文化大革命における政治と法」『中国21』二〇一八年三月。

下澤和義「類似と相似――フーコーとマグリット」『専修人文論集（専修大学文学部紀要）』第八〇巻、専修大学学会、二〇〇七年三月。本文中のフーコーの訳は本書に準拠した。なお、引用ページは原書に拠る。

鈴木智之「連帯概念と連帯的社会像――E・デュルケーム『社会分業論』の主題と論理構成をめぐって」『慶応義塾大学大学院社会学研究科紀要』第三〇号、一九九〇年。

高嶋航「文化大革命と毛沢東の水泳」『毛沢東に関する人文学的研究――京都大学人文科学研究所附属現代中国研究センター研究報告』京都大学人文科学研究所附属現代中国研究センター、二〇二〇年。

田島充士「異質さと向き合うためのダイアローグ――バフチン論からのメッセージ」『心理学ワールド　特集対話』日本心理学会編（六四）、二〇一四。

デリーロ、ドン『マオⅡ』渡辺克昭訳、本の友社、二〇〇〇年。本文中の訳は、ほぼ本書に準拠した。なお、引用ページは原書に拠る。

都甲幸治「テロリズム・カルト・文学」『アメリカ研究』二〇〇二巻三六号、二〇〇二年。

バフチン、ミハイル『ドストエフスキーの創作の問題――付――「より大胆に可能性を利用せよ」』桑野隆訳、平凡社、二〇一三年。

ブリタニカ「イラン革命」『ブリタニカ国際百科事典小項目電子辞書版』ブリタニカ・ジャパン、二〇一六年。

渡邉克昭「第一三章　内破する未来へようこそ」『楽園に死す』大阪大学出版社、二〇一六年。

「都市生活は街路生活」
——『ジャズ』における「シティ」と街路《ストリート》

銅堂恵美子

二〇世紀ハーレムと「シティ」

トニ・モリスンの第六作『ジャズ』（一九九二年）は、二〇世紀初頭のハーレム・ルネサンス期の大都市ニューヨークのハーレムを舞台とする。南部での貧困と暴力、喪失といった過酷な過去から逃れ、北部の都市で経済的自由と新たな自己を獲得して未来を確立しようとするヴァイオレットとジョーの経験は、「黒人の首都」（ジョンソン　三）と呼ばれ、未来を楽観視するムードであふれたハーレムを目指して大移動した当時の多くのアフリカ系アメリカ人の一つの典型と言えるだろう。しかしながら、『ジャズ』で「シティ（the City）」と呼ばれるモリスンのハーレムでは、南部の喪失の歴史が繰り返され、ジョーとヴァイオレットは都市への移動の際に南部ヴァージニア州で培った教えや生き方を失い、苦闘する。

『ジャズ』の「シティ」に関しては多くの批評家がその両義性を指摘している。パケ＝デイリス・アン＝マリーは、シティが「開かれていると同時に閉ざされた場」（二二）であると指摘し、マリア・バルショーはシティがユートピア的約束の地として力強く描かれる一方で、そこでの夢の失敗は不可避であると論じる（二）。ハーレムの中心である「レノックス街にいることとは、何ものにもかえがたい価値がある」[1]という感覚を住人に与える一方、シティの街路《ストリート》には、数々の誘惑や罠が待ち受けている。シティでヴァイオレットとジョーが生き抜くためには、都市を信用せず、現在と結びついた過去の中に自己を見出す必要があるが、祖先との繋がりが断たれた状態では困難を極める。

モリスンは都市論「都市の限界、村の価値」において、アフリカ系アメリカ人にとって文化的起源である南部の田舎から離れた都市では、黒人の孤立や文化的アイデンティティの喪失が誘発されると述べる。多くの二〇世紀の黒人作家にとって都市が住みよい空間になるためには、「善意的で、教訓的、そして守護的」存在である祖先の導きが必要であり、「祖先がそこにいるとき、近隣の絆がしっかりしている時、都市は健全で愛される」という（「都市の限界」三九）。大都市よりも「近隣（neighborhood）」（黒人のコミュニティを指してモリスンがしばしば使用する言葉）により関心を抱いているとモリスンが述べるように（「親密なもの」四七四）、『ジャズ』はシティという祖先の導きが失われた都市で「近隣」を見出す可能性を探っている。

『ジャズ』のシティにおいてコミュニティの存在を反映するのは街路《ストリート》である。モリスンはインタビューにおいて「どこであろうと、家の外で暮らしているほどには家の中にはいない（One lives, really, not so much in your house as you do outside of it）」（「親密なもの」四七四）と黒人の生活について述べるが、『ジャズ』においても「都市生活は街路《ストリート》生活（citylife is streetlife）」（一一九）となる。シティには、白人からの暴力の危険が至る所に存在するだけではなく、ジョーが愛人ドーカスをパーティで射殺し、ヴァイオレットが教会でドーカスの死体の顔を切りつけようとするように、室内においても黒人から黒人への暴力の危険が存在する。ヴァイオレットとジョーは避難所を求め、シティの街路を彷徨い歩き、また座り込む。

シティに関してはその危険性や限界の方に批評の注目が集中しているように思われるが、コミュニティの出現に繋がる交流や絆、そして連帯を紡ぎだす原動力は、シティの街路にこそ描き込まれているのではないだろうか。本論では、シティの街路で行われる営みに着目することで、シティが誘惑や罠で溢れた統制や規制の場であるだけでなく、様々な創造的営みが実践される空間として提示されていることを検証したい。その際、都市空間の起点を街路に置くミシェル・ド・セルトーの都市論に触れながら、『ジャズ』の危険に満ちた街路が親しみの持てる空間へと創り変えられる可能性を考察する。

1 「シティ」での移動と座り込み

『ジャズ』は一九二六年の「シティ」を舞台にして始まる。このシティがニューヨーク市マンハッタンのハーレムを指すことは明白である一方、小説の中でシティの場所が特定されることはない。ボルティモアやセントルイスといった場所が、人種的暴力と不安を想起させる場として名指しされる一方、シティの匿名性は小説中最後まで維持される。実を言えば、ハーレムという地名は行政上存在しておらず、そのため、地図の上でどこからどこまでがハーレムかと示すことは容易ではない（辻　二三九）。しかしながら、ハーレムの中心はレノックス・アヴェニュー（「マルコムX大通り」とも呼ばれる）とされ、特に一二五丁目から一四七丁目あたりが中心地と認識されている。ジョーとヴァイオレットが最終的に辿り着くのも、一四〇丁目より北のレノックス・アヴェニューである。

マンハッタンに到着してから二〇年の間に、二人はマンハッタン内を幾度も移動している。『ジャズ』における移動に関しては、南部から北部への大移動が注目されることが多いが、ジョーとヴァイオレットのマンハッタン内での移動の歴史が、マンハッタンにおける黒人居住地の変遷に呼応しているという点は注目に値する。「欠乏と暴力」（三三）から逃れてシティへと大移動を遂げたのち、ヴァイオレットとジョーは、「悪臭のするマルベリ通りとリトル・アフリカ」（一一七）から、「西五三丁目の肉を食うネズミの住処」（一一七）を経て、ハーレムへと移動を遂げる。彼らが最初に住んだエリアとされるマルベリ通りは、ローワー・マンハッタンに位置し、現在では「リトル・イタリー」と呼ばれるエリアに存在する。この通りは、一九世紀のストリート文学とも呼ばれる『向こう半分の人々の暮らし』（一八九〇年）において、ローワー・イーストサイドに住む最下層の人々の生活を報告した新聞記者のジェイコブ・リースがスラム街の中心地として指摘するエリアでもある。それは「マルベリ・ベンド」と呼ばれ、一八八二年だけで一五五人の幼児が死亡した悲惨な場所である。またこの地域は「ファイブ・ポインツ」という呼び名でも知られ、南北戦争以前はアフリカ系アメリカ人の多くが住んでいたという（サックス　五）。しかしその後、アイルランド系移民の侵入により、黒人はファイブ・ポインツを押し出される形でグリニッジ・ヴィレッジへと移動を強いられる。

ジョーとヴァイオレットが次に移動するリトル・アフリカは、グリニッジ・ヴィレッジの南側に存在した黒人居住地である。一八五〇年頃にはすでに「リトル・アフリカ」として知られており（警官の中には「クーン・タウン」と呼ぶ者もいた）、当時のリトル・アフリカは困窮し、不衛生な場所と認識されていた（サックス　七三）。特にミネッタレーンとミネッタ通りにはアフリカ系アメリカ人の居住者が密集していたが、リースはリトル・アフリカを豚にさえも適さない場所と表現している。しかしながら、このリトル・アフリカもイタリア系移民によって乗っ取られる形となり、黒人居住者は追い出され、さらに北のテンダーロイン地区へと移動する。

テンダーロイン地区と呼ばれるエリアは、東西は五番街から七番街まで、南北は二三丁目から四二丁目までとされていたが、急激な黒人人口の増加により、六〇丁目から六四丁目にまで広がりを見せたとされる。ジョーが「西五三丁目の肉を食うネズミの住処」（一二七）と呼ぶのもこのエリアである。テンダーロイン地区は、もともとはアイルランド系移民の居住地であったが、黒人移住者が急増したことで衝突が生じ、一九〇〇年にはアイルランド系白人と黒人の間で人種暴動が生じている。[2] その後、ハーレムが黒人居住者を受け入れるようになると、多くの黒人がハーレムへと北上することとなる。[3]

このように、マンハッタンへと到着した後、マルベリ通りからリトル・アフリカへ、そしてテンダーロインからハーレムへと北上するヴァイオレットとジョーの地理的移動の構図は、白人系移民によって追い出される形で北へ北へと追いやられてきたマンハッタン内の黒人居住地の移動の歴史を反映している。フィリップ・ペイジがアフリカ系アメリカ人にとっての移動が、中間航路以来、自由意思に基づくものではなく、「強制されたものである」（一）と指摘する通り、ジョーとヴァイオレットの南部から北部への大移動、そしてマンハッタン内での移動は、繰り返される喪失や排除による移動の歴史を物語っている。

こうした強制移動は「白人による暴力から安全な地域」（ダグラス　三一五）と呼ばれたはずのハーレムにおいても同様である。南部では、故郷であるヴィエナの町がKKKによって焼き消された際には、ジョーはどこにも行き場所がないままカウンティ内を「走り回り」、「歩いては働き、働いては歩いた」（一二六）。定住を試み、土地購入を決意した際には、「見たこともない書類」（一二六）を突き付けられて追放される。安寧の土地を求めて移動したはずのハーレムに到着後も、ヴァイオレットとジョーを待ち受けていたのは、肌の色の薄い黒人家主からの拒絶であり[4]、ジョーの土地所有の夢はここでも叶えられない（一二七）。

しかしながら、喪失や拒絶による移動の反復に対し、シティでは抵抗や交渉の余地が与えられている。『ジャズ』において南部及び北部で繰り返される「座り込み」は、追放や排除に対する拒絶と抵抗を示唆している。ヴァイオレットが「ころんだわけでも、押されたわけでもなく、ただ通りの真ん中に座り込んだ」時、警察官が彼女の前にやってくるが、彼女は移動することを拒絶し、「目をおおって横向きに寝る」（一七）。移動を拒絶するヴァイオレットに対し、「ああ、疲れているのよ。休ませておやり」（一七）と群衆が言い立てると、警察官は彼女を連行しない。このヴァイオレットの座り込み事件は、街路の秩序と規律の維持のためヴァイオレットを排除しようとする警察に対し、ハーレムの住民たちの異議申し立てが成立する場面である。また、アレクサンドラ・スミスが主張するように、街路を占拠するヴァイオレットの行為は、それを自分たちのものとして主張し、黒人の共同体的空間として「取り戻す（reclaim）」（一〇四）ための抵抗であると考えることもできる。ヴァイオレットは、強制移動を強いられてきた過去の歴史の繰り返しを拒絶するかのように、街路の真ん中に「ただ座る」

のである。劣悪な環境のテンダーロイン地区を抜け出し、アップタウンの広々としたアパートに住むためにも、ヴァイオレットは家主の戸口で座り込みを実施し、最終的に賃貸契約を勝ち取っている（二二三）。

『ジャズ』において「座る」行為は、追放や排除に対する拒絶と抵抗を示すと同時に、休息を可能とする私的空間および共同体的空間への欲望をも暗示している。障害を負った退役兵たちが通りの縁石をまるで高級家具であるかのようにして座る姿にも（一九六）、街路に追いやられた人々の私的空間への切望が見て取れる。ヴァージニア州でヴァイオレットの母ローズ・ディアに向けられた排除の力は最終的に彼女を死へと追いやるが、彼女は最後まで椅子に座り続ける。男たちがローズ・ディアの家の中へと侵入し、農具や家具など全てを「自分たちのもの」と主張して取り上げるとき、椅子に座っていたローズ・ディアは、まるで「猫をどかす」かのように男たちによって椅子から放り出されてしまう（九八）。椅子を傾けられても座り続けたローズ・ディアの抵抗は容易に制圧され、その後彼女は井戸に身投げして自殺する。ローズ・ディアの孤独な抵抗が失敗に終わる一方、ハーレムでヴァイオレットが「ただあなたの椅子に座りたいだけ」（八〇）と述べてアリス・マンフレッドの家を訪問するとき、アリスは拒絶しつつも最終的にはヴァイオレットを家に招き入れ、休息を与える。姪の葬儀に乱入し、その顔を切りつけようとしたヴァイオレットに対して、アリスは座る場所とお茶を提供し、さらには、みすぼらしいヴァイオレットの服の袖口を縫ってあげるように、二人の間には絆が構築される。室内のくつろげる空間、すなわち「ひとつの部屋や場所、あるいは家にいるという女性の強い意識」(「親密なもの」四七三)が存在する空間がここに成立している。

ファラ・グリフィンが指摘するように、特定の場所とコミュニティの重要性を訴えるモリスンが、ヴァイオレットとジョーの住む五階建てのビルに番地を与えていないことが、コミュニティ形成の難しさを示す鍵となっているとすれば(一八九)、「葉の茂った六〇フィートの高さの木」が並ぶ「静かな通り」(五六)に位置する「クリフトン・プレイス二二七番地」(六八)のアリスの住む自宅の地理的特定性は、コミュニティ形成の可能性を示唆していると言えるだろう。アリスの自宅の番地が明らかとなるのも、彼女が自宅でシビック・ドーターズの昼食会を主催し、全国黒人ビジネス連盟(NNBL)のために感謝祭の資金集めを計画しているときである(六九)。クリフトン・プレイス二二七番地は、コミュニティの活動の中心となり得る空間である。

南部での喪失や排除の歴史がシティ内でも繰り返される一方、シティでは抵抗が成就し得るのはなぜだろうか。次に、シティの持つ支配的側面と創造的側面を考察するため、都市空間を論じるミシェル・ド・セルトーの名高い『日常的実践のポイエティーク』(一九八〇年)における彼のマンハッタンの都市観を援用しつつ、モリスンがシティをどのような場所／空間として提示しているのかを考察する。

2 シティの空

『ジャズ』の描く「シティ」は、力強く、活力に満ち、情熱的で、魅力的な都市であると同時に、支配的で監視的になる。『ジャズ』において「シティに夢中だ」(七)と述べる語り手は、シティが人々を操作・支配する力を称え、「人はシティが敷いた道から外れることはできない」(一二〇)と述べる。語り手が「下の影の上で揺れている、まぶしい鋼鉄」や「川を縁取る緑色の細長い草地、教会の尖塔を眺め、アパートの建物のクリーム色がかった銅色のホールをのぞきこむ」とき、すなわち、シティを高所から下に一望して眺めるときには、「強くなる」と感じる(七)。「ドアに空けた穴」(二二〇)からは人びとの生活を監視し、彼らの行動を熟知していると己惚れる語り手は、都市を一望把握しているという知に酔いしれている。

ニューヨークでは一九二〇年代から建設ラッシュとなった高層ビルは、語り手に「大きな夢」（七）を見せる。この高層ビルから望む眺望について、セルトーは次のように述べる。

世界貿易センターの一一〇階からマンハッタンを見る。風に切れて流れてゆく靄の下、海に浮かぶ海、都市の島は、ウォール街の摩天楼をそびえたたせ、グリニッジで低く這い、ミッドタウンを上ったところでまた身を起こし、セントラル・パークでなだらかにのび、そして最後にハーレムの向こうにかすんでゆく。高くつきあげてくる垂直の波。……世界貿易センターの最上階にはこばれること、それは都市を支配する高みへとはこばれることだ。（二三二―三）

セルトーは続けて、都市を一望することを可能にするこの「高み」に登るとき、ひとは「世界を読み得る者」、「神のまなざしの持ち主」となると述べる（二三四）。「高み」から見下ろすマンハッタンは波が押しては寄せる「海」となり、下方の人の群れは動きを失い、都市の錯綜は均質化された「読みうるもの」（二三五）に変わる。セルトーはこうした都市を一望把握し、支配しているという高みからの視点の恍惚感と虚構性を鋭く指摘し、都市の営みはその下の街路で行われる人々の歩みによって実践されると主張する。
モリスンの『ジャズ』において、こうした「高み」からの視点は語り手により感嘆の的となる一方、その視点の信頼性は徹底的に揺るがされ、シティの情景は下の街路《ストリート》から仰ぎ見る形で映し出される。セルトーは、高みから見下ろしたマンハッタンを「海に浮かぶ海」と表すが、モリスンは下から見上げるシティの空を「大海」に模する。モリスンの描くシティの夜空は「大海より大海に似たもの」となり、上から下へと寄せては返し、返しては寄せて人々を魅了する。

シティが作り出す夜空にまさるものは何もない。それは表面からすべてをかき消し、大海より大海に似たものになり、星もなく、深く沈む。建物の最上階近くにも、かぶっている縁なし帽子より近いところにもある。そのような都会の空が寄せては返し、返しては寄せ、情事が発覚する前の恋人たちの、自由とはいえ不倫の愛をわたしに考えさせる。その空を、きらきら輝く都会の上を全速力で動いているこの夜空を眺めていると、わたしは大海の中にあるとわかっているもの、大海が養う入り江や支流の事を忘れることができる。泥の中に鼻面を突っ込んでいる墜落した二座席の飛行機。パイロットと乗客は、通り過ぎる青魚の群れを凝視し、キャンバス地のバッグに入った金は、びしょぬれで、塩辛くなり、それを永久に縛っておくために作られた金属のバンドから、紙幣の端が静かに揺れている。それらは水生甲虫や、ばたつくヒレから出るきらめく卵を食べる黄色い花と一緒に、親を選びそこなった子どもたちと一緒に、流行おくれの建物から覗いているイタリアのカララから切り出した石板と一緒に、底に沈んでいる。頭上には見えない星と競い合うほど美しいガラスでできた瓶もある。星が見えないのは、都会の空が隠しているからだ。（三二五）

セルトーの海が、下から上へと押し上げてくる波である一方、モリスンの描くシティの大海は、上から下へと押し寄せ、全てを覆いつくす。それは一見情熱的でロマンチックな存在として描出される一方、回避不可能な様子で空中から街路の歩行者の頭上へと降りかかり、海の藻屑と化した者たちや地上的価値を失った大金や大理石の存在を不可視にして、夢の崩壊を覆い隠す強大で幻惑的存在である。マルヴォンヌが盗み読みする手紙に登場するシティの海に「溺れかけている（drowning）」（四三）妻と子どもが、故郷バルバドスへ帰ると夫に告げる挿話にも描かれているように、モリスンがシティを描くとき、その眼差しの先にはシティの大海に飲み込まれて沈む者たち／沈みそうな者たちがいる。

しかしながら、モリスンのシティの空は、驚異的大海の姿に留まらず、変幻自在でもある。それは「その気になればコーラスガールのラメ入り衣装から切り取った星」(三六)を見せることもできる。さらには「オレンジ色の心臓」を維持しながら「紫色」になり、街頭をダンスホールのように照らすこともできるのだ(三六)。ロマンチックで享楽的、そして官能的にもなり得るシティの空は、「イロコイ族の一人と同じほど美しく」「誰にも注目されず」窓のそばを漂いすぎることもある(三六)。現在はニューヨーク州北部に住む先住民族イロコイ族は、植民地時代よりはるか以前からニューヨーク州に住み、アメリカ建国の理念形成にも影響を与えながらも、最終的には保留地へと追いやられた人々である。[5] シティの空が「イロコイ族のような空」(三八)になるとき、それは「誰にも気づかれない」一方、モリスンのシティの空は彼らの不動の存在を位置付けてもいるのだ。

モリスンの描くシティは、その空が表すように、様々な色で街路を彩る。それは大海のように街路を覆いつくして悪夢を押し包む一方で、街路をダンスホールのように照らし、欲望や情熱を駆り立てることも可能である。さらにその空は歴史の忘却を許さず、イロコイ族とその土地のつながりを物語る。このように変幻自在なシティの空が照らす街路で行われる人々の営みは、シティの支配と監視の対象となると同時に、シティが予想できない想定外の結果をもたらす。

3　街路《ストリート》を歩く

シティが人々の歩行の営みを規定しようと街路《ストリート》を罠や誘惑で満たすように、ヴァイオレットとジョーの歩みは、シティに完全に支配されているように見える。ローズ・ディアの自殺がヴァイオレットに与えた心の「ひび割れ」（二一二）は、シティでは街路の裂け目となって出現し、ヴァイオレットを躓かせる。まるで「過去は酷使されたレコードで、割れた傷のところで同じ音を繰り返すことしかできず、地上のどんな力も針のついたアームを持ち上げることはできない」（二二〇）かのように、ヴァイオレットはシティが準備した道筋の周りをぐるぐると回りながら通りの亀裂に躓き、過去のトラウマに苦しめられる。一方ジョーは、母であるワイルドから息子であるという「しるし」（一七八）を得られず、「心の中の虚無」（三七）に終始つきまとわれる。「鹿の目を持つワイルドの都会版」（ロドリゲス　一五六）であるドーカスの頬骨の下にある「蹄の跡」（一三〇）を夢中で追跡するとき、シティはジョーにとってある種の「エデン」（一三三）と化す。森の精通者ハンターズ・ハンター（ヘンリ・レストーリ）から南部で学んだ教え——「いたいけなものは決して殺すな、できることなら雌は殺すな……彼女［ワイルド］は獲物ではない」（一七五）——を忘れ、ジョーはシティ中を巡ってドーカスを尾け回し、最終的に彼女を殺害して彼の「楽園」から追放してしまう。

しかしながら、ジョーとヴァイオレットが過去のトラウマに引きずられながら、シティの罠や誘惑に陥ってしまう一方、彼らのもとを訪れるドーカスの友人フェリスの予測不能で即興的歩みは、シティの力とそれが与える「神」の視点に心酔する語り手に混乱をもたらす。フェリスがジョーとドーカスの住む建物の階段を上るとき、フェリスの歩行は語り手を「そわそわさせる」だけでなく、語り手は「ぶらぶら歩く彼女の姿を見ていると、自分に自信がなくなってくる」と述べる（一九八）。フェリスの予測不能な歩みは、「あらゆるもの、あらゆる人を注意深く見守り、彼らよりずっと前に、その計画や理由を予想する」（八）と自負していた語り手に、自己不信と混乱をもたらすのである。

セルトーは都市の日常生活の基本形態は、「高み」からは不可視である「下のほう」（down）（一二三六）で実践される人びとの足どりであると主張する。

人々の足どりは、どんなに一望監視的に組織された空間であろうと、その空間に細工をくわえ、その空間を相手にして戯れている。その身ぶりは、そうして組織化された空間に縁遠いものでもないし（どこかよそを通ってゆくのではないから）、といってそこに順応する身ぶりでもないのだ。……歩行の身ぶりはその空間に、何かの影と両義性をうみだしていく。（二五二）

『ジャズ』の語り手が述べるように、シティが誘惑や罠により人々の歩行を規定し、かれらの歩行の営みの意味を可能な限り支配しようとする一方、セルトーによれば、歩行者は即興で道筋をそらしたり、不意に立ち止まったりして都市の秩序に「なんらかの操作」（二五一）を加えることが可能だと言う。歩行者はこうした歩行の実践を日常的に行うことで、都市の持つ支配的側面へ加工を加えることが可能なのだ。フェリスの最初の予想外の訪問に加え、後日変心して参加する鯰の夕食のための訪問[6]が、ジョーとヴァイオレットの関係に変化をもたらすように、フェリスの気まぐれな歩行の実践は、シティの街路の秩序に細工を加えるのである。

小路の向こうの家でだれかがレコードをかけ、開いた窓を通して、音楽が漂ってきた。ミスター・トレイスはリズムに合わせて頭を動かし、奥さんも調子を取って、指を鳴らした。それから、彼の前でちょっとステップを踏み、彼はほほえんだわ。やがて、二人は踊り始めたの。老人たちが踊っているときみたいに、おかしかったわ。それで、本気で笑っちゃった。（二一四）

都市論の古典の一つである『アメリカの大都市の死と生』（一九六一年）において、ジェイン・ジェイコブズは都市論の起点を街路に置き、自身の住むマンハッタンのハドソン通りの歩行者の即興的動きや変化を「歩道のバレエ」と呼び、それが「どの場所でも決して繰り返されることはなく、そしてどの場所をとっても、常に新しい即興に満ちている」と述べる（五〇）。セルトーが都市空間と「戯れる」と表現する歩行の営みは、ジェイコブズによれば「踊り」なのであり、それは即興性と芸術性を備えたものである。フェリスによる想定外の歩みに混乱する『ジャズ』の語り手が、「彼らはわたしの体の上で踊ったり、歩いたりした。彼らは忙しかった。独創的で、複雑で、変わり得る人間だったので、忙しかった」（二二〇）と述べるとき、語り手はシティの街路と一体化し、歩行者の歩みは「踊り」となって罠や誘惑を仕掛けるシティの謀略に混乱と変化を生み出している。独自性と即興性を備えた歩行は、シティを一望把握しているという知に心酔していた語り手に、傲慢さを認識させると同時に、自分こそが人々によって監視され、操られていたのだと考えさせる。

彼らは、わたしがいかに当てにならないか、何もかもわかっているというわたしの自惚れが、自分の無力さを包み隠そうとするいかに貧しく、いかにみすぼらしい手段にすぎなかったか、を知っていたのだ。わたしが彼らの話をでっちあげている間――これは、とてもうまくいっているような気がした――わたしは完全に彼らの手中にあり、情け容赦なく彼らに操られていた。（二二〇）

モリスンは、こうした語り手の視点の揺らぎを描く事で、人々の歩行や動きを監視し、支配していると語り手が考えていたシティの力が、矛盾のない首尾一貫した力として存在するのではなく、常に独創性や即興性を伴う人々の歩行の営みと隣接関係にあり、それらが相互に作用し合うことを示唆している。(7) それを証するように、ジョーとヴァイオレットの関係に再生の兆しが見えた矢先、『ジャズ』において過去の「反復」を暗示する不吉なメタファーである「『鳥』や『レコード』が再び現れる」（鵜殿　二二二）。フェリスの歩行の営みが変化を生み出す一方、その変化は常にシティの力と隣り合わせであり、不安定なものなのだ。

フェリスの即興性を伴う独創的な歩行が個人の営みである一方、『ジャズ』には、集合的な歩行の実践も描かれている。一九一七年七月二八日に「黙せる黒人の男女」により「イースト・セントルイスで二百人が死んだことに対する怒りを表すため」に行われた集合的歩行は、より大きな社会的変化をもたらしている（五六―七）。

ねとねとして明るい典型的な夏の天候のなかで、アリス・マンフレッドは五番街に三時間立ち、冷たい黒い顔に感嘆しながら、優雅な女たちや行進している男たちが口に出せないことを語るドラムの音に耳を傾けていた。口に出せることは、すでに横断幕に染め抜かれている。横断幕は独立宣言から取った二つの約束を繰り返し、旗手の頭の上ではためいていた。しかし、本当に言いたいことはドラムが述べていた。それは一九一七年の七月で、美しい人々の顔は冷たく、静かで、ドラムが作りあげた空間へゆっくり入ろうとしていた。（五三）

全米黒人地位向上協会（ＮＡＡＣＰ）による計画のもと、全身白い服をまとった子供と女性、そして黒いスーツを着た男性参加者が、ドラムの音と共に五番街の五九丁目から三六ブロック南のマディソン・スクエアまで沈黙を守り続けて練り歩いたこの抗議デモは、マンハッタンで行われた黒人による初の大規模デモ行進として全米の関心を集めた。ドレスコードを指定し、行進の規律を維持するため元陸軍大尉を参加させて行われた一〇、〇〇〇人による行進は、五番街を「劇場」（ダグラス　三二八）に変えた。

ハーレム・ルネサンスの出発点ともいわれるこの行進は、サイレント・プロテスト・パレードと呼ばれ、警察を含めた二〇、〇〇〇人が見物したと言われている（キーン　七〇八）。その見物人の一人であるアリスによれば、そもそも五番街は「畳んだドル紙幣を掌からのぞかせる」（五四）白人の男性が、彼女を「品物」（五四）のように扱い、ティファニー店では黒人客が拒否されるような（二〇二）、黒人にとって「いちばん怖いところ」（五四）である。「一一〇丁目より南にはどこも安全なところはない」とアリスが考えるように、五番街に加えて「一一番街や、三番街、パーク・アヴェニュー」は、排除や搾取の危険性に満ちた場所として黒人の歩行の営みを制限する（五四）。しかしながら、「縁石から縁石まで広がる冷たい黒い顔の人々の波」（五四）となって五番街を埋め尽くす行進は、「いちばん恐ろしいところ」であった五番街を異なる空間へと変え、アリスの恐怖心を取り除くのである。

セルトーは「場所」と「空間」を区別し、「場所」を「もろもろの要素が並列的に配置されている秩序（秩序のいかんをとわず）のこと」（二八三）と定義する。すなわちそれは、支配と管理が可能なうえに、「その場所に入るには選抜が行われるような特権的場」（森　七六）である。一方、「空間」とは「動くものの交錯するところ」であり、「そこで繰り広げられる運動によって活気づけられる」「実践された場所」（セルトー　二八四）である。すなわち、都市の街路は歩く者たちの実践によって場所から空間に変わり得るのであり、サイレント・プロテスト・パレードの集合的歩行の実践は、五番街という特権的場所を、黒人の連帯が可能な空間へと創り変えるのである。

この空間創造のために欠かせない存在としてモリスンが強調するのが、一〇、〇〇〇人による街路の占拠や彼らが掲げたプラカードといった視覚的影響ではなく、「口にしたくても言葉にする自信のない事柄」（五四）を代弁するドラムの音である。[8] 当時配布されたパンフレットには[9]、行進の目的を宣言する七つの文章が記載されているが、その最後を飾る文章は黒人の連帯と団結を訴えるものである。

我々は行進する。なぜなら悲しみと差別と相まって高まる意識と人種的連帯が我々を一つにしたからだ。そしてそれは決して揺らぐことのない団結なのだ……

We march because the growing consciousness and solidarity of race, coupled with sorrow and discrimination, have made us one, a union that may never be dissolved.....

このパンフレットを読んだアリスは、その内容に共感することができず驚愕していたものの、ドラムの音が聞こえてきた途端にその内容を理解し、イースト・セントルイスの暴動の犠牲者とその場にいる人々皆と一体感を感じる――「ドラムがその距離を埋め、すべてのものをまとめて、繋ぎ合わせた。アリス、ドーカス、彼女の妹と義理の弟、ボーイスカウトと凍りついた黒い顔、歩道の上の見物人と頭上の窓際の人々を」（五八）。このドラムの音は、アリスにとって「頼もしいほど丈夫」で「しっかりした」綱となる（五七）。またこのドラムの音が、これまで彼女が「低俗な音楽」（五七）として忌み嫌っていたジャズ音楽と切り離すことが不可能な存在であると彼女は気づく。「説教や社説」から学んだように、ジャズ音楽が欲望や怒りを刺激する「有害で恥ずかしい」「ただの黒人の音楽」とは言い切れない、それ以上の複雑な怒りを表現し得るものであることをアリスは理解するのである（五九）。

『ジャズ』において、ジャズ音楽は「コミュニティの創造に対する小説の責任《コミットメント》を示すメタファー」(グレウォル 一二八)であり、黒人の連帯を可能にする役割を果たしている。(10) 歌手のニーナ・シモンはジャズが単なる音楽ではなく、「生き方であり、在り方、そして考え方」そのものであると同時に、それがアフリカ系アメリカ人そのものを定義づけると述べるが(テイラー 一五六)、このジャズ音楽を特徴づけるのが即興性《インプロビゼーション》である。ジャズ音楽の即興性は、演奏者の感性に依存して瞬間的に創造されるものであるが、この即興性が機能するために必要なのが、ビートの反復である(スニード 六八)。『ジャズ』では、壊れたレコードに例えられる喪失の歴史はリプレイされ、反復されるものの、ジャズ音楽の即興性は反復を阻み、変化や独創性をもたらす。反復しかできないレコードではなく、即興性に満ちたドラムの生演奏は、街路や部屋の中にまで浸透し、それを聞く者たちを「まとめる綱(gathering rope)」(五八)となるのだ。

「シティ」の創造という作業

フェリスの独自性に基づく即興的歩行の実践がジョーとヴァイオレットの生活に変化をもた

らしたように、サイレント・プロテスト・パレードのドラムの芸術性と即興性は支配的場所を創造的空間へと創り変える。こうした空間では、既存の秩序が揺らぎ、連帯やコミュニティ形成の可能性が生まれる。しかしながら、創造された空間は永続的に存在するのではなく、作られては消えてゆく不安定なものでもある。大恐慌の影響もあり、ハーレムは三〇年代には衰退し始める。低賃金のまま家賃が上がり、その後、病気や犯罪などの問題が日常的な問題となり、黒人の理想的なコミュニティは加速的に衰退してしまう。

モリスンは、完成された永続的「シティ」の姿を提示することよりも、シティの絶え間ない作り直しの方に強い関心を寄せているように思われる。シティの場所が最後まで特定されないことは、それが空間として再創造の余地を与えられているからだと考えることもできる。連帯の感覚を作り上げる作業が継続して実践される必要があるように、シティにおいて歴史が共有される親近感のある「近隣」を創造するためには、即興性や芸術性に富んだ作業の持続的実践が必要なのだ。

＊本研究は JSPS 科研費 JP20K12974の助成を受けたものである。

注

（1）Morrison, Toni. *Jazz.* Vintage International, 1992, p. 10. これ以降この作品からの引用は本文中に頁数のみを記す。訳語は大社淑子訳『ジャズ』（早川書房）を参考にさせて頂いた。

（2）アーサー・J・ハリス（Arthur J. Harris）という黒人男性が、ロバート・J・ソープ（Robert J. Thorpe）という白人警官を殺してしまったことが発端となる。ハリスはソープが警官であると気付かず、恋人であるメイ・イーノック（May Enoch）を娼婦と勘違いして掴んでいるソープをナイフで切りつけ殺害してしまった。

（3）ハーレムの発展は、一九〇〇年の地下鉄線建設発表により不動産ブームが生じた際、黒人不動産業者であるフィリップ・ペイトンが空きアパートを黒人に貸したことがきっかけに始まる。一九世紀半ばより以前にアメリカに移住したイギリス、アイルランド、ドイツなどの、アメリカ生まれの白人の住宅地であったハーレムに黒人の居住が可能となると、すぐに黒人教会であるアビシニアンバプティスト教会ができ、ハーレムが黒人の居住地として定着することとなる（荒　二〇六）。

（4）ニューヨーク市において最も不正な家賃交渉を課せられたのは有色人種の人々であり、高い家賃のため過密居住となったハーレムの建物の多くは、一九二〇年代にはテネメントになってしまっていたという（キング　九七）。

（5）一三植民地の連合の際にはイロコイ連邦が模範とされ、またその民主原理は生命と自由と幸福などの合衆国憲法の理念の形成に影響を与えた。しかしながらイギリス側についたほとんどのイロコイ族は、独立戦争後の一八世紀後半に不利な条約を結び、ニューヨーク州の領土をほとんど失い、小さな保留地に分散居住することとなった（ウォレス　一七九）。

（6）ヴァイオレットが金曜の夕食に招待した際、「ええ、もちろん」と答えながらも、「でも、行くつもりはなかった」と考えるフェリスは、その後結局夕食に参加している（二一〇—一一）。

（7）すでに多くの批評家によって指摘されている通り、モリスンは語り手を『ナグ・ハマディ古写本』の「雷鳴、完璧な智」、つまり全知全能の強い神のイメージに重ねている。加えて、藤平はモリスンが語り手を「アフリカ系アメリカ文化の主要な担い手であるジャズ音楽の作曲家そして演奏者にも重ねて、崇高な知性をもちつつ庶民的な愛の対話を願望する存在に仕立て上げている」（二八九）と主張する。

（8）『ジャズ』では数々の人種的暴力事件についての言及はあるがその詳細は省略され、それに対する直接的嘆きの言葉は語られない。例えばジョーは、一九一七年の夏、白人男性にパイプで頭を殴られ、死にかけるも、それについて嘆くことも文句を言うこともない（一二八）。ロッキー・マウントで四日間にわたり首吊りが続いたときも、コーラス団の若いテノール歌手が切断されて丸太に縛り付けられたときも、同様である（一〇二）。こうした言葉にならない悲痛を表現できるのがジャズ音楽である。

（9）実際に配布されたパンフレットのデジタル資料は次を参照。——Schomburg Center for Research in Black Culture, Manuscripts, Archives and Rare Books Division, The New York Public Library. "Account of Silent Protest Parade in New York Against Last St Louis Riot." *The New York Public Library Digital Collections.* 1939. https://digitalcollections.nypl.org/items/ead02d30-6c5e-0133-444a-00505686d14e

（10）ジャズ音楽の重要性については数多くの批評家が論じている。ユーセビオ・ロドリゲスによる詳細な分析を筆頭に、『ジャズ』の章立てされない小説構造や語り手の存在が、ジャズ音楽の特徴を示していることが指摘されてきた。ナンシー・ピーターソンはジャズ音楽の手法、すなわち、間違いを犯しながらも、それによって新たな領域へと向かう可能性を秘めた即興性を伴うジャズ音楽が、語り手の存在と呼応していると主張する（ピーターソン　二〇一一—二四）。

引用文献

Balshaw, Maria. *Looking for Harlem: Urban Aesthetics in African-American Literature*. Pluto Press, 2000.

Douglas, Anne. *Terrible Honesty: Mongrel Manhattan in the 1920s*. Farrar Straus & Giroux, 1995.

Grewal, Gurleen. *Circles of Sorrow, Lines of Struggle: The Novels of Toni Morrison*. Louisiana State UP, 1998.

Griffin, Farah Jasmine. "*Who Set You Flowin'?*": *The African-American Migration Narrative*. Oxford UP, 1995.

Jacobs, Jane. *The Death and Life of Great American Cities*. Vintage Books, 1961.『アメリカの大都市の死と生』山形浩生訳　鹿島出版会、二〇一〇年。

Johnson, James W. *Black Manhattan*. 1930. Arno Press, 1968.

Keene, Jennifer D. "Deeds Not Words: American Social Justice Movements and World War I." *Journal of the Gilded Age and Progressive Era*. Vol. 17, 2018, pp. 704-718.

King, Shannon. *Whose Harlem Is This, Anyway?* New York UP, 2017.

Morrison, Toni. "City Limits, Village Values: Concepts of the Neighborhood in Black Fiction." *Literature and the American Urban Experience*, edited by Michael C. Jaye and Ann Chalmers Watts, Rutgers UP, 1981, pp. 35-43.

———. "Intimate Things in Place: A Conversation with Toni Morrison." Interview by Robert Stepto. *The Massachusetts Review*. Vol. 18, No. 3 1977, pp. 473-489.

———. *Jazz*. Vintage International, 1992.『ジャズ』大社淑子訳　早川書房、二〇一〇年。

Page, Philip. *Reclaiming Community in Contemporary African American Fiction*. UP of Mississippi, 1999.

Paquet-Deyris, Anne-Marie. "Toni Morrison's *Jazz* and the City." *African American Review*, vol. 35, no. 2, 2001, pp. 219-231.

Peterson, Nancy J. *Toni Morrison: Critical and Theoretical Approaches*. The Johns Hopkins UP, 1997.
Riis, Jacob A. *How the Other Half Lives*. 1890. Penguin Books, 1997.
Rodrigues, Eusebio L. "Experiencing *Jazz*." *Toni Morrison*, edited by Linden Peach, St. Martin's Press, 1998, pp.154-169.
Sacks, Marcy S. *Before Harlem: The Black Experience in New York City Before World War I*. U of Pennsylvania P, 2006.
Smith, Alexandra. "Reclaiming the Street in Toni Morrison's *Jazz*." *MELUS*, vol. 46, no. 4, 2021, pp. 95-115.
Snead, James. "Repetition as a Figure of Black Culture." *Black Literature and Literary Theory*. edited by Henry Louis Gates Jr, Routledge, 1984, pp. 59-79.
Taylor, Arthur. *Notes and Tones: Musician-to-Musician Interviews*. Da Capo Press, Inc., 1993.
Wallace, Anthony. F. C. *The Death and Rebirth of the Seneca*. Vintage Books, 1972.
荒このみ「ニューヨーク――ハーレム文化とプリミティヴィズム／エグゾティシズム」『7つの都市の物語』荒このみ編、NTT出版、二〇〇三年。
鵜殿えりか『トニ・モリスンの小説』彩流社、二〇一五年。
セルトー、ミシェル・ド『日常的実践のポイエティーク』山田登世子訳、筑摩書房、二〇二一年。
辻信一『ハーレム・スピークス』新宿書房、一九九五年。
藤平育子『カーニヴァル色のパッチワーク・キルト』學藝書林、一九九六年。
森正人「ミシェル・ド・セルトー――民衆の描かれえぬ地図」『都市空間の地理学』加藤政洋・大城直樹編著、ミネルヴァ書房、二〇〇六年、七〇―八四頁。

『リザベーション・ブルース』における文化収奪

大島由起子

序論——先住民とニューヨーク

本稿は、ニューヨークのマンハッタンを意識しつつ、先住民作家シャーマン・アレクシーの長編小説第一作『リザベーション・ブルース（*Reservation Blues*）』（一九九五年、以下『リザベーション』と表記）における文化収奪の街ニューヨークを分析する。作者は、ウェルピニットにあるスポケーン保留地生まれの純血の北米先住民で、詩や映画を含め多岐にわたるジャンルで活動している。先住民作家の中で最もメディアへの露出度が高く、白人世界でも突出した人気を博していた(ムーア 二九八)。アレクシーは諸作品で先住民性の真正さを追究しているが、アレクシーといえば先住民作家の中でもマスメディア文化と不可分な表現者である(余田 三七)。彼は、ビジネスや娯楽産業に場を変えて両人種間で文化戦争が始まっていることを早くから察知していた(グラシアン 九四)。

アレクシーは、ニューヨークを舞台とする作品も書く、珍しい先住民作家といえよう。[1] 一〇章から成る『リザベーション』で、ニューヨークそのものが舞台となっているのは、第八章のみであるが、構造的に第八章は物語全体の起承転結の「転」に当たる章であるのみか、ニューヨークは単なるひとつの背景という以上の役割を担っている。

『リザベーション』では、スポケーン保留地で生まれ育ったヴィクター、ジュニア、トマスの三人の青年が、近隣のフラットヘッド族保留地の姉妹チェスとチェッカーズを加えて、純血先住民ばかりでコヨーテ・スプリングス(Coyote Springs)という音楽バンドを組み、外界と接触を始める。ジュニア以外は、ほとんど保留地から出たことのないような生まれ育ちである。コヨーテ・スプリングスは、スカウトされるとオーディションを受けに勇んでニューヨーク市に出かけるも、失敗を喫する。連帯との関連でいえば、第八章までは、価値観の違う面々がバンドを組み、保留地の精神的要でもあるビッグ・ママのもとで猛練習をして、連帯へと向かうベクトルがあった。しかし、短いながらも強烈なニューヨーク体験がメンバーの潜在的相違を顕在化させる。メンバーが保留地に舞い戻ったのちは一時の連帯は幻想に終わり、ひとりは自殺をし、その親友は保留地に残り、あと三人は白人の世界に飛び出ていくというように、ばらばらの展開となる。

作品論に入る前にまず、ニューヨークのマンハッタンと先住民全般との歴史的関連を概観しておきたい。よく知られているように、オランダ人が一六二六年にマナハッタ族に六〇ギルダー（現在の約千ドル）相当のビーズなどの「光物」を渡して、マンハッタン島全部を手に入れた。これは、アメリカにとってはトマス・ジェファソン第三代大統領のフランスからのルイジアナ購入と並ぶ「大いなる買い物」として知られている。時代は下り一九世紀中葉になると、ニューヨークは急発展した。その象徴的存在はジョン・ジェイコブ・アスターであろう。彼は貧民としてドイツからニューヨークに移民してきた当時は、英語もろくに喋れなかったが、アメリカ初の大富豪に成り上がる資金基盤を、アメリカ合衆国北西部の先住民との毛皮交易で築いた。アスターの太平洋毛皮会社は一八一〇年に、現オレゴン州の北西の一角であるコロンビア川の河口付近、つまりアレクシーが生まれ『リザベーション』の主人公たちが住む保留地の下流に、アストリアというアメリカ合衆国初の太平洋沿岸の拠点を作った。アスターはそこで先住民と毛皮交易をし、さらにその毛皮で中国との貿易をして大儲けをした。ただしアスターが先住民に友好的だったわけではない。(2) アスターは、北西部で得た資金で、当時はまだ羊が草を食むような田舎だったマンハッタンの土地を買い進めていく。先見の明もあれば度胸もあったわけで、彼の目論見通りにニューヨークの人口急増が起きて地価が急騰すると濡れ手に粟となり、ホテル業も手がけたアスターは、一気に百万長者になるのである。時は下って二〇世紀初頭の摩天楼建設ラッシュ時代が到来すると、高層建築物の建設現場では、先住民スカイウォーカー(特にモホーク族)が鳶職《とび》で活躍する。(3) 以上瞥見したように、ニューヨークは、白人が手に入れた当初、発展期、摩天楼建設期のいずれにおいても先住民と関連があるし、その後も様々に関連しながら今日に至っている。

1　ニューエイジ——文化借用・文化収奪の街ニューヨーク

『リザベーション』の主要舞台は、「一八八一年にスポケーン族の保留地が作られてから一一〇年の間、インディアンであろうとなかろうと、偶然そこに辿り着くものはひとりとしていなかった」(三)[4]という象徴的な一文で始まる。このように、スポケーン保留地は世界の片隅に隠されたような存在である。『リザベーション』の描く保留地は、放っておいても世界中から人と金が集まって来るニューヨーク、とくにマンハッタンの対極としてある。トマスが言うように、保留地以外はどんな場所でも保留地からは遠い(三〇四)。半自伝的だとされる小説『はみだしインディアンのホントにホントの物語(*The Absolutely True Diary of a Part-Time Indian*)』[5]でもアレクシーは、スポケーン保留地は、全米で最も隔離されており、重要なものや幸せなものから最も遠いと述べている(三〇)。保留地にあるのものといえば、高い失業率、持て余す時間と悲惨さ、部外者にはわかりにくい独特のユーモアといったところである。

『リザベーション』でコヨーテ・スプリングスが好む音楽は、自然との交感を特徴としていたはずであった。ただしこれは、ニューヨーク以外の場所ではという留保つきである。保留地では、魔法のギターがひとりでにトマスのために音楽を奏でるが、その音色は、「空に昇り、雲までたどり着くと、雨となって降った。保留地は背中を逸らして口を大きく開けて呑みこんだ。音楽はとても懐かしい味がしたからだ。トマスは木や石、アスファルトやアルミをとおっていく震えを、動きを、感じていた。音楽はずっと降り注いだのだった」(二一四)。このくだりでは、音楽が木や石に入り込むことはわかりやすい。先住民はアニミズムを信じているから、このギターの音色が「とても懐かしい味」がして、自然界と一体となっているように表わされるのである。ただ、アスファルトは舗道を、アルミニウムはトレーラーのような安価な箱型の家を指すだろうから、このくだりは保留地の現実も書き込んでいることになる。別の場面でも、トマスは、白人ミュージシャンであるハンク・ウィリアムズのことを間抜なスポケーン族だとみなして勝手に親近感を抱いているのだが、トマスが運転するヴァンのラジオから流れてくるウィリアムズの曲も、先住民バンドの音楽同様に、「ヒッチハイカーの前を過ぎて空高く舞い上がり、北斗七星にでくわすと輝く月にぶつかってはね返った。本当に起ったことだ。戻ってきた音楽は［コヨーテ・スプリングスが乗っている］青いヴァンに吠え、コヨーテ・スプリングスが木霊となるまで吠え続けた」（九一）。このように、コヨーテ・スプリングスが好む音楽も、天と交感する垂直のイメージを帯びている。そのはずだが一方、林立する高層建築ゆえに垂直イメージを帯びるニューヨーク摩天楼の谷間からは、彼らの音楽が空に昇ることはない(6)。

さて、ニューヨークでのオーディションでは、コヨーテ・スプリングスの演奏開始直後に魔法のギターが、ヴィクターの掌中でのたくり、演奏をやり直してもストラップを切って落ちて轟音を立てさせる。レコード会社の社長は怒り、バンドに翌日保留地に帰るように言い渡す。するとヴィクターは怒って機材なども壊し、警備員に追い出されると、自暴自棄となって、街そのものに悪態をつく。だが、ヴィクターがいくら喚こうとも、通りの雑踏は彼にはまるで無関心である。ヴィクターが街に飛び出すと大酒飲みの彼を心配してジュニアが追い、あっという間に二人の姿は雑踏に掻き消される。他のメンバーは、夜のニューヨークでは何でも起こりうると心配して、町中に数限りなくあるバーをトマスとチェスが探すことにする。

一方、ホテルで待機する係だったチェッカーズは、ベッドで祈っているうちに眠りに落ちてしまい、ひどい悪夢を見る。先住民にとって夢は重要であるし、この作品では主人公たちが様々な悪夢に苦しむが、その中でもチェッカーズの悪夢は重要である。このような悪夢であった。「狂気じみたずる賢い目」(二九二)をして、レコード会社の白人スカウトであるシェリダンが、チェッカーズがひとりでいるホテルの部屋に押し入ってくる。彼は、ヴィクターがデビューを台無しにしてスタジオまで壊したことに怒っていて、火をつけた煙草をサーベルのように振る。そして一九世紀のシェリダン将軍のような口をきき始める。すなわち、自分たちアメリカ軍は北西部の部族に「あらゆるチャンスを与えてやった。お前らはおとなしく保留地に行けばよかったんだ。そうすりゃ守ってやったのに」(二九三)と。いつだってインディアンは、白人の命令をきかず、戦争で負け続けているくせに絶対に降伏しようとしないと。シェリダンはチェッカーズを強姦しようとする。そして一八七二年に自分が先住民の妊婦を殺して胎児を殺したと自慢話を始める。シェリダンは「チェッカーズを舐めるように見た。ここ数世紀、ずっとチェッカーズを見てきたのだ」（二九四）。チェッカーズに白人なんて、いないのだと罵られると、シェリダンは「時を越えて腕を伸ばし」、両の手にチェッカーズの顔を挟むと思いっきり力をこめ、「これでも俺がいないというのか」（二九四）と詰め寄る。この悪夢には暴力や身体性が顕著だが、悪夢を見る主体はあくまでもチェッカーズであるから、全ては彼女が作り出したものである。そこから何が読み取れるだろうか。この悪夢からは、チェッカーズが一般通念を覆して、自分たち先住民が知的に優位だと思いたがっていることがわかる。夢の中でシェリダンは言う――「お前らインディアンは知らんふりがお得意だった。だが、本当は馬鹿じゃなかった。［テレビ番組の］『ローン・レンジャー』に出てくるトントみたいに「馬鹿な」喋り方をしてたが、脳味噌はアインシュタイン並だった」（二九三）とも言う。先住民が白人に負け続けているくせに決して降伏しないことに白人が恐怖を抱いているとも解釈できる。チェッカーズにしてみれば、先住民が一方的に白人に完敗を喫したのではなく、自分たち先住民の強さに白人が怯えている部分もあると考えたいのだ。先住民側の願望といえよう。また、悪夢の中のシェリダンは、白人は先住民のために先住民を保留地に入れてやろうとしたのに先住民がそれを拒んだのだから、不幸な人種関係はひとえに先住民のせいだ、とも言う。歴史上のシェリダンは、オレゴンあたりでクリクタット族の娘と暮らしたことがあるので、この小説でシェリダンという名前の白人男性が先住民の美女チェッカーズを欲情するのにふさわしい。小説でのシェリダンは、実は死んでおらず白人を攻撃してくる先住民の胎児の話もするが、これは胎児にすらある、骨の髄までの白人への怨念を指すであろう。このようにチェッカーズの見る悪夢には、白人側が先住民にいだく欲情、自分たちの政策に従わない先住民への怒りと責任転換と恐怖がある。チェッカーズは、先住民は白人のおためごかしは把握しているとも言っているのである。先住民側が、敗北主義に陥ることなく、白人が自分たちの怨念や知性に怯えていると考えたい願望も見て取れる。

なお、本稿ではあまり扱う余裕がないが、『リザベーション』は歴史上のインディアン戦争を背景に据えて、作品の奥行としている。キャバルリー［騎兵隊］・レコード（Cavalry Records）というレコード会社名と、アームストロングという社長名は、よく指摘されるように、いずれも、大平原の覇者であったスー族（現ダコタ族）との一八七六年のリトル・ビッグホーンの戦いを踏まえている。これはインディアン戦争史上あまりに有名な戦闘である。アームストロングという名は、歴史上のジョージ・アームストロング・カスター中佐を想起させずにはすまない。(7)『リザベーション』と異なる点は、歴史上の第七騎兵隊は大平原の覇者であったスー族と味方の部族と戦って全滅させられたことである。取りようによっては、『リザベーション』は、アームストロング・カスターによる先住民への復讐劇と読める。ともあれ、こうした社名の会社から先住民バンドをデビューさせようとすること自体、無神経極まりない設定である。

『リザベーション』は、ニューエイジをひとつの主要標的としている。ニューエイジとは、一九八六年代始め頃からの文化現象である（ハンドルフ　一六〇―九八、デロリア、ブラウン二二―二三、四〇、一九四―九五）。

二〇世紀の最後の四半世紀に、白人アメリカ人は、生態系と精神性という、個々ではありながら関連してもいる二つを求めて、ますます北米先住民に目を向けるようになった。……その後数十年間に、権利を奪われた中流階級のアメリカ人は、文明的な生活様式哲学実践に汚染されていない状態で生きてきた、あるいは現在も生きていると思われる、世界中の人々の宗教的信念や実践を取り入れることによって、精神的な啓発を得ようとした。

地球に根ざしたこうしたスピリチュアリティの形態は、一般にニューエイジ運動として知られている。（シュヴァルツ　七八）

白人が先住民から奪うものは、土地や命に留まらず、先住民文化にも及ぶ。レコード会社は、ニューエイジがちょっとしたブームなもので、儲けようとしている。会社は、音楽の新しい市場のために「ちゃんとしたインディアン」（三三四）を求めていて、コヨーテ・スプリングスがものになりそうかどうか演奏を聴いてみようとしている、それだけのことである。レコード会社の変わり身の早さは、定見のなさではない。儲け、この一点に集中しているだけである。二十世紀のレコード業界は、銃で撃つような野蛮な真似はしないが、代わりに、機会を狙って文化収奪をして即金を得て、時期が来れば迷わず捨てるという形で、相変わらず先住民に対して破壊的である。

ライトたち二人のスカウトが、地方都市でのコンテストでコヨーテ・スプリングスに目をつけて、売り物になりそうだと社長に連絡したのが、事の発端だった。二人は、コヨーテ・スプリングスのメンバーが全員茶色い肌をしていてインディアン的な外見であることを述べ、バンドの男性メンバーには「ウォーペイントを塗らせたりして、インディアンらしさを強調」

（一九〇）させる案を出し、女性メンバーが野生的で異国的な色気を漂わせているので、男性の目を引くだろうと激賞している。

『リザベーション』には、シアトル市でニューエイジの書店を経営している若い白人女性ベティとヴェロニカが登場する。彼女たちは週末になると、羽根やトルコ石を身に着けて近くのスポケーン保留地を訪れては、インディアン風の歌を歌い、先住民は聖なる大地と結びついて悟っているのだと羨ましがり、誰でもよいとばかりに先住民と性関係を持って戦利品でも得た気分に浸る。こうした輩は、先住民が持つとされるスピリチュアリティを無暗に欲して先住民になりたがっているので、Wannabe《なりたがり屋》と俗称される。スカウトは、ここ数年、音楽界に、ある市場ができていて、そこに彼女たちがインディアンとして参入できるとベティとヴェロニカを誘い、彼女たちの音楽をインディアン風のフォークからインディアン音楽に変えさせる。レコード会社にとって、バンドなんて「上手くなくたって、稼いでさえくれりゃ、それでいい」（二七六）のであって、白人の彼女たちには肌を焼かせしたり整形で頬骨を高くさせたりして商品化する目論見である。だから、コヨーテ・スプリングスがオーディションで失敗すると、社長は、変わり身も早く二日後にはベティたちと契約を結ぶのだ。会社の目論みどおりにデビューしたとたんに二人は売れる。ベティとヴェロニカの曲にしても、具体的な歌詞は読者には知らされていないが、会社の目論みから推測して、長老格の先住民が風の音を聞いて悟りを口にするだとか、羽根を使ったり、先住民は使ってはいなかったはずの水晶玉を持ち出したりして儀式もどきのことを行う、といった内容であろうことは、想像に難くない。このことは、先住民の声を奪って白人の声が響くことに他ならない（コックス　一六三―六七）。つまり会社が売り出したのは、批評家ジェイムズ・コックスがいうところの「二〇世紀版のワイルド・ウェスト・ショーのミンストレルショー版」（一六四）である。白人が、先住民になりかわり、白人が見たい先住民を演じさせて、容易に儲ける。『リザベーション』では、レコード業界は、銃で撃つような真似こそしないものの、ニューエイジなる文化収奪に形を変えて先住民からの収奪を続けているわけである。レコード会社は、先住民の文化を白人受けするようにアレンジして商品化する。そしてまた次の流行へと移っていき、それを繰り返して儲け続けたいのである。白人が先住民になりかわり、容易に儲ける。会社には先住民の文化を尊重する考えや、彼らの生き残りを助けたいなどという思いはない。

少し脱線するが、ベティとヴェロニカは、先住民であると偽ってチェロキー族の少年を主人公としたベストセラー小説『リトル・トリー（*The Education of Little Tree*）』（一九七六年）を書いたフォレスト・カーターを想起させる。カーターは先住民を装っていたが、後に、ＫＫＫ

のメンバーであり、反ユダヤ人主義者でもある白人だったことが発覚して、話題となった。先住民批評家ジェラルド・ヴィゼナーは『リトル・トリー』の人気について、アメリカ白人が先住民というロマンスを欲しがるからだとみなして、受容者に責任があると喝破している（二二〇—一四）。考えてもみれば、カーターが白人だからこそ白人の好みを熟知していて、いくら窮状にあっても健気に耐える、白人好みの害のない先住民を、読者に上手に提供できるのだ。臆面もなく部族の特性も無視して、作品に先住民的なるもののエッセンスを散りばめうるのである。

なお、『リザベーション』の各章冒頭には、説明抜きで各々一曲の歌詞がエピグラフのようにして付されていて、ゆるやかに各章の内容と呼応している。その歌は、いずれもニューエイジ好みの歌とは別物であって、保留地の悲惨や、都会に出た先住民が抱く疎外感を歌っている。章冒頭のこうした歌詞は、コヨーテ・スプリングスの歌だとみなせるだろう。たとえば、ニューヨークを舞台とする第八章に付された歌「アーバン・インディアン・ブルース」は、コヨーテ・スプリングスの自信作でありオーディションで披露する楽曲であるが、その内容たるや、「移転させられ、部屋をあてがわれ」で始まり、都会で髪を切らされ搾取される先住民が、自分には「都会のインディアン・ブルース」があり保留地の夢を見るという。およそ白人の聞きたい歌ではないはずである。この歌の末尾は次のようになっている。

隣人たちは孤独で
皆、幽霊のよう
俺はテレビを見る
俺はリザベーションの夢を見る（二一二）

本稿序文で既述のように、『リザベーション』は、ニューヨークを描いた第八章の後は、バンドメンバーがばらばらになっていくベクトルに転じる。ジュニアは、ニューヨークから保留地に帰郷して一週間で、ライフル自殺する。そう明言する批評家はいないし、後述するようにこの自殺は輻輳的だが、自殺したジュニア本人の言葉から判断すれば、彼はニューエイジに殺されたようなものである。少なくとも作者アレクシーが、ニューエイジこそを批判の標的に据えている。重要箇所なので、詳しく見て行こう。

われわれは、レコード会社の冷徹な振る舞いについて見たが、アレクシーがレコード会社にすべての罪を背負わせてはいないことも事実である。魔法のギターが勝手に暴れたのだ。加えて、このギターは、本稿では扱う余裕がないが、まず伝説の黒人ギター奏者ロバート・ジョンソンにとりつき、作品の始めでジョンソンはとりあえず愛想のよいトマスにとりついて保留地に入り込む。そして次には、ニューヨークの会社に吹き込まれた野心ゆえに最もとりつき甲斐がありそうなヴィクターを標的にする。魔法のギターは、ヴィクターの夢の中で、ヴィクターがギターの天才になって注目を浴びるのと交換に、ヴィクターの最も大切なものをもらいたいと取引をもちかける。するとヴィクターは、もっとも大切なものとしてジュニアの名を口にする（二五六）。夢の中でとはいえ、ヴィクターは魂を売るのである。かつてオーディションに出かける前のことだが、トマスは、日本でいえば武道館といったところのニューヨークのマディソン・スクエア・ガーデンで、有名なエアロスミスの前座を務める自分たちを想像しながら、夢物語のようなことを言っていた。自分たちコヨーテ・スプリングスがステージに上がって演奏すると、野次を飛ばしてエアロスミス・コールをしていた観客も魅了されていき、いざエアロスミスが登場しても観客がブーイングを浴びせるというのである（二六四）。何ともめでたい想像だが、レコード会社が掻き立てる名誉欲というものは、先住民文化を守っているトマスにすらとりついていたことがわかる。

ジュニアが自殺したのは、彼がニューヨークで沢山の白人を見て、自分のシアトルでの大学時代の白人の恋人を思い出したからでもあろう。彼は、保留地の先住民には珍しく大学に行ったことがあった。その白人との結婚を、彼が先住民であることを理由に彼女の親から反対されると、彼女は堕胎して二人は別れた。よって、次のような解釈も成り立つのである。

実際のところ、失敗したおかげで、コヨーテ・スプリングスはキャバルリー・レコード会社に搾取されずにすんだのだ。だからといって、おめでたい結論ではない。保留地に戻ったとたんにバンドはばらばらになってしまうからだ。バンドは、ひとつの悲運を免れたものの、別の悲運の犠牲になっているのである。(アンドリューズ　一四七)

このように考えると、コヨーテ・スプリングスはニューヨークで失敗してよかったとすらとれ、スコット・アンドリューズが述べるように、ジュニアは、ある意味、他のメンバーを救うためのスケープゴートのような役割を果たして自滅したのだと解釈できなくもない。ジュニアの自殺後にヴィクターは、断酒するし、ジュニアがしていた給水車の運転という職にも就くからだ。

以上見てきたように、ジュニアの自殺原因は輻輳している。しかし、本人の台詞から判断すれば、彼はニューエイジに殺されたのも同然なのである。つまり、作家アレクシーは、強引ともいえる筆さばきで、批判の標的をニューエイジに絞り込んでいるのである。ジュニアの亡霊が親友ヴィクターの車の助手席に血まみれで座っている場面を見てみよう。ヴィクターに自殺理由を訊かれてジュニアは、自分には「トマスみたいに目を閉じても、何も見えなかったんだ。なんにもな。ゼロ。物語も、歌も。なんにもな。("Because when I closed my eyes like Thomas, I didn't see a damn thing. Nothing. Zilch. No stories, no songs. Nothing.")」(二九〇)と答える。地の文でも同様の説明がある。このくだりについてコックスはこう喝破している。——「ジュニアはいつも自分の視る幻視が現実に起こることを期待する。インディアンは、幻視を見て、夢からお告げを受けるものだと思われているものだから。テレビに出てくるインディアンは、彼らに何を予期すべきかを告げる幻視を見るのだ」(コックス　一七〇)。「ジュニアに語る物語がないということは、アメリカ合衆国ではポピュラー文化が広がっていて、ポピュラー文化が先住民の存在も声も強引に否定し、かつ、彼ら先住民とは無関係な物語を先住民に押し付けるからである」(コックス　一七二)。このように見てくると、コックスはそこまでは断じてこそいないものの、ジュニアはニューエイジに殺されたようなものだと解釈できるだろう。テレビを始めとして大衆文化が、先住民は目を閉じればストーリーやヴィジョンが心に浮かぶとしていて、現実の先住民とは無縁の紋切り型のストーリーを先住民のストーリーに挿げ替えていて、ジュニアはそうした紋切り型の先住民像を内在化してしまっているのである。要は、白人による先住民からの文化借用という収奪であり、商品化して大衆文化で先住民の声を支配するというように、形を変えても白人による支配は終わっていないことを示す(コックス　一六五)。であってみれば、ジュニアはニューエイジに殺されたようなものであろう。

2 アレクシーの他作品とニューヨーク(8)

ニューヨークに本社があるキャバルリー・レコードによる先住民バンドに対する非情な扱いを中心に検討してきたが、作家アレクシーは、ニューヨークを必ずしも否定すべき恐ろしい場所としてのみ見てはいないようである。彼は、いくつかの作品では、ニューヨークの雑多性や多様性を、戸惑いながらも肯定的にとらえている。本節では、アレクシーの他作品を見ていく。『月に行った最初の先住民(*The First Indian on the Moon*)』(一九九三年)所収の二つの散文作品――「一度ニューヨークに行ったんで、俺はエキスパートさ（"Because I Was in New York City Once and Have Since Become an Expert"）」と、「先住民の放送（"The Native American Broadcasting System"）」、そして『黒い未亡人たちの夏（*The Summer of Black Widows*）』（一九九六年）所収の詩「（先住民が）ニューヨーク（市）ですべきこと（"Things (for an Indian) to Do in New York (City)"）」。そして、小説『インディアン・キラー（*Indian Killer*）』を検討したい。『インディアン・キラー』以外はいずれも、ほぼ等閑視されてきた。（なお、以下の『インディアン・キラー』以外のアレクシー作品の訳は私訳である。）

ニューヨークの雑多性や多様性は、先住民を先住民性から解放してくれる。しかし、自由でありすぎることは、皮肉なことに本人の先住民としてのアイデンティティ喪失をも意味しかねない。まず、わずか一ページ強の散文作品「一度ニューヨークに行ったんで、俺はエキスパートさ」を検討する。スポケーンの町への言及があるから、この一人称の語り手は作家アレクシー自身に近い人物だとみなしてよいかもしれない。

作品はニューヨークをグラフィックに描写していく。ニューヨークに来たばかりと思われる語り手は、「通りでも、地下鉄でも、俺を過ぎていく、俺を通っていく（through me）、誰もが、俺より肌が黒い」（八一）と述べる。「俺を通っていく」のだから、語り手はいわば無となって雑踏を身体全体で感じている。「俺は一生、先住民だったが、今やチカーノで、プエルトリコ系で、中国系で、日系で、イラク系で、非正統派のユダヤ系だった」（八一）と感じ、この自由に戸惑う。

同様のことが、街中の薬局でも起きる。語り手は、保留地に近いスポケーンの町ではいつも、自分が先住民だというだけの理由で万引きでもしかねないと監視されてきたので、ニューヨークで白人店員に監視されないものだから戸惑う。すると語り手は、スポケーンの町を「恋しくなるくらいだった。俺の生まれた町、いつだって俺のダークな目と皮膚と髪を思い出させる、あの町のことを」（七九）。この反応に語り手自身が愕然として、自分は、先住民であるから憎まれているときにのみ先住民だとでもいうのか、もしそうなら人種差別が自分のアイデンティティを決定づけているのかと、自問自答する。このことについて、批評家ダニエル・グラシアンはこう喝破している。――「もしそうであるなら、アレクシーは、（もし、そういったものがありうるならばだが）人種を意識しない社会（color-blind society）では生きてはいけないということになる。人種を意識しなければアイデンティティの核が無効になってしまうだろうから」（五四）。アレクシーは、先住民性から解き放たれたいような解き放たれたくないような、あわいにいることになる。アレクシーがいかに先住民性に呪縛されてきたかが窺われる。

こうした気分にとらわれていた語り手は、タクシーにはねられそうになる。すると彼は、そのタクシー運転手がカスターだと感じる。この運転手はターバンを巻いているのだから白人である可能性は低い。にもかかわらず語り手にとって、自分の命を奪いかねない者は誰でも彼でもカスターなのだ。ファーストネームが出ていなくても、既述のように、先住民にとってはカスターとは、他ならぬジョージ・アームストロング・カスターを想起させずにはすまない。このように語りは、先住民全般を代表するかのようにして白人への憎悪を露わにする。だが、直後には、殺し文句のようなワンセンテンス・ワンパラグラフがくる。——「それでも、全てのものには美があるのさ。(Still, there is beauty in everything.)」(八一)。これこそが、アレクシーが先住民以外の読者層にも人気を博す要因といえよう。

作品は再び車窓から目に飛び込んでくるニューヨークの街角の景に戻る。スーツ姿の男が舗道の屋台《スタンド》でピザを一切買って、荷台に置いて食べようとしている。すると一匹の犬が疾走して来て、跳び上がってピザをひっさらって去る。男は罵る。話には一捻りある。犬が、突然向きを変えて今度は男に向かって来るのだ。男は、自分が噛まれて狂犬病になったり負傷したりする様子を想像して、怯える。その犬は、荷台からペーパーレートをひっさらうや、別方向に突っ走る。それを見ていた語り手は、「何てマナーの犬なんだ!」と思う。ただし、マナーが悪いと批判しているのではない。「よし、よし、よし（“Good dog, good dog, good dog.”）」（八一）と続け、これが作品の最終文を成しているからだ。犬がピザをさらうだけなら空腹を満たすためだが、怒鳴る男の所に戻って来て今度はプレートを奪って先ほどとは別方向へ逃げるのには、何らかの意図が感じられる。男が怯えると、その逆転に語り手は溜飲を下げるのである。あるいは、犬は、ピザをさらうことで自分が空にしたペーパープレートを、フリスビーよろしく咥え去っていくのだから、アレクシーが描きたかったことは深刻な恐怖ではなく、ただの遊びだと解することもできるだろう。だがしかし、軽くとるだけですまないのがアレクシーの文学世界の常である。そうだとすれば、野良犬が羽振りのよい人間から物をくすねて空腹を満たすといったニューヨークでの暗い現実を映す話とは別次元にずらしているのだろう。この犬が強烈な印象を残すのは、この犬について、「もしかすると、そいつはスポケーン保留地から来たのかもしれない」（八一）という一文が付されていることにもよる。むろん、スポケーン保留地は地理的に北米大陸の反対側にある。よって、こう読み替えることも許されるかもしれないのだ――「もしかすると、そいつは俺の代理としてスポケーン保留地からわざわざやって来て、マンハッタンのホワイトカラーに復讐をしたのかもしれない」と。幾重にも捻りの効いた作品といえよう。

さて、詩「(先住民が) ニューヨーク (市) ですべきこと」は、先住民の真正性を探り、都会で先住民がどのように生きていけばよいかをさりげなく示している。ナンシー・J・ピーターソンは、この詩をこう解している。――「アレクシーにとって、部族主義で考えることは、白きアメリカの人種差別と暴力に抵抗する行為なのだ。白きアメリカの人種差別と暴力は、(本人の生まれながらの部族アイデンティティを主張することで) ローカルになされるかもしれないし、(より広い抵抗のネットワークに加わることで) グローバルになされるかもしれない」(一五三)。この詩には次のような詩行もある。

もうひとりインディアンがいる、つまり、もうひとりのアメリカン
インディアンが、地下鉄で僕の横に座ってる――
ほんとうに、僕のすぐ隣にさ、ふたりの脚を触れ合わせ
僕は確信するのさ、彼女はインディアンなんだって、ネイティブ
アメリカン、先住民《アボリジナル》なんだって、彼女の服の中で
そして彼女は、着てる服の中でインディアンさ、彼女の服はインディアンさ
着てるのが彼女なんだから。(二二九―三〇)

ピーターソンが述べる通り、この先住民女性は、主流アメリカ人と先住民とのふたつのアイデンティティを持っているが、自己分裂をきたすことなく本質的には先住民として生き、そう振舞うやり方を代表している（一五五）。どこにいて何を着ていていようとも、つまり伝統的な先住民の服を着ずにニューヨークの地下鉄に乗っていても、魂さえ先住民ならばそれで良いのだ。このように悟ったような居直ったような境地を示して、この詩は、しなやかに生きることを提唱している。

次に、ニュース風の一五の断片からなる作品「先住民の放送」を検討したい。その第七セクションは、「一三人の重武装したネイティブ・アメリカンがリバティー島に上陸して襲撃して、自由の女神を転倒させた」（八四）と、架空のニュースを伝えている。先住民にしてみれば、どんどんヨーロッパからの移民がアメリカに押し寄せてもらっては困るのだ。リバティー島に立つ自由の女神像を転倒させるなどというのは、むろん先住民の願望充足に他ならないが、これはいかにもアメリカインディアン運動（ＡＩＭ）がしそうなことであって、歴史上のＡＩＭのアルカトラズ島占拠事件を彷彿させる。彼らは一年七ヶ月にわたってアルカトラズ島を占拠して、白人からもかなり支持された。この後も運動を続け、一九七二年の「破られた条約の旅」、同年の首都ワシントンにおけるインディアン管理局占拠事件、翌一九七三年のウーンデッド・ニー占拠事件を起こして、全米の注目を集めた。アルカトラズ島占拠事件では、「先住民全部族連合」が、合衆国政府が所有する土地が不要になった場合には先住民にその土地の権利を充てることを約束した一八六八年にスー族との間に結ばれたララミー条約を根拠として、「領土宣言」を行った。ただし、スー族とのことは島を占拠した理由の一部であって、占拠が、本稿序文で既述の、オランダ人が先住民からマンハッタン島を手に入れたやり口に対する仕返しでもあったことはよく知られている。なお、事件を起こした若者たちのマンハッタン島への言及について、ユーモアの精神という先住民の伝統を保った者達であるという好意的な見方もある。(9)

次に、『リザベーション』に続くアレクシーの小説第二作『インディアン・キラー』を見ておきたい。こちらはニューヨークではなく西海岸ワシントン州のシアトル市を舞台としているが、アレクシーは『リザベーション』同様に、引き続きニューエイジのまやかしを告発している。ニューヨークと関連があるといえなくもない作品なのである。主人公の先住民ジョン・スミスは、生まれ落ちてすぐに博愛主義の白人家庭で養子にされて、白人のように育てられたので、先住民文化を皆目身につけておらず、そのことで葛藤している。ジョンには、自分の部族もわからず、先住民の知り合いのひとりもいない。そのジョンが、シアトルの高層建築物の建設現場で働いている。その仕事に就いた理由は、彼には模範となる先住民が周りにいないから、ニューヨークのワールド・トレード・センターで働くモホーク族が高所での仕事でも恐れ知らずだと知って、憧れたのだ。ジョンは、背が高く屈強な身体で長髪なので、外見だけは映画にでも出てきそうな先住民戦士だが、それは見かけだけのことである。精神的には脆弱で、その弱さを本人が一番知っている。その彼が、高層建築物の天辺から飛び降り自殺をして果てる。

なお、奇妙なことに、『インディアン・キラー』のドイツ語版の表紙では、上半分には毛皮を身に着けて先住民らしき少年が荒野に立っており、下半分にはMANHATTANと文字を付したエンパイアステートビルがそびえている。このドイツ語版の表紙は意味深長といえよう。荒野の狩猟先住民の対極としてマンハッタンの摩天楼があり、しかし高層建築物建設のとび職には狩猟民族ゆえの目のよさと勇気を持つモホーク族たちの活躍がある。『インディアン・キラー』にニューヨークが舞台となる箇所は皆無だが、ドイツ人を始め、連想がそのように働いてもおかしくはないのである。

以上、ニューヨーク関連のアレクシーのいくつかの作品を概観したが、それらと『リザベーション』との関係はどうであろうか。まず、ニューヨークの否定的側面との関連を見ておく。

『リザベーション』では、ニューヨークのワールド・トレード・センターへの言及がある。コヨーテ・スプリングス結成間もなく、近隣の保留地で初ライブをしていた頃の、ヴィクターとジュニアの話である。ジュニアは両親が酒飲みなので飲まないと宣言していたのに、悪友で早くから飲み始めていたヴィクターにビール瓶を持たされる。するとジュニアは躊躇うことなく飲み乾して、「ワールド・トレード・センターから株式仲買人の頭上に落ちたかぼちゃみたいに、大きな音を立てて［ビール瓶を］割った」（五七）。なぜ唐突に、ニューヨークのワールド・トレード・センターやら株式仲買人のイメージを伴う描写にしなくてはならないのか。ここからは、ヴィクターに代表される怒りのマグマに重なる、具体的にはウォール街を含むニューヨーク破壊願望が、普段は穏やかな性格のジュニアにも共有されていることが確認できる。取り様によっては、『リザベーション』に散見されるニューヨーク憎悪というものは、後の二〇〇一年九・一一／同時多発テロに先駆けていると見ることもできるのだ。例のオーディションで失敗して保留地に戻れと言われたときのヴィクターの怒りの標的が、ワールドトレードセンターに象徴されるものである。ニューヨークの象徴の様々を破壊してやると、ヴィクターは次のように悪態をつく。長らく鬱屈してきたニューヨークそのものへの憎悪が吹き出すかのようである。

ヴィクターは、これまでの自分の人生に向かって吠えた。電線を繋げば、タイムズスクエアを照らせるほどの喚きようだ。わだかまった怒りは、全てのサーモンを［故郷の］グランドクリーク・ダムに導けるほど強烈だった。ニューヨーク市警の馬を盗んで戦に行くんだ。株式仲買人の頭皮を剥ぎスーパーモデルを誘拐するんだ。近代美術館に火矢を打ち込むさ。ラジオシティ・ミュージックホールを占拠してやる。ヴィクターは勝ちたかった。酔っ払いたかった。（二三〇）

この文章には、アメリカ文明を対極から攻撃する怒りのマグマが察知される。矢倉喬士によれば、先住民であるヴィクターのこうしたニューヨークに代表されるものに対する破壊願望を無視したから、アメリカ合衆国は対極の世界観を持つアル・カイダに不意打ちされたのだ。矢倉によれば、『リザベーション』では、「ギターやベースから炎が出ればいいのにというくだりがあって、楽器は武器の隠喩にもなっている。武器を持ってニューヨークに殴り込みをかけるとはテロリストのやることで、コヨーテ・スプリングスはもうひとつのアル・カイダであり、九・一一以前の九・一一」[10]なのである。

今度は、『リザベーション』とニューヨークの肯定的側面との関連を見ておく。『リザベーション』でも、ニューヨークの雑多性・多様性への言及と読むべき挿話はあった。雑踏に消えたヴィクターを探し疲れたトマスとチェスが、真夜中にオールナイト・レストランに入って店の人としばし会話をする場面がある。ウィトレスは、アメリカにまだ先住民が実在していることに驚き、トマスたちをプエルトリコ人か何かだと思っていたと言う（一三九）。先住民の姿がなかなか一般のアメリカ人には見えないのは、現在、都会に住む先住民は先住民全体の約七割に達するにもかかわらず、就職などで不利にならないように、自国にいながらまるで逃亡者のようにして先住民だとは覚られないように暮らしていることが多いからである。[11] この場面について作中に解説はないが、少なくともトマスたちはウィトレスに腹を立てはしない。むしろ自分たちにとって世界は保留地だけではないと感じてたのであろう。これはささやかな挿話ながら、トマスたち三人の生き残りを強く暗示して閉じる作品末尾への補助線といえよう。作品末尾では、トマスと恋人のチェス、そしてチェカーズが、生き抜くことを誓う健やかな旅立ちの歌を歌いながら、わずか四五マイル先とはいえ白人だらけの別世界、スポケーン市に向けて保留地を出ようとしているからだ。

結語——東西軸における都市の支配と収奪

アレクシーは『リザベーション』で、主人公たちを西海岸に近いワシントン州の小さな保留地から東海岸にある異界ニューヨークに送りこむ。北米大陸は西の最果てにある誰も来ないような保留地から、放っておいても世界中から人が押し寄せる東海岸の大都会へと、送り込むわけである。

『リザベーション』においてニューヨークは、ニューエイジで即金を得ようとやっきになっている人間がうごめく、殺気立ったせわしない即金作りの場として描かれる。音楽とは、魂を揺さぶり、魂を豊かにしてくれるものであるはずが、キャバルリー・レコード会社は時流に乗って即金作りに走る。ニューエイジ・ブームゆえに、先住民文化が商品化されていて、経済や大衆文化においても虐殺や収奪が続いているが、そのことを示すにはニューヨークが最適である。

『リザベーション』は一九世紀の軍人たちを超自然的に呼び出す。チェッカーズは、北西部で起きたインディアン戦争の悪夢にうなされるが、彼女がこの白人との血塗られた歴史に根ざす悪夢を、他でもなくニューヨークで見ることが重要なのである。『リザベーション』は、アームストロング社長の存在によって、大平原のスー族との戦いをも背景に持つ作品なのだ。主人公たち先住民のバンドが出かけて行って音楽業界で勝負するとなれば、打って出る先は、どうしたってニューヨークでなくてはならない。ニューエイジとの絡みがある街であろうとも、たとえば西海岸のサンフランシスコでは様になるまい。ヴィクターの破壊願望の対象としては、ニューヨークを象徴するロックフェラー・センターにあるラジオシティ・ミュージックホールこそがふさわしい。よって、レコード会社の本社を西海岸に設定して、作品をスポケーン保留地との南北軸に終始させてしまえば、西漸運動に伴う北米大陸強奪、およびそのために北米全体で行われた先住民殺戮という作品の東西軸との釣り合いがとれなくなり、ひいては作品そのものを矮小化しかねない。このように、『リザベーション』は、世紀を超えての白人による先住民収奪と支配が端的にニューエイジに現れていると見ているのである。

注

（1） 例外はある。たとえば、マンハッタンを描いてはいないが、レスリー・マーモン・シルコウの『砂丘の庭』

(*Gardens in the Dunes*, 一九九九年)。この作品と白人による先住民の文化収奪については、ハーンドルフ 一八九－九八、参照。

(2) 一八一〇年のノースウェスト毛皮会社に、太平洋毛皮会社も続き、本格的に毛皮交易をしている。一八四六年にはアメリカ人移住者がオレゴン・トレイルを通って北西部に殺到したので、アスターは西への白人移住に貢献したことになる。なお、ジェファソン大統領がアストリアを最終目的地として送り出したルイス・クラーク探検隊は、一八〇五年にアレクシーの部族の先祖にも会っている。

(3) 南修平著のニューヨークの摩天楼建設についての単著『アメリカを創る男たち——ニューヨーク建設労働者の生活世界と「愛国主義」』は、「愛国主義」を副題に持ち、「ニューヨークにやって来たヨーロッパ出身の移民やその子孫である白人男性を中心とする建設労働者が、過酷な現場で働きながら組合を中心に結束し、コミュニティでもその絆を深めていく様子を詳細に描いていく」(九)と序章にあるとおり、先住民についての記述は皆無である。このように、摩天楼建設に限らず、先住民の活躍は無視されることが多い。

(4) 本稿における『リザベーション』の訳は金原瑞人訳を基にさせて頂いた。

(5) 『はみだしインディアン』は「私の故郷、ウェルピニットとリアダンに捧ぐ」と献辞に書き、語り手は、保留地である自分が生まれ育ったウェルピニットと、一四歳のときから通学したリアダンの双方が故郷だと認識している。

(6) 『はみだしインディアン』では、保留地の松の森が美しいといい (二一九)、保留地の高い松の木を摩天楼に喩る (二二四) にもかかわらず、である。

(7) 歴史上に実在したこの軍人はシェリダンと関連する南北戦争時に遡るが、アームストロング・カスターは北軍のグラント将軍と南軍リー将軍の会談前に独断で南軍に乗り込んで休戦旗を受け取った。越権行為だったが、シェリダン将軍は、これを黙認したのみか、アームストロング・カスターを騎兵隊中最強の第七騎兵隊の隊長に抜擢して大平原での先住民討伐に当たらせる。アームストロング・カスターは大統領候補かというほどに名を上げる。

（8）本節は、概ね、拙稿「シャーマン・アレクシーのニューヨークをめぐる小編」、『福岡大学人文叢』を基にしている。

（9）清水和久は、アルカトラズ島を占拠した先住民が、先住民が常に大切にして来たユーモアの精神を武器にして白人の考え方を逆手にとったと述べ、彼らの「領土宣言」の一部を次のようにユーモラスに訳している。引用に値する。

「偉大なる白人の父上およびその同胞諸氏に告ぐ
われら先住アメリカ人は、すべてのアメリカ・インディアンの名において、発見の権利によってこのアルカトラズ島なる土地がわれらに属することを主張する。
われらは上記アルカトラズ島を、二四ドルに相当するビーズと赤い布地で購入いたしたく、これも三百年前に白人がアルカトラズ島に相似た島を購入せし折の前例に従ってのことなり。われらもとより、一六エーカーの土地に対する二四ドルなる価が、マンハッタン島の価に比して高価なることは承知せるも、三百年間に地価が高騰せしことも心得ている者なり。」（一六九－七〇）

（10）清水が指摘した先住民のたくまぬユーモア精神というものは、アレクシーにも継承されているといえよう。ヴィゼナーの批評書『逃亡者のふり（*Fugitive Poses*）』のタイトルにも明らかなように、何万年も前から北米にいる先住の民でありながら、アメリカ合衆国の先住民の多くは、自国の都会で「逃亡者」のようにして、「逃亡者のふり」をして暮らしているのである。

（11）福岡アメリカ小説研究会のメンバーであった矢倉の二〇一八年一二月一五日付ツイート。

引用文献

Andrews, Scott. "New Road and a Dead End in Sherman Alexie's *Reservation Blues*." *Arizona Quarterly: A Journal of American Literature, Culture, and Theory*, 27-3, 2002. 137-52.

Alexie, Sherman. *Absolutely True Diary of a Part-Time Indian*. Little, Brown Books for Young Readers, 2009.

———. *First Indian on the Moon*. Hanging Loose Press, 1993.

———. *Indian Killer*. Grove Press, 2008.

———. *Indian Killer*. Taschenbuch-Goldmann, 1998.

———. *Reservation Blues*. Grove Press, 2005.

———. *The Summer of Black Widows*. Hanging Loose Press, 1996.

Brown, Michael F. *Who Owns Native Culture?* Harvard UP, 2003.

Cox, James H. *Mutating White Noise: Native American and European America Novel Traditions*. U of Oklahoma P, 2006.

Deloria, Philip J. *Playing Indian*. Yale UP, 1998.

Grassian, Daniel. *Understanding Sherman Alexie*, U of South Carolina , 2005.

Huhndorf, Shari M. *Going Native: Indians in the American Cultural Imagination*, Cornell UP, 2001.

Moore, David L. "Sherman Alexie: Irony, Intimacy, and Agency." Joy Porter and Kenneth M. Roemer, eds. *Cambridge Companion to Native American Literature*. Cambridge UP, 2005. 297-310.

Peterson, Nancy J. *Conversation with Sherman Alexie*. UP of Mississippi, 2009.

Vizenor, Gerald. *Fugitive Poses: Native American Indian Scenes of Absence and Presence*. Lincoln: U of Nebraska P, 1998.

アレクシー、シャーマン『リザベーション・ブルース』金原瑞人訳、東京創元社、一九九八年。

大島由起子「シャーマン・アレクシーのニューヨークをめぐる小編」、『福岡大学人文論叢』第五〇巻第二号、三九七―四二三頁、二〇一八年。

清水和久『増補　米国先住民の歴史――インディアンと呼ばれた人びとの苦難・抵抗・希望』明石書店、一九九六年。

長岡真吾「亡霊とノスタルジア――シャーマン・アレクシーと脅迫する過去」松本昇、東雄一郎、西原克政（編）『亡霊のアメリカ文学――豊穣なる空間』国文社、二〇一二年、三七五―八六頁。

余田真也『アメリカ・インディアン・文学地図――赤と白と黒の遠近法』彩流社、二〇一二年。

巨大都市NY、幻想の連帯
――アヤド・アクタールの『ディスグレイスト』における他者化する自己との遭遇

貴志雅之

他者化する自己、ポスト九・一一のニューヨークにおける連帯?

二〇〇一年九月一一日の同時多発テロ以降、顕著になったイスラモフォビアは、国連事務総長アントニオ・グテーレスが「疫病」(epidemic)に喩えて警鐘を鳴らすほど(「国連幹部」)[1]、世界的脅威となっている。この文脈から、パキスタン系アメリカ人劇作家アヤド・アクタールの二〇一三年度ピューリッツァー賞受賞作『ディスグレイスト』(二〇一二)は、初演後一〇年が経過した今、改めてアメリカにおけるイスラモフォビアとネオオリエンタリズムをめぐる問題を突きつけてくる。

この演劇作品は、アメリカ国内に広がるイスラモフォビアを背景に、パキスタン系アメリカ人弁護士アミールの失職と夫婦生活の崩壊、連帯意識と劣等意識に葛藤するアミールのアイデンティティ危機を描く。本稿では、オリエンタリズム、ネオオリエンタリズム、スチュアート・ホールの文化的アイデンティティ理論、サミュエル・ハンチントンの『文明の衝突』パラダイム等による先行研究を概観・援用しつつ、ニューヨークに生きるムスリム・アメリカン、アミールが映す問題系を文化的アイデンティティ、他者化、ネオオリエンタリズム、イスラモフォビアをキーワードに検討する。最終的に作品が描くポスト九・一一のニューヨークにおける「連帯」のテーマを「他者化[2]」の疾病化という点から論じ、妻の描いた自らの肖像を見つめるアミールの姿を残して舞台の照明が落ちる最終場が投げかける問題について考える。

1　ディエゴ・ベラスケスの「ファン・デ・パレーハの肖像」に倣ってエミリーが描くアミールの肖像

開幕時、九・一一から一〇年後の二〇一一年、ニューヨーク、アッパーイーストサイドの高級アパートを舞台に、三〇代はじめの美しい白人画家エミリーが、ディエゴ・ベラスケスの「ファン・デ・パレーハの肖像」(Diego Velázquez, *Portrait of Juan de Pareja*) が掲載された本のページを開き、四〇代の夫アミールにパレーハと同じポーズを取らせている。「ベラスケスのムーア人に倣った習作」と題されることになる夫の肖像を創作中である。上半身はパリッとした襟付きシャツにイタリア製スーツ・ジャケット、下半身はボクサーパンツ姿、という奇妙な格好をさせられたアミールは違和感を覚えながら、妻の指示にしたがってポーズを取る。この開幕場面が、先行研究で多数論じられてきた。

モナ・バガトは、この場面が西洋が東洋を見る「ネオオリエンタリズム」を焦点化するとして、この夫婦の姿が「白人アメリカ人と他者ムスリムの関係性」を映し出すと指摘する(一二七)。一方、アーリーン・マルティネス＝バスケスによれば、エミリーが描く「アミールの肖像は、ファン・デ・パレーハ(ベラスケスのムーア系奴隷)とアミールの関係性とともに、支配的・特権的文化の構成員の目を通して描かれる両主体の世界における位置をめぐる問題を提起する。」エミリーがアミールの肖像画を描く契機となったのは、前日のレストランでの出来事だった。ムスリムという外見からアミールに差別的眼差しを向けたウェイターは、アミールの洗練された対応で初めて、他者として見下すことのできない相手の姿に気づく。この状況から、エミリーはベラスケスの「ファン・デ・パレーハの肖像」を模してアミールの肖像画を描くことを思い立つ。

エミリー　……それでベラスケスの絵について考え始めたの。みんなその絵をはじめて見た時にどんな反応をしたのかってね。みんな思うのよ。ムーア人の絵を見てるって。アシスタントのね。

アミール　奴隷だろ。

エミリー　そう。奴隷ね。

でも、その肖像はね、結局、ベラスケスが描いた王や女王のものより、ずっとニュアンスも複雑さもあったの。（七）

ベラスケス作のこの肖像画は、「アフリカ系スペイン人を描いた既知のものとしては最も初期の肖像画」で、パレーハは「ムーア人」の混血の母親とスペイン人の父親の間に生まれたムラートだった。[3]ベラスケスの奴隷であったパレーハは、のちに彼のアシスタントとなる。バガトはエミリーがアシスタントに昇格したムーア人奴隷の姿に弁護士となったムスリムの夫の姿を重ね合わせ、アミール本人を描く以上に、ベラスケスの視座に倣って現代のムーア人奴隷パレーハとして夫アミールを描くことにしたと考える（バガト　一二七）。ハリス・A・ノウリーディンは、ベラスケスが、パレーハに「誇り高い王侯の衣装をつけてポーズをとらせながら」、「奴隷の他者性の身体的記号表現」である「際立った奴隷の色黒の顔色と幅広の鼻、分厚い唇、縮毛といった粗暴な品のない顔立ち」を描くことで、パレーハの「君主のような気高さが見せかけ《パフォーマティブ》にすぎない」ことを表したとして、エミリーがベラスケスに倣って、アミールを彼女の奴隷として再生産しようとすると分析している（三四）。

ただ、フランス人画家テオドール・ルソーは、ベラスケスとパレーハの関係について、彼らと異なる議論を展開する。ルソーによれば、ベラスケスが「本当に共感と愛情を抱いた被写体」を描いた「ファン・デ・パレーハの肖像」ほど、インパクトを持つものは自作のなかで他になく、「その絵が喚起する芸術家とモデルの並外れた人間関係の情熱は、もう一つの肖像画の傑作、レンブラントの『ヤン・シックスの肖像』と比するもの」だった（ルソー　一二七）。とすれば、ベラスケスのパレーハに対する深い「共感と愛情」、「芸術家とモデルの並外れた人間関係の情熱」をルソーに感じさせたものとは何であったのか。

一つの可能性は、西洋植民地主義のなかで、ムーア人奴隷パレーハが示した抵抗者の姿勢である。ロヒニー・チャキは、肖像で描かれた「パレーハのしっかりとした眼差しと毅然とした態度のなかに人種的他者や劣等な者へのヨーロッパ中心主義……に対する静かなる抵抗の姿」を認め、人種差別的言説において権力者がマイノリティの抵抗者の姿を描くことは稀であったと指摘する（一八四）[4]。白人の植民地主義支配に対して、毅然とした静かなる抵抗を表すムーア人の姿にベラスケスが感じた深い「共感と愛情」が、パレーハが纏う崇高なアウラとなって「肖像」に映し出されていると考えられる。トレンジ・イギアザリアンは、肖像のアミールに「ズボンを履かずとも頭を高く掲げた……誇り高い褐色の男」の姿を見出しているが（二〇）、エミリーもパレーハと同様の「誇り高い褐色の男」の姿をアミールに見い出した可能性が窺われ、そのような男を夫（奴隷）とする彼女の無意識裡の欲望が浮かび上がる。

しかし、エミリーがパレーハの姿にアミールを重ねて肖像を描く別の動機として、アリーサ・サミナ・プットリーとハーリン・プットリー・インダ・デスタリーは、エミリーに見られる有色人種を救う「白人の救世主」（the White Saviour）衝動を論じている（二八六）[5]。二人は、この「白人の救世主」像をエドワード・サイードが『オリエンタリズム』で記したキプリングの理想化した「白人」にたどり、「文明化されていない東洋人（白人の重荷）を文明化する責務を感じた白人」の姿に認める（二八六）。サイードは「西洋人のみが東洋人を語りうるのだし、『白人』だからこそ有色人種、つまり白人以外の人間を指示し命名することができ……東洋人は支配体系の内部にとりこまれてしまい、いかなる東洋人といえども独立・自治をゆるされてはいないという事実の確認を行うことだけが、その支配体系を貫く唯一の原則となった」として、「東洋人は自治に対し無知である以上、彼らのためには現状を維持してやるほうがいいのだという考え方が、そこでの前提として成り立っていた」と論じている（二一八）。このオリエンタリズムの根幹にある「白人の救世主」思想がエミリーをアミールの肖像画制作へと突き動かしたと考えられる。

問題は、エミリーの「白人の救世主」シンドロームが夫アミールを窮地に追い込んでいく点である。アミールの甥エイブが、モスクでの募金活動によって無実の罪で裁判にかけられるイスラム教導師ファリードの弁護を求めに来た時、ムスリムとの繋がりを切ることでアメリカ社会での成功を目指すアミールは、その弁護を拒む。しかし、彼のムスリムとしての連帯意識に訴えたエミリーの説得により、アミールは導師のために法廷に立つことになる。その記事が新聞に出たことで、彼はユダヤ人経営の弁護士事務所に出自を再調査され、自身の経歴詐称が明るみにでる。彼は同事務所採用時の書類に両親がインド生まれと記載していたが、実はパキスタン生まれであり、苗字も出生時のアブデュラからカプールに改名し、社会保障番号も変更していた。その結果、テロリスト容疑のかかる導師との関係が疑われる経歴詐称者としてアミールは弁護士事務所に解雇される。

エミリーはアミールのイスラムに対する否定的考えを正そうとするが、それはムスリムの夫を教化するという白人優位の独善的自画像によるもので、アミールがムスリムゆえに経てきたトラウマ体験へ配慮を払う意識はない。エミリーの独善性は、アイザックとジョリー夫婦を招いたディナー・パーティでも現れる。ここでアミールが「空港での悪夢」の話として、空港にいる誰もが自分を見つめ、自分のような外見をした人間を恐れる様子に怒りが込み上げ、空港保安係に自ら申し出て取り調べてもらうと話す。アイザックが言う「人種的プロファイリング」の対象として人前で選別される屈辱を避けるためにアミールがとった行動である。しかし、それをエミリーは「差別のないよう懸命に働く係官」に対する「紛れもない受動的攻撃性」と一蹴し、アミールを叱責する。それに対してアミールは係官らの取り調べに言及して「次のテロリストの攻撃はたぶん僕みたいに見える男がしてくるんだ」と言う（五〇）。そのアミールの言葉をエミリーは否定するが、その言葉を発するアミールの強迫観念、ムスリムゆえの苦しみと恐怖、不安がエミリーには見えていない。問題は、世間がムスリムを見る目、空港保安当局者を含めたアメリカ政府そしてアメリカ社会がテロリストとしてムスリムを見る眼差しを、アミールが常に意識している点である。言うまでもなく、この要因となっているのが一〇年前の二〇〇一年九月一一日の同時多発テロである。この事件によって、オリエンタリズムはさらに先鋭化したネオオリエンタリズムとなり、イスラモフォビアは疫病のように拡散した。これがアミールが感じる視線の正体、ムスリムであるアミールやエイブを含め登場人物誰もが持つ強迫観念として舞台に底流する。

2　ネオオリエンタリズム、疫病としてのイスラモフォビア

エドワード・サイードは『オリエンタリズム』の「序説」で、オリエンタリズムの出発点を一八世紀末と措定して、オリエンタリズムを「オリエントを支配し再構成し威圧するための西洋の様式《スタイル》」と定義する（三）。サイードはオリエンタリズムを、オリエントを他者とし、その他者に対して絶対的優越性と支配力を持つ西洋という西洋中心主義的な知の体系と捉え、その生産と流布のメカニズムを明らかにした。サリム・カーバは、サイードの『オリエンタリズ

ム』を踏まえ、オリエンタリズムの三つの歴史的パラダイムを提示する。（1）初期オリエンタリズム、（2）二〇世紀「アメリカン・オリエンタリズム」、そして（3）最新のポスト九・一一ネオオリエンタリズムである（八—九）。（1）の初期オリエンタリズムは、一八世紀末から一九世紀にかけて、ヨーロッパが他者であるオリエントの支配を目指し、帝国の覇権と歴史的コンテクストを文学・歴史学・政治学の文献資料から検討した帝国の覇権的オリエンタリズムを指す（カーバ　一〇）。一方、（2）二〇世紀「アメリカン・オリエンタリズム」は、冷戦時代、アメリカの外交政策担当官僚と学者が国家安全保障および経済的観点から最重要地域としてアラブ・イスラム世界を捉え始めたことに端を発し、オリエントの文学への配慮は避け、「事実」を重要視する社会科学的要素の強い地域研究の専門家を中心に近東研究が行われた結果生まれたものである。ムスリム世界の中心に一九四八年に建国されたイスラエルとの同盟関係によって、アメリカン・オリエンタリズムは初期オリエンタリズムよりはるかに政治化され、特に一九六七年のアラブ・イスラエル戦争以降は、アメリカはシオニズムを信奉し、イスラエルを西洋の一部とみなす一方、「アラブは、イスラエルや西洋の存立をさまたげるものとみなされ……映画やテレビでは、アラブは好色漢か血にうえた嘘つきかのいずれか……性欲過多の変質者であり、不正なたくらみにはたけていても、本質的にサディストであり、腹黒い下等な人間」として描かれた（サイード　二八六―八七、カーバ　一八―一九）。以上のように、（1）と（2）に関するサイードの議論を概説した後に、カーバは両者の違いを次のようにまとめている。一九世紀のオリエンタリズムがヨーロッパ中心で、オリエントを征服する目的で作られたオリエントについての知であったのに対して、アメリカン・オリエンタリズムの狙いは、アメリカの経済的、戦略地政学的利益確保のために、貴重なオリエントを守る力を有するアメリカの慈悲深い姿を描き出す（演出する）ことにあった（カーバ　二〇）。

これら二つのオリエンタリズムと異なり、（3）のポスト九・一一ネオオリエンタリズムは「文明の衝突」パラダイム内で稼働する枠組みを展開し、ネオコンと親イスラエルのエージェンシーとシオニズム言説がこの枠組み創造の当事者であるとして、カーバはネオオリエンタリズムの産物がイスラモフォビアであると論じている（二〇）。九・一一によって一気に活性化したネオオリエンタリズムをカーバは、「いくらかの知的サークルがイスラムとムスリム世界について新たな歪んだ知を生産し、広めるプリズム」と定義し、「ネオオリエンタリズムの知がイスラモフォビアという社会現象を西洋において、またムスリム世界に向けて増大させている」と論じる（二七）。

おおむねカーバが論じたオリエンタリズムからネオオリエンタリズムへの流れが、本稿で言及した先行研究の共通認識である。そして、彼らは一様に、九・一一およびその後の「テロとの戦い」をネオオリエンタリズムの誘発要因として位置付けている[6]。こうしたネオオリエンタリズムのもとで、「ムスリムの人々は悪しき無法者、文明化されていない狂信者、テロリスト、女性嫌い、アメリカの国益に敵意をもつものとして表象され……組織的に中傷され、他者化され、国家の監視機構のもとに置かれ、法的および超法規的手段の犠牲になり、拡大し続ける脅威とみられてきた」（ノウリーディン　二三）。注目すべきは、これらの研究者が、ネオオリエンタリズムとともにイスラモフォビアを『ディスグレイスト』の根幹にある問題として論じている点である。

ディーパ・クマールは英国のシンク・タンク、ラニーメード・トラスト（Runnymedo Trust）が発表した一九九一年の報告書によってイスラモフォビアという言葉が一般化したとして、同報告書によるイスラモフォビアの特徴として「イスラムに対する謂れのない敵意」、「ムスリムの個人とコミュニティに対する不公平な差別」、「主流となる政治的社会的問題からのムスリム排除」を挙げている（七―八）。またロイ・A・キャリベヤリル他によれば、イスラモフォビアは「イスラムとその信奉者に対する強烈な憎悪あるいは恐怖、とくに政治的な力として定義され、ムスリムへの憎悪や偏見」を指し、「イスラムとムスリムに対する社会的烙印、政治力としてのムスリム憎悪、反ムスリムのステレオタイプを示す明確な構成概念、人種差別、あるいは外国人恐怖症として概念化されている」（八〇）[7]。そして、カーバが「ネオオリエンタリズムが増大させた社会現象」（七）、「ネオオリエンタリズムのもっとも敵意に満ちた姿」（八）としてイスラモフォビアを捉えているように、イスラモフォビアを急拡大させたのが、九・一一を契機に活発化したネオオリエンタリズムである点は重要である。

エリック・ラヴは、「アメリカのイスラモフォビアは構造的、体系的、組織的であり、文化、政治、政策を通して見られる」とした上で、「周縁化された集団の人種による従属を維持するために資源分配する人種差別的プロジェクト」（八三―八四）と位置付け、基本的に「人種差別の一形態」であるイスラモフォビアが、「建国以来アメリカで風土病となってきたすべての構造的人種差別を維持する同じ源泉から流れている」と論じている（八五）。アラブ・イスラム世界と西洋世界の関係性を考えれば、イスラモフォビアを他の人種差別形態と全く同一とは言えないが、問題はイスラモフォビアが他の人種差別と同じく建国以来のアメリカの「風土病」（endemic）と評される点である。しかもこの風土病は構造的、体系的、組織的であることから、巨大な意志が働く人為的・人工的風土病であることを示唆する。本論冒頭で引用した国連事務総長グテーレスの「疫病」（epidemic）発言は、アメリカの風土病とされたイスラモフォビアが世界的レベルの疫病となっていることを物語る。この疫病化するイスラモフォビアが、ムスリム以外のマイノリティと白人マジョリティを結ぶ一種の連帯を形成する。ムスリムを排除、敵視、他者化することで、他者ではない側、つまり、同じ文明を共有する側に位置するという自己保全の手段ともなる連帯である。

3 マイノリティ・エリート・サークルの破綻

ムスリムを他者化する負の連帯が姿を現すのが三場、エミリーとアミールが友人夫婦のアイザックとジョリーを招待したディナー・パーティの場面である。パキスタン系アメリカ人弁護士のアミールと白人で新進気鋭の画家エミリー。ユダヤ系のアイザックはホイットニー美術館館長、その妻アフリカ系アメリカ人のジョリーはアミールの同僚弁護士である。一見すれば、この四人の集いは多文化主義の一つの理想的友人関係をイメージさせる。イギアザリアンは「異人種間結婚を選択したことからも、おそらくはリベラルな成功者四人」の「驚くべき友情」を感じ取り（二二）、チャールズ・イシャーウッドは彼らを「人種、信条、肌の色を異にする教養豊かなニューヨーカーのカルテット」と呼び、彼らがみな同様の世俗的成功を収め、料理の嗜好も同じであると語る（イシャーウッド）。その一方で、イギアザリアンとイシャーウッドのいずれもが、二組の男女が「肌の色や宗教に囚われている」（イギアザリアン　二二）、「自分達が本当はだれで、何を支持しているかについては……意見の一致を見ない」（イシャーウッド）という問題点を挙げ、ヒュー・グリフィスも「友情や家族、仕事上の私欲、結婚による彼らの結びつきは希薄なもので、終幕まで存続する人間関係はなに一つない」と指摘する。つまり、互いに社会的成功を収め、教養あるリベラルなエリート・カップルの友人関係に見える繋がりは浅薄かつ表層的であり、その下では人種と宗教に根ざした亀裂が走ることを物語るコメントである。

事実、四人の会話は、エミリーが描いたアミールの肖像、アイザックが指摘するベラスケスのムーア人とアミールの類似性、エミリーの絵画とイスラム表象の関係性、アミールの苗字カプールのルーツ、アミールの人種的プロファイリング体験、そしてアミールとアイザックによるムスリム精神とユダヤ精神をめぐる議論へと進むなかで、アミールの人種と宗教をめぐる話題が中心となり、アミールは自虐的とも思われるイスラム・ムスリム否定論を展開する。彼は、イスラムを「後ろ向きの考え方であり存在」（五二）と呼び、「イスラムは砂漠で生まれ、／頑強な心を持ち、頑強に生きる集団から生まれた、／彼らの目からすれば、命は厳しく、無慈悲なもの、／耐えるべきもの」だとする「ムスリム精神」（*Muslim psyche*）を問題とする（五三）。そして、ユダヤ人については、多様な角度から問題を検討し、タルムードに照らして状況に応じた柔軟な対処をする「ユダヤ精神」（*Jewish psyche*）の適応能力を称賛する一方、ムスリムはユダヤのようにすることも、考えることもできず、ただ「服従する」だけで、「服従」こそがイスラムが意味するところだという「イスラモファシズム」論を展開する。さらにコーランを「人類に宛てた一通の非常に長い憎しみの手紙のようなもの」と呼び、最後には「僕はムスリムじゃない。背教者なんだ。つまり信仰を捨てたんだ」と公言する（五四、五五、五七）。こうして、背教者の姿を見せるアミールが語るのがコーランに書かれた「妻叩き」（wife beating）[8]の話である（五七―五九）。アミールは女性が男性に従わなければ、男性が女性を叩くという解釈が数百年間なされてきたとして、元の動詞は「たたく」（beat）とは別に「離れる・見捨てる」（leave）の意味があるというエミリーの意見を一蹴する。そして、「七世紀の砂漠に暮らす部族生活」を記したコーランの問題点について次のように説明する。

一五〇〇年前の特定の社会における生活について書かれた本が神の言葉だと信じれば、……

そんな社会を再創造したいと思い始めるんだよ。

結局、それが唯一コーランが文字通りの意味をなしていることなんだ。

だから、タリバンのような奴らがいるのさ。彼らはコーランにある通りのイメージで世界を再創造しようとしてるんだ。……

ここに落とし穴がある。それでこれが本当の問題だ。タリバンよりずっと深い問題なんだ。

ムスリムであることが――本当に――意味するのはこれをすべて信じるだけじゃなくて、そのために戦うってことでもあるんだ。……

だから、問題はコーランの世界が今のこの世界よりいい場所だとするなら、それなら戻ろうよ、ってことになる。

姦通者には石を投げつけよう。

泥棒の手は切り落とそう。

不信心者は殺してしまおう。

だから、たとえ信仰を捨てて、夕食後のスコッチを綺麗な白人アメリカ人の妻のよこで啜って――ニュースを見て、中東の同胞たちが、ずっと純粋で――厳しくて――本物だって教えられた価値観のために死んでいくのを目にしてると……ほんのわずかでも誇りを感じないわけにはいかないんだ。

（六一―六二、傍点は原著者）

これを聞いて、「誇り？」と問い返すアイザックに、アミールは「そう、誇りだよ」と答える。自ら背教者だと語り、イスラム否定論を展開していたアミールが、コーランの教えを語るなかで認めざるを得なくなったのが、イスラムの教えを懸命に守る同胞ムスリムたちへの同胞意識とムスリム・アイデンティティの「誇り《プライド》」だった。その誇りを九・一一についても感じると告白し、それが「我々がとうとう勝ってるという」誇りだとして、アミール自身が九・一一実行犯を含むムスリムである「我々」の一人でもあると言う。それを聞いて「あなたはアメリカ人でしょ」と言うジョリーに、アミールは「それは部族的なものなんだ。ジョー。骨の髄にあるんだ。……そいつを根絶やしにするには本当に大変な努力をしないとだめなんだ」（六三、傍点は原著者）と部族に流れるアイデンティティ意識を訴える。ここにあるのは、アメリカ人としての国民的アイデンティティとムスリムという部族的アイデンティティの葛藤であり、後者が前者を凌駕する姿である。アントウン・イッサは、アミールが示す内的葛藤は、生来の「価値観」と「偏見」が対立する場合に起きる二つの概念的力（国家主義と宗教）の両立不可能性を示す典型だとして、本作が提示するのが、国家主義と宗教、言い換えれば、国民的アイデンティティと宗教的アイデンティティのいずれが優先事項か、という問題であると指摘する。その上で、アミールがアメリカという母国よりもイスラムの政治的見解を優先することが間違いだと言えるか、という疑問を呈している。[9] また、スティーヴ・ダウは、愛国心か部族主義かという問題は、アメリカ人だけでなく、他の西洋社会に生きる人々についても当てはまり、「社会の主流から受け入れられようと思えば、自分達の『他者の』文化的アイデンティティを放棄しなければならないのか」という問いを本作が投げかけていると語っている。

アミールのアメリカ人としての愛国心を圧倒するムスリムの宗教的アイデンティティと部族主義が、他の三人が押しとどめていたイスラモフォビアの眼差しをアミールに向けさせる。[10] その後のアイザックとエミリーの不倫発覚で、エリート・カップル二組の洗練された仮面は剥がれ、嫉妬と裏切り、差別意識と憎悪の素顔が現れ、友人関係、夫婦関係は一気に破綻へと向かう。不倫をめぐるムスリムとユダヤ人、男二人の民族的確執が激しい口論を生み、アミールを出し抜く形でジョリーが弁護士事務所の次期共同経営者に抜擢されたことが明らかになって、アミールは自分の職を奪い、夫婦生活を壊そうとするとジョリーに激怒し、差別的言葉を吐きかける。一方、ジョリーは、アミールが信用できない「二枚舌」のムスリムだという疑念から上司はアミールを昇進させなかったと言い返す。互いのパートナーの不貞から、二組のカップルの四つ巴の愛憎劇は、自制してきた互いの人種意識とライバル意識が縺れ合うなかで醜悪な罵倒の応酬となって、四人のディナーは惨憺たる幕切れを迎える。アイザックとジョリーが去った後、妻の不貞告白に逆上したアミールは、エミリーの顔を流血するまで殴打し続け、我にかえり呆然とする。その姿で三場の照明が落ちる。こうして、人種の違いを超えたマイノリティ・エリート・サークルは、裏切りと嫉妬、怒りと混乱、罵倒と暴力のなかで瓦解する。

ここで考えたいのは、アミールと他の三人の亀裂を決定づけたイスラモフォビアの問題である。白人のエミリーは別として、ユダヤ人のアイザックとアフリカ系アメリカ人のジョリーはいずれも人種的マイノリティである。にもかかわらず、イスラモフォビアによってムスリムのアミールだけが他のマイノリティからも他者化される存在となる。マイノリティ、マジョリティを問わず、ムスリムが他の人種からイスラモフォビアの名のもとに共通した他者化を受ける理由とは何か。この問いのヒントを、サミュエル・ハンチントンの『文明の衝突』は与えてくれる。ハンチントンは冷戦後の世界における衝突の可能性について以下のように記している。

　この新しい［冷戦後の］世界で最も幅をきかせているきわめて重要かつ危険な対立は……異なる文化的統一体に属する人びとのあいだで起こるだろう。……最も危険な文化の衝突は、文明と文明の断層線にそって起こる。……冷戦後の世界において、文化は分裂を生みだす力であり、また統合をうながす力でもある。……［冷戦時代の］四五年間、鉄のカーテンはヨーロッパを二分する主要な境界線だった。その境界線は、いまや数百マイル東に移って、一方の西洋のキリスト教系民族と、もう一方のイスラムおよび東方正教会の民族とを分けている。（二一八）

九・一一同時多発テロは、西洋のアラブ・イスラム諸国に対するオリエンタリズムを強化し、ハンチントンが「文明の衝突」論で予見した西洋キリスト教文明とイスラム文明の断層線を拡大した。そして、アラブ・イスラム世界を暴力的テロリストとして恐怖し、敵視する「テロとの戦い」パラダイムを旗印に、イスラモフォビアを流布するネオオリエンタリズムを生み出す。文化・文明が人々を分断/団結させる決め手となる。アメリカの文化・文明を共有していれば、人種・民族の違いは、一定の許容性をもって受け入れられ、アメリカ社会に適応した生活を営むことができる。黒人のジョリー、ユダヤ人のアイザックは、何らかの人種的マイノリティとしてのハンディキャップを経験してきたと想定される。[11] しかし、それぞれがハンディを克服する実力と教養の修得によって、弁護士、美術館館長というエリート職に就き、リベラルでハイレベルな生活を送ることができている。一方、アメリカ社会においてムスリムはそうはいかない。ハンチントンはポスト冷戦時代の異文化間対立について以下のように記している。

新たな時代を迎えつつある世界で、異なる文明に属する国々や集団の関係は、緊密になるよりも対立することが多い。そして、異文明間の関係は、他の関係よりも紛争が起こりやすい傾向にある。……マクロのレベルで見れば、最も激しい対立は「西洋とその他の国々」のあいだのもので、そのなかでも激しい紛争は、イスラムやアジア社会と西洋のあいだで起こっている。今後、危険な衝突が起こるとすれば、それは西洋の傲慢さ、イスラ

ムの不寛容、そして中華文明固有の独断などが相互に作用して起きるだろう。（一八三）

一九九七年のハンチントンの予見が、九・一一となって現実のものとなる。ジョリーやアイザックと同じ人種的マイノリティでありながら、パキスタン系ムスリムのアミールは、西洋キリスト教系民族とイスラム系民族を二分する文化・文明の衝突によって、アメリカ社会の規範から排斥され・他者化される存在になる。

注目すべきは、アミールがイスラムと同胞のムスリムから離脱し、アメリカ社会への同化を図った点である。彼は衝突する二つの文化・文明の境界線を越境し、アメリカのキリスト教系の文明で生きることを目指した。にもかかわらず、ふたたびムスリムのアイデンティティが呼び起こされ、ネオオリエンタリズム、イスラモフォビアが作り上げたムスリムの暴力的ステレオタイプを自らが再現し、仕事、妻、友人を失う。それでいて、同胞ムスリムと共にムスリムのアイデンティティを生きる決意をする様子はない。最終場、彼は一人残された舞台で、エミリーが描いた自分の肖像を食い入るように見つめ続けて終幕となる。イスラムとアメリカ、二つの文明の狭間で揺れ動いたアミールのアイデンティティ問題をどう考えればいいのか。スチュアート・ホールの文化的アイデンティティ理論はこの問いを考える一つの指針を与えてくれる。

4　アミール、アイデンティティ・コンフリクト

スチュアート・ホールは「文化的アイデンティティとディアスポラ」（一九九〇）の中で文化的アイデンティティについて以下の二つの考え方を提示する。

（1）「他の多くのより表装的または人工的に押しつけられた『自己』を内部に隠蔽する、一つの、共有されたある種の集合的な『一つの真なる自己』――ある共通の歴史と祖先を持つ人々が共有しているもの」（二二三）

（2）「多くの類似点に加えて、『実際の私たち』――むしろ歴史が介在してきたがゆえに『私たちがなってしまったもの』――を構築する深層の決定的差異というものがある……文化的アイデンティティとは「『あるもの』というだけでなく『なるもの』……あらゆる歴史的な物事と同様に、常に変異する……歴史、文化、権力の継続的な『戯

れ（play)』に従わなければならない」もの（二二五）

ホールによれば、（1）の立場に沿えば、「文化的アイデンティティは共通の歴史と共有された文化コードを反映」し、「『単一の人々』としての私たちに、私たちの実際の歴史の絶え間ない分裂化と変位の下に隠された、安定した、不変の、継続的な認識枠組みと意味とを供給する。」この不変の「単一性」という文化的アイデンティティの第一の概念が「ポスト・コロニアルの闘争の中で非常に重要な役割を果たし……『黒人的心性《ネグリチュード》』の詩人たちのビジョンや今世紀［二〇世紀］初期の汎アフリカ主義の政治運動の中心にあった」とホールは論じる（二二三）。

その一方、ホールは常に変化して「なるもの」という「第二の立場からのみ、『植民地経験』の外傷的《トラウマティック》な性格を理解することができる」として、「黒人や黒人の経験が表象の支配的な実践系《レジーム》の中でどのように定位され、主体－化されるのかということは、文化的権力と規範化の圧倒的な行使の効果」であると力説する（二二五）。支配的レジームにおいて表象される姿がディアスポラの今の姿、つまり、「植民地経験」を経て彼らが外傷的性格を付与されて「なるもの」、「なっているもの」の姿ということである。

ノウリーディンは、ホールの二つのアイデンティティ概念を援用し、『ディスグレイスト』

では常に変化して「なるもの」という文化的アイデンティティの第二の概念ではなく、共通の歴史と祖先を持つ人々が共有する「集合的な『一つの真なる自己』」という不変の「単一性」を主張する第一の概念の優位性を訴える。そして、文化的アイデンティティを主に「宗教的／ムスリム・アイデンティティ」を言及する言葉として用い、その根拠として、「主人公の超文化的、民族宗教的帰属意識が彼が自ら獲得したディアスポラ・アイデンティティを支配する」姿を挙げている（二六）。アイザックに唾を吐きかけ、狂ったばかりにエミリーを殴打するアミールは、確かにネオオリエンタニズムやイスラモフォビアが示すムスリムの暴力性を映す。また、アミールが獲得しようとしたディアスポラ／アメリカン・アイデンティティとして見られる要素も、「理想化された他者」の物真似パフォーマンスにすぎないと考えれば、反イスラム感情のある文化的文脈で、「このような（主人公の）表象のあり方は、自国の文化に囚われ、ディアスポラ・アイデンティティに変わることができないムスリム・アメリカン主人公の姿が意図的に提示するもの」（ノウリーディン　二六）という解釈も成り立つ。

ノウリーディンは、さらに『ポストコロニアル演劇——理論、実践、政治学』でヘレン・ギルバートとジョアン・トンプキンズが唱えた対抗言説としてのポストコロニアル・テクストの仮説を引き合いに出し、「彼らの議論に反して、本作が『オセロ』の植民地主義的パラダイムを再現し……『オセロ』に内在する西洋対非西洋の権力構造を維持して、……出身地の文化的アイデンティティの堅固さを強調する」と論じている（三七）。そして、本作が「ヨーロッパ中心主義、アパルトヘイト、イスラモフォビアを正当化し」、「自己と他者の両極化を受容」し、両者の境界線を「安定した絶対的なもの」として描いているとして「この点でアミールは同時にムスリムとアメリカ人にはなれない」と断言する（三七―三八）。

しかし、アミールについて、ホールの言う文化的アイデンティティの第一の概念の「集合的な『一つの真なる自己』」という不変の「単一性」が、第二の概念の常に変化して「なるもの」を凌駕し、彼が生まれついての人種・民族に根ざした文化的アイデンティティに回帰する、もしくは回帰を望むとする議論には問題がある。確かにアミールは九・一一でムスリムの意識が呼び起こされ、それが彼のアメリカン・アイデンティティを上回る。しかし、舞台終幕で肖像に見入るアミールの文化的アイデンティティは、はたしてAかBかの二者択一で割り切れる問題だろうか。

三場終わりで、アミールはエミリーの不貞に逆上し、怒りに任せて妻の顔を殴打し、自身が非難していたイスラムの蛮行を犯す。我にかえり、顔を血で染めた妻を前に、自分の中に存在する暴力的ムスリムの姿にアミールは驚愕する。[12] そこで、アミールがムスリム・アイデンティティに目覚め、ムスリムとして生きる決意をするのであれば、ノウリーディンが論じるように、ホールの文化的アイデンティティの第一の概念、「集合的な『一つの真なる自己』」がアミールのディアスポラ（アメリカン）・アイデンティティを凌駕すると言えるだろう。しかし、そうではない。

5　自らの肖像を見つめ続けるアミール――「恥辱」のシニフィエ、サスペンドされたアイデンティティ

三場から、六カ月後の最終四場。荷造りをしているアミールのアパートにエミリーがエイブを連れて来る。ＦＢＩからエイブが受けた依頼にどう対処すべきか、その助言をアミールに求めにきたのである。エイブは友人タリクが「アメリカ人がアルカイダを創った張本人だ」と言ったことから、タリクと共に警察署まで引っ張られ、そこでＦＢＩの人間に尋問を受け、ムスリム・コミュニティで在留資格に問題のある者の情報を提供するスパイになるよう求められた。その対応に苦慮するエイブに、アミールは当局に協力するそぶりを見せるよう助言する。

しかし、エイブは自分はＦＢＩ側の人間ではないと言って断り、逆にアミールのエミリーに対する暴力を非難し、アミールがムスリムであることを忘れ自己嫌悪に陥っているとして、以下の言葉を投げかける。


三〇〇年間、奴らは僕らの土地を奪い、新しい境界線を引き、僕らの法律を置き換えて、僕らが奴らのようになりたいと思わせようとしてきた。奴らのような格好をする。奴らの女と結婚するってね。

奴らは僕らに恥辱を与えた。

奴らは僕らに恥辱を与えたんだ。（八五）

エイブの怒りは、三〇〇年にわたってムスリムから土地を取り上げ、西洋人になれるという願望を与え、その願望成就を阻むことで、ムスリムに恥辱を与え、他者化し、さらにはムスリムを自分自身と同胞を他者とみなす自己他者化・自己嫌悪へと追い込んだ西洋の白人に向けられたものである。そしてまた、自己他者化・自己嫌悪の呪縛を西洋にかけられ、ムスリムのアイデンティティを忘れ、西洋のアメリカン・アイデンティティを渇望するムスリムに対する憤りでもある。無論そこには、白人から恥辱を受け、ムスリムの同胞の「恥辱」となっているアミールへのメッセージが込められている。

エイブが出ていった後、「あの出来事には私も責任があったの」と認めつつ、エミリーもアミールの元を去る。イスラム文化の理解者としての自負心を持ちながら、コーランに記された妻叩きの暴力を一度受けたエミリーには、彼女の許しを乞い、「ただ僕を誇りに思って欲しい、僕と過ごしたことを誇りに思って欲しいんだ」（八七）というアミールの嘆願は届かない。

エミリーが去った後、一人残されたアミールは梱包されかけたキャンバスの包みを引き裂き、エミリーが描いた肖像「ベラスケスのムーア人に倣った習作」を食い入るように見つめる。その姿を残し舞台の照明が落ちる。肖像に描かれたアミールの姿は、彼が最終的に「なったもの」、彼が行き着いた文化的アイデンティティの姿に他ならない。イスラムとムスリムとの関係性を断って、アメリカ社会での成功を求めたアミールの旅路の終着点にあったものは、破綻した自画像との遭遇だった。そこにムスリムのアイデンティティに新たに目覚めた男の姿はない。また、ホールの言うディアスポラ・アイデンティティを柔軟に生きる姿もない。それは、アメリカの文化・文明を共有する人々からはイスラモフォビアの対象として、ムスリムの同胞からは民族の「恥辱」として、いずれの世界からも他者化され、自らの主体を生きる意志も方向性も喪失し、ただベラスケスが描いたムーア人の肖像の似姿になって、二次元の肖像のレプリカの世界にサスペンドされた男の姿ではなかったか。あるいは、エミリーの手による習作のムーア人に、ベラスケスが描いたパレーハに宿る気高さがわずかでも投影されていたのなら、その気高さと対極にある恥辱を纏う自らの姿をただ見つめることしかできない、そんな男の残像を残し、舞台の照明が落ちる。

6　他者化する自己との遭遇——幻想の連帯、分断・衝突の現実性

アクタールはマダニ・ユニスとのインタビューで『ディスグレイスト』について次のように語っている。

本作は、ムスリムの主体を表象する西洋の意識をもって始まり、そうした表象の産物を見るムスリムの主体の姿を持って終わります。この二つの地点の間にある旅が……描き出すのは、いかに私たちムスリムが依然として存在論的レベルで西洋の私たちに対する眼差

しを受け入れているかということです。本作が語っていると思われるのは、いまだに私たちがそこから抜け出せていないということです。作品はアミールが最終的にそのイメージと対峙する姿で終幕となります。私個人として確信するのは、ムスリム世界は西洋が私たちに対して持っているイメージについて十分な説明をし、その上で進み続けていかなければならないということです。「私たちはあなたがたが言うような存在ではない」、そう言って私たちが自己定義の努力をし続けるまで、言説において他人に支配的声を持たせ続けることになるのです。（ユニス　九六）

西洋がムスリムを見る眼差しが、アミールが最終的に対峙したイメージ、エミリーの習作に映るムーア人に見立てられた自らの姿だった。アミールの問題は、背教者を公言し、ムスリム・コミュニティから距離を置き、アメリカ人としての成功を追求しながら、アメリカ社会に蔓延するイスラモフォビアによるムスリム他者化の眼差しに苛まれ、彼自身がその眼差しによって自らを他者として見続けた点にある。そこに「西洋が言うような存在ではない」として自己定義を行う主体性は見出し難い。エミリーに言われるまま、上下チグハグの格好でベラスケスの奴隷・アシスタントのポーズをとる開幕当初のアミールの姿は、白人模倣願望を持ちながら、白人妻と主従関係にある現代のムーア人の役に甘んじる従者ムスリムの状況を表象する。新たに手に入れたアメリカン・アイデンティティと他者化されるムスリム・アイデンティティの狭間で鬱積した彼の思いは、アルカイダによる九・一一を契機に揺らぎ始め、抑圧してきたムスリムの誇りとなって噴出する。それが妻と友人夫婦のイスラモフォビアを誘発し、妻の不倫発覚によって収拾不能の事態となり、最終場の破綻した自画像に至る。

イスラモフォビアによってイスラムそしてムスリムに対する誤ったステレオタイプ化、スティグマ化は激しさを増した。この状況下で、かつてトニー・クシュナーが『エンジェルズ・イン・アメリカ』（一九九二年第一部・二部同時開催）でハンナに語らせた「人間相互の結びつき（Interconnectedness）」（二九六）に表される人種、性的嗜好、ジェンダーの違いを超えたマイノリティの連帯を築くことは難しい。[13] アメリカでムスリムは、国家および公の機関はもとより、マジョリティ、マイノリティを問わず、他の人種・民族・宗教から他者化される存在となる。本作でムスリム・コミュニティとの絆を絶ったアミールが見出すことのできる宗教的民族的連帯はない。人種の違いを超えたマイノリティ・エリートの交友関係に自らの居場所とある種の連帯意識をアミールが求めていたとしても、対立する人種意識で激昂した醜悪な素顔が露呈した脆弱な人間関係の破綻によってアミールはその「連帯の幻想性」を目の当たりにする。

九・一一以後、「対テロ戦争」の旗印のもと、多人種・多民族メガロポリス、ニューヨークは、ムスリムを潜在的テロリスト、アメリカへの脅威として監視と取り締まりを強化するネオオリエンタリズムとイスラモフォビアのホットスポットとなる。多人種多民族融合と協調の連帯の理想は後退し、それに代わってイスラムとキリスト教を中心とした非イスラム、二つの文明世界の断層線を先鋭化する二つの敵対的連帯が、ポスト九・一一のアメリカの新たなる「連帯」のシニフィエとして浮上する。(14)

問題は、ジョリーやアイザックのようなマイノリティに属する人間が、アメリカ社会のオリエンタリズム、ネオオリエンタリズムを共有・内在化して、同じマイノリティであるアミールをイスラモフォビアの眼差しで他者化する点にある。その彼らの姿勢もまた「恥辱」に映る。エイブは「奴らが僕らに恥辱を与えた」と言う。それは黒人のジョリーやユダヤ人のアイザックにも当てはまる。彼らは、西洋人のように装い、振る舞い、さらには、同じマイノリティであるムスリムを忌むべき存在、恐怖と嫌悪の対象として他者化する。「奴ら」＝西洋の白人キリスト教徒によって支配、差別された彼らもまた「奴らに恥辱を与えられた」存在である。「奴ら」によって、ムスリムと黒人、ユダヤ人というマイノリティ同士を結ぶ絆が断たれる。

そこに見られるのは、分断と分裂を引き起こすポスト九・一一のイスラモフォビアという「疫病」に冒された白人マジョリティと非ムスリム・マイノリティが、ムスリムをさらなる他者化に追いやるネオオリエンタリスト集団となって、イスラモフォビアの連帯を組む姿である。一方、その差別的力に対抗してムスリムもまた連帯して自己防衛を図る。それが過剰になれば過激派となって、さらにイスラモフォビアの暴力的ムスリムのステレオタイプ化を促し、悪しきサイクルを増幅する。

ここに、二つの対立する負の連帯が暴力的衝突を繰り広げ、他者化が疫病化するメガロポリス、ニューヨークの横顔が立ち現れてくる。この巨大都市の高級アパートの一室で、エミリーが描いた自らの肖像を見つめ続けるアミールを一人残して舞台の照明が落ちる。その彼の姿は、パキスタン系ムスリム二世が遭遇した「他者化する自己」の姿と人種・民族を超えた融合の「連帯の幻想性」をアメリカが抱える「分断・衝突の現実性」として突きつけてくる。

一点敷衍すれば、イスラモフォビアが支配的イデオロギーの政治的意志と世界状況の変化により、ムスリムに代わって別の民族、国民、宗教、セクシュアリティ集団を標的とする他者化の疫病に容易に変わる可能性がある。この他者化の疫病の広がりとそれに伴う分裂と分断は、ドナルド・トランプ登場後のアメリカ、さらに二〇二二年のプーチンのロシアによるウクライナ侵攻をめぐる世界の分裂・対立状況によって現実のものとなっている。

注

(1) 同一の見解は、二〇二一年三月四日付けの国連ニュースでも掲載された。内容は国連人権理事会で宗教・信仰の自由に関する国連特別報告者、人権問題に関する独立専門家アハメッド・シャヒードによる「反ムスリムへの憎悪が疫病のように蔓延している」という報告である(「反ムスリム憎悪」)。

(2) 他者化(othering)は、ガヤトリ・チャクラヴォルティ・スピヴァクが案出したポストコロニアル的概念の用語で、植民地化された土着民をヨーロッパ人より劣等なものとして表象・定義する慣行を意味し、植民者が被植民者を否定的で劣等なものとする見解のもとに彼らを排除・支配される「他者」として作り上げるプロセスを指す(ラジャ)。この意味に加え、本稿でイスラモフォビアによる他者化は、支配的イデオロギーによって生み出され、流布したムスリムに対する恐怖・敵意・排斥を大きな特徴とする。さらに、ムスリムだけでなく、他者化は特定の集団に対するイスラモフォビア的態度・扱いに適用される。

なお、社会一般における他者化については、心理社会的リハビリテーション・スペシャリスト、ケンドラ・チェリーと犯罪学者・刑事司法専門家アンジェラ・R・ゴーヴァーの議論をまとめ、「支配的集団の規範からの逸脱者を、社会にフィットしない、ノーマルでない、好ましからぬ、劣等な特性をもった差別化の対象、社会集団から排除すべき存在と見なして・扱うこと」を他者化として考える。

（3）バガトはこの情報を、ヴィクトル・ストイキツァ（Victor Stoichita）の論考“The Image of the Black in Spanish Art: Sixteenth and Seventeenth Centuries.” *The Image of the Black in Western Art*, vol. 3, edited by David Bindman, Henry Louis Gates, Jr. Harvard UP, 2010. から得ている（一一七）。

（4）チャキの博士論文はプットリーとデスタリー（二八四）でも引用されている。

（5）アミールの肖像名に彼の名前が付くことはなく、「ベラスケスのムーア人に倣った習作」と題された。つまり、アミールは「ベラスケスのムーア人」を写す器に過ぎず、エミリーの意識は、そのムーア人を描いた白人画家ベラスケスとの同一化に向かっていた。

（6）ムバラク・アルトワジはネオオリエンタリズムが九・一一以後の文化的変化とテロ攻撃以降の報復と密接な関係にあると指摘し、「九・一一の攻撃といわゆる『テロとの戦い』が中東と古典的オリエンタリスト言説を、『我々』と『彼ら』の二分裂の形で、ふたたび焦点化した」と述べている（三一四、バガトにより引用一二四）。

（7）キャリベヤリル他は、イスラモフォビアが知られるようになったのは、九・一一および、アフガニスタンのタリバン原理主義者の禁止・制限、フランスでのシャルリー・エブド襲撃事件、イスラム国の出現からだと指摘している（八〇）。

（8）コーランに記された「妻叩き」の話は、『アメリカン・ダルヴィーシュ』（二〇一二、*American Dervish*）の第一七章でも語られている（三二六—二七）。

（9）イッサは、イスラエル問題についてのアイザックの立場でも、ユダヤ教徒としてのアイデンティティとアメリカ人としてのアイデンティティの優劣問題という点で同様のことが言えると指摘する。実際、アミールはアイザックにイスラエルに関する彼のユダヤ・アイデンティティについての考えを問いただしている（六二―六四）。

（10）特にアイザックのアミールに対するイスラモフォビア、あるいはオリエンタリズム的感情は、九・一一についてのアミールの「誇り」発言（六二）の前後で現れている。たとえば、アイザックは、六〇〇ドルのシャルベ・シャツを着ているアミールが、ベラスケスの着飾った才気ある弟子＝奴隷のようだと言い、肖像画を見る者からは、アミールが奴隷に見えることを仄めかす（四六）。さらに、アミールとの口論で、アミールを「隠れジハードのクソ野郎」と罵倒し（六五）、エミリーと二人の場面では、アイザックはイランの大統領アフマディネジャドがイスラエルを地中海に押し戻す話を聞いた時に喜びを噛み締めるアミールの姿を指して、アミールが反ユダヤのイスラム教徒であると暗に言う。そして、エミリーを見るアミールの表情に「恥辱と怒り、誇り」が窺われ、「奴隷がとうとうご主人様の妻を手に入れた」と嘲る（六九―七〇）。

（11）たとえば、ジョリーは自分が正義より秩序を重んじる話をするなかで、ゲットーから身を起こせば、秩序の重要性にすぐに気づくと語っている（五九）。秩序を選ぶことで正義に固執しすぎないようにするのが理由だと言うが、ゲットーの貧しい暮らしから、弁護士の地位を手にするため感傷性を排し秩序を貫く生き方に徹してきたことが察せられる。ちなみにダウは、弁護士事務所でのジョリーの昇進は、彼女が正義より秩序を選ぶことに起因すると語っている。

（12）しかし、エミリーを殴打したアミールは、アイザックが彼を指して言った「隠れジハード」の姿ではない。彼がエミリーに振るった暴力は、ジハードの大義名分でも、ジハードのアイデンティティによるものでもない。妻エミリーの裏切りと、彼を個人としてでなく他者ムスリムと見做して、彼の自己実現の夢を引き裂いた白人女性へのこの上ない憤りである。「スペイン人の黒人少年」（七）と呼ばれるエミリーの前の彼との別れについては何の言及もない。しかし、アミールと同じく「スペイン人の黒人少年」もまたパレーハを連想させることから、エミリーが選ぶ男性パートナーの選択基準は、その個人以上に、パレーハと同じ人種と肌の色であると推測される。つまり、オリエンタリズムでエミリーが非難される可能性をアイザックが危惧したように、エミリーのパートナー選びは、彼女に内在するオリエンタリズムの可能性を窺わせ、アミールの彼女への怒りは、オリエンタリズムの目を通して彼を見ていた点にあると考えられる。

(13) C・W・E・ビグスビーはこの結びつきを多様な少数民族の連合を指す政治運動スローガンとしてジェシー・ジャクソン（Jesse Jackson）が提唱した「虹の連合」（rainbow alliance）に例え、それが「人種、性的嗜好、ジェンダーをメタ・ナラティヴの構成要素と認めるが、そのメタ・ナラティヴは、権力の追求と保持のために兄弟愛を否定する人間にとっては脅威に他ならない」（一一五）連合体であると論じている。つまり、人種、性的嗜好、ジェンダーの違いを超えたマイノリティの連帯に基づく連合体であり、これは「権力の維持・拡大・強化を目指す政治機構に対峙し、その解体を促す力として、周縁化された人々の協調と連帯、そしてコミュニオンを図る共同体」（貴志　五六）となるものである。

(14) ただ、この二つの連帯の狭間に多数のムスリムが存在する。彼らはイスラモフォビアによる差別と偏見、ハラスメントにさらされながら、ネオオリエンタリズム、イスラモフォビアが作り上げた過激で暴力的ステレオタイプとは異なり、イスラムを信仰しつつアメリカ市民として平和的生活を送り、社会に貢献することでムスリム・アメリカンとしての権利と認知を求める人々である。この大半のムスリム・アメリカンたちは、国家的アイデンティティと両立する宗教的・民族的アイデンティティを持つ同胞として共同体意識を共有する。

引用文献

Akhtar, Ayad. *Disgraced*. Back Bay Books, 2013.

Altwaiji, Mubarak. "Neo-Orientalism and the Neo-Imperialism Thesis: Post-9/11 US and Arab World Relationship." *Arab Studies Quarterly*, vol. 36, no. 4, Fall 2014, pp. 313-323, Oct. 2014, https://www.researchgate.net/publication/305753738_Neo-Orientalism_and_the_Neo-Imperialism_Thesis_Post-911_US_and_Arab_World_Relationship. Accessed 27 March 2022.

"Anti-Muslim hatred has reached 'epidemic proportions' says UN rights expert, urging action by States." *United Nations News*, 4 March 2021, https://news.un.org/en/story/2021/03/1086452. Accessed 27 March 2022.

Bagato, Mona. "Exploring the Theme of Neo-Orientalism in Ayad Akhtar's *Disgraced* As a Representative of the Arab-Islamic World." *International Journal of English Language, Literature and Translation Studies*, vol. 7, issue 1, Jan-Mar 2020, pp. 122-132, http://www.ijelr.in/7.1.2020/122-132%20MONA%20BAGATO.pdf. Accessed 4 Feb. 2022.

Bigsby, C.W.E. *Contemporary American Playwrights*. Cambridge UP,1999.

Chaki, Rohini. "Dissertation Desis: South Asian American Theatre and the Politics of Belonging." Doctoral Dissertation, U of Pittsburgh. *D-Scholarship: Institutional Repository of the U of Pittsburgh*, 15 Nov. 2016, http://d-scholarship.pitt.edu/27822/. Accessed 22 June 2022.

Cherry, Kendra. "What Is Othering?" Medically reviewed by Akeem Marsh, MD., *Verywell Mind*, December 13, 2020, https://www.verywellmind.com/what-is-othering-5084425. Accessed 10 Feb. 2021.

Dow, Steve. "Disgraced review – Pulitzer-winning play challenges audience to question their tolerance." *The Guardian*, international edition, 22 April 2016.

https://www.theguardian.com/stage/2016/apr/22/disgraced-review-pulitzer-winning-play-challenges-audience-to-question-their-tolerance. Accessed 3 Feb. 2022.

Gilbert, Helen and Joanne Tompkins. *Post-Colonial Drama: Theory, Practice, Politics*. Routledge, 1996.

Gover, Angela R., Shannon B. Harper, and Lynn Langton. “Anti-Asian Hate Crime During the COVID-19 Pandemic: Exploring the Reproduction of Inequality.” *American Journal of Criminal Justice*, vol. 45, 2020, pp. 647–667, 7 July 2020, https://link.springer.com/article/10.1007/s12103-020-09545-1. Accessed 9 Feb. 2021

Griffiths, H. “Review: *Disgraced* turns West-meets-Islam divisions into striking melodrama.” *Theconversation.com*, 2016, http://theconversation.com/review-disgraced-turns-west-meets-islam-divisions-into-striking-melodrama-58224. Accessed 4 Feb. 2022.

Hall, Stuart. “Cultural Identity and Diaspora.” *Identity: Community, Culture, Difference*, edited by Jonathan Rutherford, Lawrence & Wishart, 1990, pp. 222-237. 小笠原博毅訳「文化的アイデンティティとディアスポラ」『現代思想』（四月臨時増刊号　総特集スチュアート・ホール）第四二巻第五号、青土社、二〇一四年三月三一日。九〇一一〇三頁。［本文中の訳文は本書に準拠した。なお、引用頁は原書に拠る。］

Huntington, Samuel P. *The Clash of Civilizations And the Remaking of World Order*.1997. Free Press, 2002.　鈴木主税訳『文明の衝突』上・下巻、集英社、二〇一七年。［本文中の訳文は本書に準拠した。なお、引用頁は原書に拠る。］

Isherwood, Charles. “Beware Dinner Talk on Identity and Islam: ‘Disgraced,’ by Ayad Akhtar, With Aasif Mandvi.” *New York Times*, 22 Oct. 2012, https://www.nytimes.com/2012/10/23/theater/reviews/disgraced-by-ayad-akhtar-with-aasif-mandvi.html. Accessed 4 March 2022.

Issa, Antoun. “‘Disgraced’ Exposes the Contradictions of Identity.” *Mei@75*, 13 May 2016, https://mei.edu/publications/

disgraced-exposes-contradictions-identity. Accessed 3 Feb. 2022.

Kallivayalil, Roy A, Abdul Q. Jilani and Adarsh Tripathi. "Islamophobia, mental health and psychiatry: South Asian perspectives." *Consortium Psychiatricum*, vol. 1, no.1, 2020, pp. 78-84, https://consortium-psy.com/jour/article/view/35. Accessed 27 March 2022.

Kerboua, Salim. "From Orientalism to neo-Orientalism: Early and contemporary constructions of Islam and the Muslim world." *Intellectual Discourse; Kuala Lumpur,* vol. 24, no 1, 2016, pp. 7-34, https://www.proquest.com/docview/1815501983. Accessed 22 May 2022.

Kumar, Deepa. *Islamophobia and the Politics of Empire: 20 Years After 9/11,* second edition, Verso, 2021.

Kushner, Tony. *Angels in America: A Gay Fantasia on National Themes. Part One: Millennium Approaches; Part Two: Perestroika*. Theatre Communications Group, 1995.

Love, Erik. *Islamophobia and Racism in America*. New York UP, 2017.

Martínez-Vázquez, Arlene. "Universality in *Disgraced* by Ayad Akhtar: Does the Intent Justify the Impact?" *HowlRound*. 9 March 2016, https://howlround.com/universality-disgraced-ayad-akhtar. Accessed 4 Feb. 2022.

Noureiddin, Haris A. "Caught in the Propagandist Media: The Pro-Colonialist Discourse in Ayad Akhta's *Disgraced*." *Journal of Scientific Research in Arts,* vol. 21, issue 3, 2020, pp. 23-41, https://jssa.journals.ekb.eg/article_107281_1255009b4b884e673eddb670249aa849.pdf. Accessed 24 March 2022.

Putri, Alyssa Syahmina, and Herlin Putri Indah Destari. "On the Orientalism and Neo-Orientalism in Ayad Akhtar's Disgraced: Analysis on the Dynamics of Amir and Emily's Relationship." *Humaniora*, vol. 31, no. 3, Oct. 2019, pp. 282-292, https://jurnal.ugm.ac.id/jurnal-humaniora/article/view/39065/25715. Accessed 4 Feb. 2022.

Raja, Masood. "Othering." *Postcolonial Space*, 15 Nov. 2019, https://postcolonial.net/glossary/othering/. Accessed 10 Feb. 2021.

Rousseau, Theodore. *Selections from His Writing*. The Metropolitan Museum of Art, 1979.

Said, Edward. *Orientalism*. Vintage, 1979. 今沢紀子訳『オリエンタリズム』上・下巻、平凡社、一九九三年。［本文中の訳文は本書に準拠した。なお、引用頁は原書に拠る。］

"Top UN official says hatred of Muslims is an 'epidemic.'" *TRT World*, 18 March 2021, https://www.trtworld.com/magazine/top-un-official-says-hatred-of-muslims-is-an-epidemic-45120. Accessed 2 April 2022.

Yeghiazarian, Torange. "On Ayad Akhtar's *Disgraced*." *Arab Stages*, vol.2, no. 2, Spring 2016, pp. 1-5, Martin E. Segal Theatre Center Publication. PDF. https://arabstages.org/2016/04/on-ayad-akhtars-disgraced/. Accessed 3 Feb. 2022.

Younis, Madani. "An Interview with Ayad Akhtar." *Disgraced*. Ayad Akhtar. Back Bay Books, 2013, pp. 89-96.

貴志雅之「『エンジェルズ・イン・アメリカ』の女性たち」『アメリカ演劇』第一六号（トニー・クシュナー特集号）二〇〇四年。四三―六二頁。

あとがき

本書は、一九八五年から現在まで続く福岡アメリカ小説研究会の四冊目の論文集として企画された。研究会はこれまで『60年代アメリカ小説論』（二〇〇一年）、『ポストモダン・アメリカ――一九八〇年代のアメリカ小説』（二〇〇九年）、『ホワイトネスとアメリカ文学』（二〇一六年）の三冊の論文集を上梓してきており、今回の企画は、研究会の創設者である安河内英光先生が二〇一七年三月に発案された「文学的ニューヨーク」というキーワードを発展させたものである。

安河内先生よりこのアイデアをいただいた当時から今に至るまでのあいだに、ニューヨークをめぐる問題意識は大きな変貌を遂げた。二〇一七年初頭にドナルド・トランプが大統領に就任した時には、アメリカ社会の分断が選挙によってあらわになったことにアメリカ人自身が大きなショックを受け、それが大きく報じられていたが、その後の二〇二〇年にはじまる新型コロナウィルス感染症の蔓延とブラック・ライヴズ・マター運動の盛り上がりのなかで、しだいにニューヨークの人々の関心は、すでに事実としてある社会的分断を前提に、人々の新たな連帯の可能性へと移っていったように思われる。このような状況を前提として、文学的ニューヨークというキーワードに都市における連帯というテーマを付け加え、二〇二一年には日本英文学会九州支部第七四回大会でシンポジウム「都市と連帯——文学的ニューヨークの探求」を行った。この際、福岡アメリカ小説研究会のメンバー以外の方々とも問題意識を共有することができたのは、望外の喜びであった。

その間も、論集完成に向けて、研究会では読書会を三ヶ月から四ヶ月ごとに催し、ニューヨークを舞台とした小説作品やあるいは演劇の脚本を読み進め、また、それに並行していくつかニューヨークに関連すると思われる都市論なども研究会のメンバーと共に参照していった。理論的な枠組みとしては、アントニオ・ネグリとマイケル・ハートの『コモンウェルス』における都市論を基本的な前提としつつ、二〇世紀のマルティン・ハイデガーからホミ・バーバに至る場所論、ミシェル・ド・セルトーのポストモダン的都市論、あるいは、一九六〇年代末以降の人文地理学を代表するデイヴィッド・ハーヴェイやドリーン・マッシーの議論なども参照した。これらの議論の中で前提とされているのは、資本主義の発展のなかで次々と古い空間が壊され、新しい空間として生まれ変わる過程で、人間が安心して自分固有のアイデンティティを育てていけるような永続性のある「場所」が失われた、という感覚である。共同体のための場所が変質し、流動化してゆき、そしてアイデンティティもまた危機に陥るなか、連帯とは何かが問われる。この問題がことにあらわになるのは都市において抑圧されるマイノリティーにおいてであり、実際、この論集に収められた論文はほぼすべて、ニューヨークにおける社会的、人種的、あるいは宗教的マイノリティーとその連帯への希求という問題を扱うこととなった。もちろん、ニューヨークという都市において、連帯は、まず何よりもマイノリティーの問題であるが、この論集はそのことを改めて具体的に示したことになる。

この論集の執筆者のうち、高橋氏、松下氏、永尾氏、江頭氏、肥川氏、銅堂氏、大島氏、藤野は福岡アメリカ小説研究会のメンバーとして、研究会での発表等に基づきつつ論文を執筆した。岡本氏、貴志氏の日本アメリカ演劇学会を代表するお二人には、シンポジウム等のご縁もあって、寄稿をお願いしたところ、この論集の趣旨に快く賛同をいただき、執筆に加わっていただいたことを深く感謝申し上げる。本書のそれぞれの論考が、ニューヨークという都市を歴史的、文学的にみわたす視座の確立に資することがあれば幸いである。

最後に、研究会の出版物として一冊目の出版からお世話になっている開文社には、ひきつづき今回の四冊目の出版においても大変なお世話をいただくこととなった。ことに丸小雅臣社長には、編集に際して様々なご助言、ご助力をいただき、この論集の完成に至るまで導いていただいたことを深く感謝申し上げます。

二〇二三年二月

編　者

執筆者一覧

高橋　美知子　福岡大学教授
松下　紗耶　鹿児島女子短期大学助教
藤野　功一　西南学院大学教授
永尾　悟　熊本大学准教授
江頭　理江　福岡教育大学教授
岡本　太助　大阪大学准教授
肥川　絹代　西南学院大学非常勤講師
銅堂　恵美子　福岡大学准教授
大島　由起子　福岡大学教授
貴志　雅之　大阪大学名誉教授

索引（五十音順）

［ア］

アームストロング、ルイ　Armstrong, Louis　104-06, 108-09
「黒いがためのの憂鬱（ブラック・アンド・ブルー）」"What Did I Do to Be so Black and Blue"　105-09
アイデンティティ　15-16, 61, 63, 90, 94-98, 103-04, 111-12, 115, 119-24, 126, 159, 201, 248, 258-59, 265, 267, 274, 322-23, 326-27, 340, 356-57, 361-68, 371, 375-77, 385
アイデンティティ・ポリティクス　123, 126
アウラ　251-53, 255, 261, 263, 344
アクタール、アヤド　Akhtar, Ayad　5, 339, 369
『ディスグレイスト』Disgraced　5, 16, 339, 350, 363, 369
アクトアップ（ACT UP）　212-13
アスター、ジョン・ジェイコブ　Astor, John Jacob　305-06, 335
アフリカ系アメリカ人／アメリカ黒人／黒人　15, 31-32, 35, 59-65, 67-71, 73-77, 80, 82-88, 90, 93, 99-100, 109, 111, 113, 115-16, 118, 120, 123-26, 131-34, 136-38, 141, 143-48, 152-53, 155, 193, 208, 224, 273-75, 277-80, 282, 293-300, 318, 342, 352, 358, 360, 363, 372, 376-77
アメリカインディアン運動　329
アメリカ社会への同化　160
アメリカ南部　84, 94, 113, 119, 132, 134, 136-43, 148-50, 273-74, 277, 279-80, 282, 289
アメリカの夢　39, 41-42
アレクシー、シャーマン　Alexie, Sherman　5, 303-04, 306-07, 317, 320-26, 328, 330, 333, 335-37
『インディアン・キラー』*Indian Killer*　322, 328-29
『黒い未亡人たちの夏』*The Summer of Black Widows*　322
『月に行った最初の先住民』*The First Indian on the Moon*　322
『はみだしインディアンのホントにホントの物語』*The Absolutely True Diary of a Part-*

Time Indian 307, 335
『リザベーション・ブルース』 *Reservation Blues* 5, 16, 303-04, 306-07, 311-12, 314-17, 328, 330-35

[イ]

イスラム 245, 253, 345-46, 348-50, 353-54, 356-57, 359-61, 365, 368, 371-72, 375-77
イスラモフォビア 16, 339-40, 347, 349-52, 357-58, 360-61, 364-65, 368, 370-77
今村楯夫 185-86
イラン革命 244-46
岩元巌 165-66
即興（インプロビゼーション） 98-104, 297
隠喩としての病 205, 207

[ウ]

ヴィゼナー、ジェラルド Vizenor, Gerald 316, 337
ウィルカーソン、イザベル Wilkerson, Isabel 7
『階級（カースト）』*Caste* 7
ウォーホル、アンディ Warhol, Andy 236-39, 241, 248-50, 265, 268

[エ]

エイズ（AIDS） 15, 199, 202-08, 211-12, 216-17, 220-21, 225-27, 229
エイブラムソン、エドワード・A Abramson, Edward A. 174
疫病 16, 218, 221, 339-40, 347, 351-52, 373-74
エスニック・コミュニティ 25, 47, 55
エリスン、ラルフ Ellison, Ralph 5, 93, 96-101, 104, 113, 123-27
『奴隷解放記念日（ジューンティーンス）』*Juneteenth* 99
『見えない人間』*Invisible Man* 5, 15, 93, 95, 97, 98, 104, 109, 111, 113-14, 120-26
共感（エンパシー） 7, 9, 74, 77-81, 83, 89, 228, 296, 343-44

[オ]

オブライエン、ジェラルド・V O'Brien, Gerald V. 205
オリエンタリズム 340, 344-45, 347-49, 372, 376-77
『リトル・トリー』*The Education of Little Tree* 315-16

[カ]

カーター、フォレスト Carter, Forrest 316
カウリー、マルカム Cowley, Malcolm 16
『亡命者の帰還 ── 一九二〇年

代の文学的オデッセイ』*Exile's Return: A Literary Odyssey of the 1920s.* 16
カスター、ジョージ・アームストロング Custer, George Armstrong 312, 324, 336
割礼 179, 184, 196
金関寿夫 194-95
柄谷行人 206

[キ]
ギャング 31-32, 50
キャンプ 215, 218, 229
9・11／同時多発テロ 16, 330, 332, 339-41, 347-51, 356, 359, 361, 365, 371-73, 375-76
ギリガン、キャロル Gilligan, Carol 78-79
ギレット、ロバート Gillett, Robert 124
『ヨーロッパにおけるクイア』*Queer in Europe* 124

[ク]
クイア 124, 215
クシュナー、トニー Kushner, Tony 5, 203, 207-08, 211, 213-15, 223, 227, 229-30, 371
『エンジェルズ・イン・アメリカ』*Angels in America* 5, 15, 203, 206-08, 210-19, 222-27, 229-30, 371
グリニッジ・ヴィレッジ 66, 72, 153, 278, 284
クルーズ、ケヴィン Kruse, Kevin M. 206, 217
大移動（グレイト・マイグレーション） 134, 136, 138, 141, 274, 277, 279
グレイバー、デイヴィッド Graeber, David 228
クレスウェル、ティム Cresswell, Tim 10

[ケ]
経済的合理性 50-51, 54
結婚式 50, 236, 258-60, 262-65, 267, 269

[コ]
ゴイム 188, 190, 197
郊外 14, 23-29, 32-39, 41, 45, 47-49, 52-53, 55
声の封殺 242, 244, 265
ゴースティング 219
コーラン 354-56, 368, 375
ゴールドスミス、メレディス Goldsmith, Meredhith 63-64
コーン、ロイ Cohn, Roy M. 216-18, 225
コックス、ジェイムズ Cox, James 315, 320-21
コミュニティ 15, 24-25, 32-33, 45-47, 49, 51, 55, 119-20, 203,

212-13, 217, 227, 229, 236, 249-50, 254, 261, 263, 275-76, 282, 297-98, 335, 350, 366, 370-71
コモン　5, 49-50
コラージュ　99, 101

［サ］

サイード、エドワード　Said, Edward　344-45, 347, 349
『オリエンタリズム』 *Orientalism*　344, 347
斎藤幸平　49-50
『人新世の「資本論」』　49
サイレント・プロテスト・パレード　294-95, 298
サヴラン、デイヴィッド　Savran, David　207
作家連邦プロジェクト　125

［シ］

シヴィル・ライツ・ポリティクス　123
ジェイコブズ、ジェイン　Jacobs, Jane　291
『アメリカ大都市の死と生』 *The Death and Life of Great American Cities*　291
ジェイムソン、フレドリック　Jameson, Fredric　250
シェリダン、フィリップ　Sheridan, Philip　309-11, 336
シスターフッド　59, 74, 80
資本主義　49-51, 54, 211, 235-36, 267-68, 384
写真　2, 125, 236, 239-40, 246, 249-53, 257-58, 260-61, 263-67, 269
ジャズ　98-99, 102-03, 145, 296-97, 299-300
植民地主義　346, 366
ジョンソン、ジェイムズ・ウェルドン　Johnson, James Weldon　133, 273
人種的プロファイリング　346, 353
同情（シンパシー）　75-78, 164

［ス］

スカイウォーカー　306
スターケン、マリタ　Sturken, Marita　206, 226
街路（ストリート）　16, 131, 135, 138, 147, 151, 153, 273-76, 280-81, 285-91, 295, 297
スポケーン族　307-08
スロート、マイケル　Slote, Michael　77, 79

［セ］

聖フランシス　179, 182-83, 185
ゼリザー、ジュリアン　Zelizer, Julian E.　206, 217
セルトー、ミシェル・ド　Certeau, Michel de　276, 283-86,

289-91, 295, 384
『日常的実践のポイエティーク』*L'invention du Quotidien* 283
全体主義 236-42 , 244-49, 253, 258, 260, 266-68
全米黒人地位向上協会（ＮＡＡＣＰ） 60, 294

［ソ］

ソラーズ、ワーナー Sollars, Werner 62
ソンタグ、スーザン Sontag, Susan 205, 211

［タ］

第一次的紐帯 24
他者化 83, 339-40, 350, 352, 358, 361, 367-75
他者性 12, 343

［ツ］

妻叩き 354, 368, 375

［テ］

ディヴィス、フィリップ Davis, Philip 160, 163-64
デリーロ、ドン DeLillo, Don 5, 235, 237-38, 244, 249, 251, 253, 255, 257-59, 264, 266-67, 269
『コズモポリス』*Cosmopolis* 256
『ホワイト・ノイズ』*White Noise* 251
『マオⅡ』*Mao II* 5, 15, 235-39, 241, 244, 248-49, 252-53, 256, 265-68
テロ／テロリズム／テロリスト 239-40, 245-50, 252-55, 257, 262-63, 266, 330, 332, 339, 346-47, 350, 359-60, 372, 375
天安門 239, 243-44, 265
店頭教会 136-38, 148, 153-54

［ト］

統一教会 236, 258-59, 261, 264-67, 269
ドゥルーズ、ジル Deleuze, Gilles 248
トーラ（律法） 160, 191
都会派文学 195-96
特異点 97-98, 120
都市化 5, 8, 23-25, 52, 55, 159
トムリンソン、スーザン Tomlinson, Susan 68, 75
トランプ、ドナルド Trump, Donald 3, 373, 383

［ナ］

ナチス 10-14

［ニ］

ニクソン、ディヴィッドとニッ

ク・ギブンス　Nixon, David and Nick Givens　124
「英国におけるクイア」“Queer in England”　124
二重の振る舞い　17
ニュー・ウーマン　66, 68, 70-71
ニューエイジ　16, 306, 312-17, 320-21, 320-21, 328, 333-34
ニュー・ニグロ　68-69, 72, 87

［ネ］
ネイティヴィズム（移民排斥主義）　42, 52
ネオオリエンタリズム　340-41, 347-51, 360-61, 372, 375, 377

［ハ］
ハーヴィー、ジェン　Harvie, Jen　227
ハーヴェイ、デイビッド Harvey, David　235, 384
ハート、マイケルとアントニオ・ネグリ Hardt, Michael and Antonio Negri　5-6, 8, 11, 16, 96-97, 384
『コモンウェルス』 *Commonwealth*　5-6, 11, 96, 386
『帝国』*Empire*　8-9, 16
バーバ、ホミ　Bhabha, Homi　7-9, 11-14, 16-17, 384
『文化の場所』*The Location of Culture*　7, 11-13
ハーレム　15, 59, 66, 68, 76, 83-85, 94, 114, 118, 121, 125-26, 131-35, 137-38, 147-48, 150-55, 273-74, 276-77, 279-81, 284, 298-99
ハーレム・ルネサンス　15, 59-60, 67-68, 85-87, 133, 138, 144, 273, 294
媒介　12, 14, 218
ハイデガー、マルティン　Martin, Heidegger　9-14, 25, 384
「建てる・住まう・考える」“Building Dwelling Thinking”　9-10, 13, 25
『存在と時間』*Being and Time*　9, 12
バイデン、ジョー　Biden, Joe　3
ハウ、アーヴィング Howe, Irving　120
白人の救世主　344-45
パッサーロ、ヴィンス　Passaro, Vince　254, 259, 269
パッシング　14, 60-65, 82-83, 90
バッティマー、アン　Buttimer, Anne　7
バトラー、ジュディス　Butler, Judith　90, 92, 200
パフォーマティヴ　203, 226
バフチン、ミハイル　Bakhtin, Mikhail Mikhailovich　264, 269
浜野成生　160

ハリス、E・リン Harris, E. Linn　124-26
『見えない生活』*Invisible Life*　124-26
バルト、ロラン　Barthes, Roland　256-57, 268
パレーハ、ファン・デ　Pareja, Juan de　340-44, 369, 377
ハンチントン、サミュエル Huntington, Samuel P.　340, 359-61
『文明の衝突』*The Clash of Civilizations And the Remaking of World Order*　342, 361
パンデミック　2, 199-204
反ユダヤ政策　163

［ヒ］

ヒトラー、アドルフ Hitler, Adolf　10
表現の自由　244-45, 248, 265

［フ］

ファイファー、キャサリン Pfeiffer, Katheleen　76
フィッツジェラルド、F・スコット　Fitzgerald, F. Scott　4, 24
『グレート・ギャツビー』*The Great Gatsby*　4, 14, 23-24, 26-28, 32-34, 39, 50, 52, 54-55, 196
フーコー、ミシェル　Foucault, Michel　237-38
風土病　351
フォークナー、ウィリアム Faulkner, William　155
『響きと怒り』*The Sound and the Fury*　155
フォーセット、ジェシー・レドモン　Fauset, Jessie Redmon　4-5, 59-61, 64, 72, 78, 80, 84-88, 89, 90
『プラムバン』*Plum Ban*　4-5, 59-88
不可視性　15, 93-98, 104-14, 121-22
ブギウギ　103
プスカー、ジェイソン　Puskar, Jason　95, 99, 102-03
フックス、ベル　hooks, bell　71-72, 74
不定形な働き　15, 93, 98, 109, 113-15, 117, 120-22, 124-25
ブラック・ライヴズ・マター運動 2, 6, 8, 17, 384
ブルース　66, 103
ブレヒト、ベルトルト　Brecht, Bertolt　223
風呂本惇子　60-61, 85
文化収奪　303, 306, 313, 315, 321, 333-35
文化大革命　239, 241-42, 246, 248, 265
文化的アイデンティティ　274, 340, 357, 361-66, 368

文化的混交　7, 12-14
分断　1, 3-8, 15-17, 39, 62, 69, 71-72, 199-28, 360, 369, 373, 383-84

［へ］

ベラスケス、ディエゴ Velázquez, Diego　340-44, 353, 368-70, 375-76
「ファン・デ・パレーハの肖像」*Portrait of Juan de Pareja*　340-44
ベンヤミン、ヴァルター Benjamin, Walter　6, 8, 210, 251
「複製技術の時代における芸術作品」"The Work of Art in the Age of Its Technological Reproducibility."　6

［ホ］

ホール、スチュアート　Hall, Stuart　340, 361-63, 365-66, 368
「文化的アイデンティティとディアスポラ」"Cultural Identity and Diaspora"　362
ボールドウィン、ジェイムズ Baldwin, James　5, 15, 124-26, 131-36, 138, 143-47, 152-55
「自伝的ノート」"Autobiographical Notes"　144
「十字架のもとで」"Down at the Cross"　135-36, 155
「村ではよそ者」"Stranger in the Village"　143-44
『もう一つの国』*Another Country*　124－26, 145－47, 155
『山にのぼりて告げよ』*Go Tell It on the Mountain*　5, 15
ポグロム　161, 163
歩行／歩み　16, 285, 288-98
ポスト９・11　16, 339-40, 348-49, 372-73
ポストコロニアル／ポストコロニアリズム　8, 13, 16-17, 364, 374
ポストモダニズム　8, 257, 384
ホニグスバウム、マーク Honigsbaum, Mark　202, 205
『パンデミックの世紀』*The Pandemic Century*　202, 205
ホメイニ、アヤトラ・ルーホッラー　Khomeinī, Āyatollāh Rūhollāh　244-45, 248, 253, 265
ポリフォニー／ポリフォニックな声　235, 264-69

［マ］

マクダウェル、デボラ McDowell, Deborah　61, 65-66, 86-87, 89, 90
マッカーシー、ジョゼフ McCarthy, Joseph　216
マラマッド、バーナード

Malamud, Bernard　5, 160, 162-66, 170, 194, 197
『アシスタント』*The Assistant*　5, 159-97
『修理屋』*The Fixer*　165
『ドゥービンの生活』*Dubin's Lives*　165
『ナチュラル』*The Natural*　160
マンハッタン　17, 24, 27-35, 47-50, 52-53, 131, 256, 276-77, 279, 283-85, 291, 294, 303, 305-07, 325, 328-29, 335-36

［ミ］
民衆　15, 236-37, 239-48, 253-54, 263-69

［ム］
ムスリム／イスラム教徒　340-74, 376-77

［メ］
メルヴィル、ハーマン　Melville, Herman　214-15

［モ］
毛沢東　236-50, 265
モノフォニー／モノフォニックな声　235, 260-62, 264-66, 268-69
モホーク族　306, 329
モリスン、トニ　Morrison, Toni　5, 137, 273-75, 282-83, 285-87, 292, 295, 298, 300
『ジャズ』*Jazz*　5, 15, 273-300
「都市の限界、村の価値」"City Limits, Village Values"　137, 274-75

［ユ］
ユートピア　208-16, 222-23
ユダヤ人［教徒］　11, 15, 31, 56, 159-97, 207-08, 223, 316, 323, 345, 352-54, 357-58, 360, 372, 375-76

［ヨ］
余田真也　306

［ラ］
ライト、リチャード　Wright, Richard　125
『千二百万人の黒人の声』*12 Million Black Voices*　125

［リ］
リース、ジェイコブ　Jacob Riis　277-78
『向こう半分の人々の暮らし』*How the Other Half Lives*　277-78
リッチ、アドリエンヌ　Rich, Adrienne　70-71, 89

［レ］
レヴァイン、キャロライン
Levine, Caroline.　7
『諸形式（フォームズ）』
Forms　7

［ロ］
ロック、アレイン　Locke,
Alain　133
『新しい黒人』*The New*
Negro　133-34
ロッテンバーグ、キャサリン
Rottenberg, Catherine　66
ロマン、デイヴィッド　Román,
David　212, 227

＜編者紹介＞

藤野 功一（ふじの　こういち）
西南学院大学教授。早稲田大学大学院修士課程修了（1997）、Indiana University of Pennsylvania, Ph.D.（2015）。著書に *Studying and Teaching W.C. Falkner, William Faulkner, and Digital Literacy: Personal Democracy in Social Combination*（Lexington Books, 2018）、編著に『アメリカン・モダニズムと大衆文学―時代の欲望／表象をとらえた作家たち』（金星堂、2019）、共著に『ホワイトネスとアメリカ文学』（「経験がものを言う―フランシス・E・W・ハーパーの『アイオラ・リロイ』とプラグマティズム」の項を執筆）（開文社出版、2016）、『モダンの身体―マシーン・アート・メディア』（「ロケットと身体―アメリカン・モダニズムと大衆の想像力」の項を執筆）（小鳥遊書房、2022）がある。

都市と連帯――文学的ニューヨークの探究　（検印廃止）
Metropolis and Solidarity: Literary Views on New York, 1920s to 2010s

2023年3月31日 初版発行

編著者	藤野功一
発行者	丸小雅臣
組版所	日本ハイコム
カバー・デザイン	萩原まお
印刷・製本	日本ハイコム

〒162-0065　東京都新宿区住吉町 8-9
発行所　**開文社出版株式会社**
TEL 03-3358-6288　FAX 03-3358-6287
www.kaibunsha.co.jp

ISBN978-4-87571-889-5　C3098